八十天环游世界

（法）凡尔纳（Verne, J.）著　陈慧慧　译

吉林美术出版社 | 全国百佳图书出版单位

图书在版编目（CIP）数据

八十天环游世界 /（法）凡尔纳（Verne,J.）著；
陈慧慧译. -- 长春：吉林美术出版社, 2014.6（2019.8重印）
ISBN 978-7-5386-8258-8

Ⅰ.①八…　Ⅱ.①凡…②陈…　Ⅲ.①科学幻
想小说－法国－近代　Ⅳ.①I565.44

中国版本图书馆CIP数据核字（2014）第065465号

八十天环游世界

作　　　者	（法）凡尔纳（Verne,J.）	
译　　　者	陈慧慧	
出 版 人	赵国强	
责 任 编 辑	林　鸣　马　杰	
封 面 设 计	游　麒	
开　　　本	880mm×1230mm　　1 / 32	
字　　　数	190千字	
印　　　张	8.75	
版　　　次	2014年6月第1版	
印　　　次	2019年8月第2次印刷	
出　　　版	吉林美术出版社	
发　　　行	吉林美术出版社图书经理部	
地　　　址	长春市人民大街4646号	
	邮编：130021	
电　　　话	0431—86037809	
网　　　址	www.jlmspress.com	
印　　　刷	大厂回族自治县德诚印务有限公司	

ISBN 978-7-5386-8258-8　　　　　　　定价：58.00元

[目录]

第一章 福格与百事通主仆相识

菲利亚斯·福格先生

1872年，塞维尔街七号的伯灵顿花园里（1814年，谢立丹[1]就死在这里），住着一位菲利亚斯·福格先生。尽管他从来不做任何引人注目的事，可他仍然是伦敦改良俱乐部[2]里最惹眼的会员之一。福格先生是个神秘的人物，人们只知道他彬彬有礼，是位英国上流社会的翩翩绅士，其他的就一概不知了。有人说他像拜伦[3]——起码是脑袋长得像，

[1] 谢立丹（1751—1816年），英国剧作家、政治家。
[2] 改良俱乐部：19世纪英国辉格党的俱乐部，成立于1836年。
[3] 拜伦（1788—1824年），英国19世纪初期伟大的浪漫主义诗人，天生跛足。

至于脚可不像，他的双脚很健康。不过这是个长着胡子的安静的拜伦，就算是活到一千岁他大概也还是这个样子。

菲利亚斯·福格肯定是个英国人，但不一定是伦敦人。伦敦的交易所、银行、城里的任何一家商行，他都从未出现过；从未有一艘菲利亚斯·福格先生的船停泊在伦敦的任何一个港口或是码头；他没有政府公职；他从未参加过任何律师协会，无论是伦敦四法学会的中院、内院，还是林肯院、格雷院，都没有他的名字；他也从未在大法官法庭、女王御前审判法庭、财政审计法院和教会法院这些地方打过官司。他当然不是工厂主，但他也不是乡绅。他既未参加英国皇家学会，也未加入伦敦学会；他既不是手工业者协会的会员，也不是科学艺术联合会的成员。总之，不论是亚摩尼卡学会，还是昆虫学家们成立的为了消灭害虫的昆虫学会，在英国的首都这些众多大大小小的社会团体中，福格先生没有加入其中的任何一个。

菲利亚斯·福格是改良俱乐部的会员，仅此而已。

而他进入这个俱乐部的方式也简单无比。

他是经巴林兄弟推荐入会的。他在巴林兄弟的银行里有账户，他的账面上永远有存款，而且他的支票总是照单即付，所以他的信誉非常好。

这位菲利亚斯·福格先生很有钱吗？是的，毫无疑问。可他的钱是怎么来的呢？这件事连消息最灵通的人都说不上来，只有福格先生自己最清楚，要想知道，最好去问他本人。他既不奢侈，又不吝啬。一旦哪里的公益或慈善事业缺少经费，他就会悄悄捐钱，甚至不留姓名。总之，再没有比他更不爱交际的人了。他的话很少，而这一点使他显得越发神秘。他的生活太有规律了，人们总能在每天的同一时刻看到他做同一件事，总是精确无误。因此人们对他的猜测越来越多。

他出门旅行过吗？很有可能，因为没有人比他更熟悉世界地理了，即使是再偏僻的地方，他似乎都了如指掌。他总是能只用简单明了的几句话就澄清俱乐部里流传的有关旅行者失踪或迷路的种种传言；他会指出事情的种种可能性，而事情的结果往往都能证实他的分析是正确的，就好像他有千里眼一样。这个人一定哪儿都去过——至少曾在想象中环游过世界。

不过有一点是可以确定的，那就是多年来菲利亚斯·福格从未离开过伦敦。那些有幸能比一般人了解他稍微多一点的人可以证明：除了在他每天从家里到俱乐部的那条必经的、笔直的马路之外，没人敢说在其他什么地方见过他。他唯一的消遣就是看报纸和打惠司脱牌[1]。这种安静的游戏与他安静的天性十分符合。他常常赢钱，赢的钱从不装进自己的腰包，而是留着作为他慈善事业的基金。福格先生纯粹是为了打牌而打牌，绝不是为了赢钱。在他的眼中，打牌是一场战役，是对困难的斗争，同时既不用移动又不会疲劳，这很对他的胃口。

众所周知，菲利亚斯·福格没有妻小——这种情况只会发生在最老实的人身上；他也没有亲戚朋友——这种情况就比较少见

---

[1]惠司脱牌：扑克牌的一种打法，桥牌的前身，打牌时必须保持安静。

了。他一个人住在塞维尔街的房子里，从来没有人去拜访他，也没有人谈论过他的私生活。他家里只有一个仆人。他在俱乐部里用午餐和晚餐，每天都是在同一个时间，同一个房间，同一张餐桌；吃饭的时候从不和俱乐部的其他成员交谈，更不用说请别人吃饭了；每天都在午夜准时回家，却仅仅是为了睡个觉，他从来不住俱乐部为会员们提供的舒适的卧室。一天二十四个小时，他有十个小时在家里，不是在睡觉，就是在梳洗。他要是散步，也只是踱踱方步而已，或是在俱乐部门厅那马赛克地板上，或是在俱乐部的回廊里。这个回廊的顶上是蓝色花玻璃，底下由二十根希腊爱奥尼柱式[1]的红云斑石圆柱子支撑着。当他用餐时，俱乐部的厨房、储藏室、配膳室和牛奶房都会为他提供最美味的食物；那些身穿黑礼服、脚蹬厚绒软底鞋、神情庄重的侍者们，总会给他端来一套精致的瓷质餐具，摆在萨克斯出产的漂亮桌布上；他喝的雪利酒、葡萄牙波尔图葡萄酒以及掺着香桂皮、香蕨和肉桂的粉红葡萄酒总是被盛在俱乐部珍藏的模子都已经失传了的珍贵水晶酒杯里；他喝的冰镇饮料绝对清凉可口，里面的冰块都是花大价钱从美洲的湖泊里运来的新鲜冰块。

　　如果这样生活的人算是个怪人，那么不得不承认这种怪也有它

---

[1] 爱奥尼柱式：源于古希腊，是希腊古典建筑的三种柱式之一。由小亚细亚的爱奥尼人创建，特点是纤细秀美，由于其优雅高贵的气质，广泛出现在古希腊的大量建筑中，如雅典卫城的胜利女神神庙和俄瑞克忒翁神庙。

的好处！

　　塞维尔街的这套房子虽然算不上富丽堂皇，但却格外舒适。因为主人的生活习惯一成不变，所以仆人也没什么事做。但是福格先生要求他的仆人要超人般地按部就班和有条不紊。就在10月2日的这一天，他辞退了他的仆人詹姆斯·福斯特——仅仅因为这个不走运的小伙子端给他的刮胡子用的热水是八十八华氏度，而不是他要求的八十四华氏度。现在他正在等候接替这个小伙子的新仆人，按照说好的，新仆人应该在上午十一点到十一点半之间到。

　　菲利亚斯·福格四平八稳地坐在安乐椅上，他双脚并拢，像是在接受检阅的士兵，双手放在膝盖上，昂首挺胸，两眼盯着挂钟的指针——这个挂钟非常精确复杂，它能指示小时、分钟、秒钟、年份、月份还有日期。按照他的习惯，只要指针一指到十一点半，他就离开塞维尔街到俱乐部去。

　　这时，小客厅的门上传来了敲门声，已经被辞退了的仆人詹姆斯·福斯特走了进来。

　　"新仆人到了。"他说。

　　一个三十多岁的小伙子走了进来，向福格先生鞠了个躬。

　　"你是法国人，叫约翰，对吧？"福格先生问。

　　"如果先生您不介意，可以叫我让，"新来的仆人回答说，"就叫我让·百事通好了，百事通是我的外号，因为我天生就很会办事。我自认为很诚实，先生，老实说，我干过好多工作。我做过流浪歌手，当过马戏团演员，我能像雷奥塔那样表演高空特技，也能像布龙丹那样在钢丝上跳舞。后来为了更好地发挥我的才能，我还去当了体操教练；再后来，我在巴黎当上了消防队的中士，我的简历里还有几次我扑灭大火的记录呢。不过我离开法国已经五年了，这次我想体会一下家庭生活，所以在英国为别人当贴身男仆。现在我没有工作，我听说您是大英帝国最守时、最喜欢待在家里的人，所以我才来到您这里，希望能安安静静地做事，忘掉从前的一切，甚至连'百事通'这个名字也忘掉。"

"'百事通'这个名字很对我的胃口，"福格先生回答说，"别人向我介绍过你的情况，我知道你有不少优点。你知道在我这儿工作的条件吗？"

"知道，先生。"

"很好。你的表现在几点了？"

"十一点二十二分。"百事通从他的口袋里掏出一只大银表，回答道。

"你的表慢了。"福格先生说。

"不好意思，先生，这不可能。"

"你的表慢了四分钟。不过没关系，你只要记住相差的时间就行了。好吧，从此时此刻——1872年10月2日星期三上午十一点二十九分起，你就是我的仆人了。"

菲利亚斯·福格说完后就起身站了起来，机械地用左手拿了帽子戴在头上，一言不发地离开了家。

百事通听到了第一声门响：这是他的新主人出去了；紧接着第二声门响：这是他的前任詹姆斯·福斯特离开了。塞维尔街的房子里只剩下了百事通一个人。

第二章　百事通找到了好差事

刚开始百事通有些不安，自言自语道："说真的，我在杜莎夫人蜡像馆里见过的那些'先生'简直和我的新主人一模一样！"

这儿要交代一下，杜莎夫人的那些"先生"们都是用蜡做的，蜡像馆就在伦敦市，来参观的人络绎不绝。里面的蜡像做得太逼真了，只差能开口说话了。

就在刚才接触的短短几分钟里，百事通已经仔细地观察了他的新主人。福格先生大约四十岁，英俊潇洒，高个儿，样子很体面；他有着金色的头发和胡须，前额很光滑，没有一丝皱纹；他的脸色有些苍白，牙齿出奇地整齐洁白。他似乎已经达到了相士们所说的最高境界——"动中有静"，这是那些少说多做的实干家才有的品质。他冷静、镇定，目光炯炯有神，简直就是安杰丽卡·考夫曼[1]那传神妙笔下的最冷静的带点学究气的标准英国人的代表。从他的日常生活看，他的一举一动都不轻不重、不偏不倚，就像是一台勒罗伊的精密计时器。事实上，福格先生就是准确性的化身，这一

----

[1]安杰丽卡·考夫曼（1720—1807年）：瑞士著名女画家。

点可以从他手脚的动作中清楚地看出来。因为人和动物一样，四肢本身就是表达感情的器官。

福格先生做事太精密准确了，他总是不紧不慢，凡事都有准备，举手投足恰到好处，一点不多一点不少。他从不多走一步路，从来都是挑最近的路走；他从来不做多余的手势，从未不安或是感动过。他是世界上最慎重的人，一贯准时。

他独自生活，可以说几乎与世隔绝。因为他知道既然生活中要与人交往，交往中就难免会起摩擦，这些小摩擦就会耽误事，所以他不和任何人交往。

而让呢，就是百事通，他是土生土长的巴黎人。他在英国待了五年了，一直给人当贴身男仆，但是从来没找到一个合他心意的。他绝对不是莫里哀写的那种趾高气扬、目中无人、装腔作势、冷漠无耻的坏仆人，相反，他是个很正派的小伙子，他的长相很讨人喜欢，嘴唇翘翘的，脑袋圆圆的，很可爱，他温和亲切，乐于助人。他有蓝蓝的眼睛，面色红润；他的脸肉嘟嘟的，都能自己看到自己的脸；他身材魁梧，肌肉结实，孔武有力，这都是他长期坚持锻炼的结果。他那棕色头发有些乱蓬蓬的。如果说古代的雕塑家懂得十八种梳理密涅瓦[1]头发的技艺，那么百事通只会一种：拿起粗齿梳子，"唰唰唰"三下就好了。

再不谨慎的人都不会觉得这小伙子这么活泼的性格能和福格先

---

[1] 密涅瓦：罗马神话中的智慧女神。

生合得来。这个新仆人能成为他主人要求的有条不紊的仆人吗？这只能等他开始干活才能知道。百事通年轻的时候曾四处漂泊，现在他十分渴望能安定下来，可是不幸的是到现在都还没实现。他先后换了十个东家，没有一家能待下去的，因为他懊恼地发现每一家人都性情古怪、反复无常，不是在各个国家奔走，就是喜欢冒险——而这些已经不是百事通想要的了。他的最后一个主人罗德·朗法瑞爵士，是位年轻的国会议员。这位爵士晚上总是泡在海依市场的"牡蛎"酒吧，最后总是被警察架回家。出于对主人的尊敬，百事通壮着胆子向爵士提了一些很有分寸的意见，结果被顶了回来，还丢了饭碗。恰巧这时他听说了菲利亚斯·福格正在找一个仆人，他打听了一下这位先生的情况，发现他生活极有规律，既不出门旅行，又不夜不归宿，这对百事通来说真是再合适不过了。于是他就来了，然后就被留了下来，这些我们都已经知道了。

十一点半一到，塞维尔街的这套房子里只剩下了百事通一个人。他马上开始巡视整座房子，从地窖到阁楼，哪儿都不放过。这所房子是如此干净、整洁、朴素、庄严，这让他非常满意。在百事通看来，这所房子就是个漂亮舒适的蜗牛壳。这个壳明亮，还有瓦斯取暖，这已经能满足所有需要了。当他到了二楼，他马上就找到了他的房间。房间很舒适，他很满意。房间里有电铃和通话管，可以和底下的各个房间通话。壁炉架那儿立着一个电子座钟，和福格先生房间里的挂钟时间完全一致。两个钟同时敲响，一秒也不差。"这一切都太完美了，我太满意了！"百事通对自己说。

百事通突然注意到，在座钟上面贴着一张卡片，他看了之后发现是他的工作时刻表。上面写着从早上八点——这是菲利亚斯·福格起床的时间，一直到上午十一点半他离开家去俱乐部期间所有工作的细节：八点二十三分送茶和吐司面包；九点三十七分端刮胡子用的热水；十点差二十分理发等等。然后从上午十一点半到午夜十二点——这是这位有条不紊的绅士睡觉的时间——所有的事情都写在上面了，一切都交代得一清二楚。百事通喜滋滋地看着这张卡片，把每一条都铭记在心。

福格先生的衣柜里装得满满当当的，他的穿衣品位很高。每条裤子，每件上衣，甚至每件背心，上面都标着编号，这表示在不同季节和日期都应该穿什么衣服，从不会穿错。鞋子也是一样。总之，塞维尔街的这所房子在已故的大名鼎鼎的谢立丹住的时候一定凌乱不堪、毫无条理，而现在却被收拾得井井有条，让人感到十分舒适和安逸。这里没有书房，也没有书，这些福格先生都不需要，因为俱乐部里有两个图书馆，一个里面放着艺术方面的书，另一个里面放着有关法律和政治的书，这些书福格先生随时都能看。福格先生的卧室里有一个中等大小的保险柜，防火防盗。百事通还发现房子里没有一件武器，无论是自卫用的还是打猎用的。所有的一切都表明了主人好静的性格。

百事通又仔仔细细地检查了一遍这所住宅后，他搓了搓手，全身上下都洋溢着快乐，他嘴角扬起大大的微笑，高兴地反复说着："太好了！这就是我要找的差事！福格先生和我一定会合得来的！这是一个多么不爱出门、有板有眼的人啊！他简直就是台机器！哦，我不介意为机器服务，机器是不会生气的！"

第三章　福格打了一个很大的赌

　　菲利亚斯·福格在十一点半关上了家门，在右脚迈了五百七十五步、左脚迈了五百七十六步之后，他来到了改良俱乐部，这是一座矗立在宝玛尔大街上的高大宽敞的建筑物，修建这么一个俱乐部，至少要花三百万英镑。他一进俱乐部就去了餐厅，餐厅里的九扇窗户都开着，窗外是一个漂亮花园，花园里的树都已经被秋天染成了金黄色。他坐在了他固定的桌前，餐具已经为他摆放好了。他的午餐有一道配菜，一条酱汁烤鱼，一盘深红色的蘑菇酱烤牛排，一份香大黄，一块醋栗果蛋糕，还有一块柴郡奶酪。饭后，还会有几杯俱乐部特备的好茶。十二点四十七分，他站起身来往大会客厅走去。会客厅装修豪华，美轮美奂，墙上挂着许多裱制精美的名画。侍者递给他一份还没有裁开的《泰晤士报》，福格接过来就开始熟练地将报纸按版裁开，手法稳健，毫不费劲。这份报纸他要一直看到下午三点五十分，然后开始看《标准报》，一直看到晚餐时间。晚饭和午饭吃的一样。五点四十分，他又回到会客厅，面朝宝玛尔大街坐着。半个小时之后，俱乐部里的一些会员走进了大厅，围坐在壁炉前，炉子里的火生得很旺。这几位是福格先生平时的牌友，和他一样都是惠司脱迷，他们有：工程师安德鲁·斯图尔特，银行家约翰·叙利旺和萨米埃尔·法郎丹，啤酒商托马斯·弗拉纳甘，英国国家银行董事会董事高杰·拉尔夫；他们个个腰缠万贯、声名显赫，即便是在这样一个商业界和金融界巨头荟萃的俱乐部，他们也算得上是举足轻重的人物。

"哦，对了，拉尔夫，"托马斯·弗拉纳甘问道，"那起抢劫案最后怎么样了？"

"那个呀，"斯图尔特插嘴道，"那家银行只能自认倒霉了呗。"

"我的看法和您相反，"拉尔夫打断他说，"我觉得我们能抓住那个贼的。警方已经派了很多机警能干的警探守在欧洲和美洲的所有重要港口。如果他这样都能逃走，那他真是太厉害了。"

"这么说，警方已经掌握他的线索了？"斯图尔特问道。

"首先，那人并不是个贼。"拉尔夫郑重其事地说。

"什么？偷了五万五千英镑的人还不是贼？"

"不是贼。"

"那难道还是个企业家不成？"

"《每日晨报》说他是位绅士。"

说这句话的不是别人，正是菲利亚斯·福格。他从报纸里探出头来向大家致意，他们也向他回了礼。他们在谈论的正是英国各家报纸都在争相报道的焦点事件。这件事三天前发生在英国银行，那天是9月29日，一大沓价值五万五千英镑的巨额现钞被人从银行的总出纳员的柜台上拿走了。大家觉得奇怪的是，这样的事情怎么可能在众目睽睽之下发生呢？对此，银行董事会董事高杰·拉尔夫向他们解释说，当时，那位出纳员正在登记一项三先令六便士的款项，所以他当然不能哪都顾得上。在这里需要解释一下这间银行的情况。这家英国国家银行以信任顾客著称。银行里既没有警卫也没有看守，甚至连金银、钱币、支票都是随意搁放，全靠顾客的自觉。一位英国习惯观察家还讲述过这样一件事：有一天，他在这家银行的一个营业厅，他看到了一块大约七八磅的金条，他觉得好奇，就拿起来仔细端详了好一会儿，然后他把金条递给了他旁边的一个人看，这个人又给了另一个人，就这样这块金条一直被传到了漆黑的走廊尽头，过了半个小时才被放回到原位。在这期间，出纳员竟然连头都没抬一下。但是，9月29日这一天，事情并没有这么顺利。那一沓钞票没有回来。到了五点钟下班，汇兑处上方沉闷的钟声敲响时，英国国家银行只能把这笔钱登记在损益账上。警方一得知这件抢劫案就立即派遣了一批机敏能干的警探把守在各个主要港口，如利物浦、格拉斯哥、勒阿弗尔、苏伊士、布林迪西、纽约等等。破案者将得到两千英镑的奖金，另外加上追回赃款的百分之五作为报酬。调查工作已经开始，警探们还在各个铁路干道上盘查坐火车离开的和到达的旅客们。

　　但是正如《每日晨报》所说的，人们有理由假设这个盗贼不属于任何一个盗窃集团。在案发当天，有人看到一位衣冠楚楚、风度翩翩、举止优雅的绅士在银行大厅即案发现场徘徊良久。根据目击者的描述，警方轻易地掌握了这位嫌疑人的特征并通知了每一位警探。这样一来，一些善良的人们——拉尔夫就是其中之一——就认为这个贼一定逃不掉。不管是报纸上，还是俱乐部里，在英国的任何地方，人们都在谈论这件事。人们津津乐道、众说纷纭，有人认为最后能抓住，有人认为抓不住。所以改良俱乐部的会员们谈论这件事一点儿也不奇怪，更何况，他们其中还有一个是银行董事会董事呢。

拉尔夫相信，调查不会是徒劳无功的，因为高额的赏金会大大激发侦探们的热情与智慧。但是斯图尔特却很难相信；他们围坐在桌旁打惠司脱，继续进行着讨论，斯图尔特和弗拉纳甘相对而坐，法郎丹坐在了菲利亚斯对面。打牌时，大家就停止了讨论，不过在每局结束时，谈话又继续进行。

"我认为，"斯图尔特说，"这个窃贼很幸运，真是个机灵的家伙。"

"好吧，但是他能飞到哪去呢？"拉尔夫问道，"哪个国家对他来说都是不安全的。"

"不可能！"

"那么，您觉得他会去哪儿呢？"

"我不知道。这个世界太大了。"

"以前是这样的，"菲利亚斯·福格低声说道，"轮到你切牌了，先生。"同时他把牌给了托马斯·弗拉纳甘。谈话一时间中断了，后来斯图尔特重新拾起了这个话题。

"你说以前是什么意思呢？地球难道还会缩小吗？"

"当然会，"拉尔夫回答道，"我赞成福格先生的说法。地球缩小了，因为现在，一个人环绕地球一周比一百年前要快十倍。这就是为什么搜寻窃贼会更快的原因了。"

"但也正因为这样，窃贼就更容易逃掉啊。"

"该你出牌了，斯图尔特先生。"菲利亚斯·福格说。

但是那个不轻易相信人的斯图尔特并没有被说服，当这一局打完后，他又接着说："拉尔夫，你证明地球变小的方式太奇怪了，其实现在环游地球只需三个月……"

"只需八十天。"菲利亚斯·福格说道。

"这是真的，先生们，"约翰·叙利旺插话道，"只需八十天，在大印度半岛铁路罗塔尔到阿拉罕拜德段通车后，八十天的时间就足够了，在《每日晨报》上也刊登了新的计算方法：

伦敦至苏伊士，途经色尼山和布林迪西，铁轮与邮船	七天
苏伊士至孟买，邮船	十三天
孟买至加尔各答，铁路	三天
加尔各答至香港（中国），邮船	十三天
香港至横滨（日本），邮船	六天
横滨至圣弗朗西斯科，邮船	二十二天
圣弗朗西斯科至纽约，铁路	七天
纽约至伦敦，邮船和铁路	九天
总天数	八十天"

"是吗，八十天！"安德鲁·斯图尔特大叫道，一不小心出错了一张王牌，接下来他又继续说道，"但是这些并没有考虑恶劣天

气、顶头风、海船出事以及火车出轨等种种事故。"

"这些全算在内了。"福格先生边说边打牌，这次的争论就顾不上遵守打惠司脱必须保持安静的规矩了。

"但是那些印度教徒或者是印第安人会撬掉铁路钢轨呢，"安德鲁·斯图尔特回答道，"试想他们会截住火车，抢劫行李车，还有甚至是剥下旅客的头皮！"

"不管发生什么事故，都算进去了。"福格先生平静地反驳道，同时，扔下两张牌，"两张王牌。"

这时轮到斯图尔特洗牌了，他边收牌，便继续说着："理论上你说的是对的，福格先生，但是实际上……"

"实际去做的时候也是一样的，斯图尔特先生。"

"我倒很想看看你是怎样在八十天内做到的。"

"这全靠你了，我们俩能一块儿去吗？"

"上帝保佑，我是不会去的！但我敢拿四千英镑做赌注，我赌八十天内环绕地球一周是绝对不可能的事情。"

"相反，是很有可能的。"福格回答说。

"好吧，那你试试吧！"

"让我八十天环绕地球一周？"

"是啊。"

"好，我完全同意。"

"那什么时候呢？"

"马上，不过我得提醒你，你得负担这笔旅费。"

"太荒谬了！"斯图尔特喊道，他已经厌倦与朋友的争执了，

“算了，我们还是继续打牌吧。”

“重新洗牌吧，”福格说，“牌发错了。”

斯图尔特用他那激动得有些发热的手把牌收起，突然又把牌往桌上一摊，说：“好吧，咱们就这样说定了，福格先生，我跟你赌四千英镑！”

“冷静点，亲爱的斯图尔特先生，”法郎丹劝道，“这只不过是个玩笑而已啦！”

“我说赌就赌，”斯图尔特说，“我是认真的。”

“好吧！”福格说，接着转向其他人，“我有两万英镑存放在巴林氏兄弟那里，我愿意拿来打赌。”

“两万英镑！”叙利旺大叫起来，“两万英镑啊，一步没预料到，而耽误了预定的行程的话，那钱就全没了！”

“预料不到的事是绝不存在的。”菲利亚斯·福格平静地说。

“但是，福格先生，八十天是估算出的最少时间啊！”

“就算是最少的时间，只要能够好好利用，就能解决问题。”

“要想不超时，必须能够极其准确无误地一下火车就马上上船，一下船马上又上火车才行啊！”

“我会准确掌握这些的。”

“你是在开玩笑！”

“一个体面的英国人，打赌时谈到如此严肃重要的事情时，是不会开玩笑的。”福格说，“我准能在八十天内，甚至是不用八十天就能绕地球一周，也就是花上一千九百二十小时或者花十一万五千二百分钟绕地球一周，要是谁愿意和我打赌，我就跟他赌两万英镑，你们愿意来吗？"

斯图尔特、法郎丹、叙利旺、弗拉纳甘和拉尔夫这几位先生商量了一会儿后，说道："我们跟你赌。"

"好！"福格先生说，"到杜伏勒去的火车是八点四十五开车，我就乘这趟车去那儿。"

"今天晚上就走？"斯图尔特问。

"是的，今天晚上就走。"福格先生边回答，边看了小日历，接着说道，"今天是10月2号星期三，那么我应该在12月21号星期六晚上八点四十五分回到伦敦，还是到这个俱乐部大厅里。要是我没能如期回来，那么我存在巴林氏那里的两万英镑，在事实上和法律上都属于你们了。先生们，这是发票。"

一张打赌的字据立即写好，六位当事人很快在上面签了字，在此期间，福格先生表现得很冷静，他打赌当然不是为了赢钱，之所以拿出这一笔等于是他一半财产的两万英镑打赌，是因为他已经预料到一定能用对方的钱来完成这个计划。而这个计划就算不说是不太可能，也应该说是很困难。至于他的那些对手，此刻看起来是有些紧张，这不是因为赌注太大，而是这种紧张的气氛令他们有种踌躇不安的感觉。

这时，已经到了七点了。他们建议停止打牌，好让福格先生提前准备一下。

"我已经准备好了啊。"这位平静的绅士一面发牌，一面回答，"我这张是一个红方块，该您出牌了，斯图尔特先生。"

第四章　福格把百事通吓得目瞪口呆

这次打牌，福格先生赢了二十个基尼。七点二十五分时，他辞别了那些会友，离开了改良俱乐部。

百事通已经把自己的工作日程仔细研究了一遍。当他看到福格先生竟破例提前回家，感到非常惊讶，因为根据那张注意事项表，这位绅士应该在晚上十二点回家。

福格先生首先上楼回到自己屋里，然后喊着："百事通！"

百事通并没有回答，现在不该叫他，因为还没到时间。

"百事通！"福格先生又叫了一声，可是这次的声音并不比刚才高。

百事通随后进来了。

"刚才我叫你两声了。"福格先生说道。

"可是现在并没到晚上十二点啊。"百事通边看着手里的表边说。

"这我知道，"福格先生说，"我没有责备你。十分钟后，我们要动身前往杜伏勒和加来。"

这个法国人圆圆的脸上露出尴尬的窘相。显然他以为自己听错了，于是问道："先生，您是要出远门吗？"

"是的，"福格先生回答说，"我们要去环游地球。"

百事通瞪大眼睛，眉毛和眼皮直往上翻，两臂下垂，整个身子都瘫软了，因为吃惊，各种奇怪的样子都在他身上表现出来了。

"环游地球？！"他嘴里咕哝着。

"是的，八十天，环游地球，"福格先生说，"所以，我们现在一分钟都不能耽搁。"

"可咱们的行李怎么办？"百事通说着，脑袋来回摇晃着。

"我们用不着什么行李的，带个行李袋就行了。放两件羊毛衫、三双袜子，等出发以后，在路上再给你照样买一身，去把我的雨衣和旅行毯子拿来。你应该带上一双结实点的鞋子，其实我们会很少步行，也许根本用不着步行。好啦，去吧！"

百事通本想说些什么，但最后没说出来。他离开福格的房间后回到了自己的屋里，一屁股坐在了椅子上，自言自语地说了一句巴黎人常说的俗语："好啊，这下子可真够呛，我本打算过安稳日子呢！"

他机械地做着动身前的准备。要八十天环游地球一周！我的主人是个疯子吗？不，他是在开玩笑吗？要上杜伏勒去，好吧，还要去加来，行啊，总而言之，外出旅行，这位小伙子也不会太反对的。五年间，他都没踏上祖国的土地。这回他也许会到巴黎去，还能再看看法国的首都，这当然是很让他高兴的。想着这位从不爱多走路的绅士，一定会在巴黎停留一下，是的，他的确不喜欢多走路，可是，这次呢，他却真的要出远门了。

八点的时候，百事通已经准备好旅行用的简单行李，袋子里装着他和主人的衣服。接着，他心事重重地走出自己的房间，小心翼翼地把门锁好，然后去找福格先生了。

福格先生也已经准备好了，在他的胳膊底下夹着一本布莱德肖写的《大陆火车轮船运输总指南》，书里有他所需要的旅行中一切必要指示和说明。他从百事通手中接过旅行袋，打开之后，顺手塞进一大摞花花绿绿的钞票，世界各国都通用。

"把该办的事都办好了吗？有没有忘记什么？"

"没有，先生。"

"我的雨衣和毯子呢？"

"嗯，在这里。"

"很好，拎着袋子吧。"

福格先生把袋子交给万事通，嘱咐说："留点神，里面可是有两万英镑呢。"

袋子差点没从百事通手中掉下来，就好像里面真的有两万镑金子，显得非常沉似的。

他们二人走出大门，又在门上加了两把锁。

塞维尔街的尽头，有个马车站。他们坐上马车，飞快地驶向卡瑞因克罗斯车站，车站是东南铁路支线的终点站。

八点二十分，马车停在了车站铁栅栏前。百事通先跳了下来，紧接着他的主人也下车付了车费。这个时候，走过来一个乞讨的女人，拉着一个小孩儿，光着脚，上面都是污泥，头上戴着一顶破旧不堪的帽子，上面插着一根悲哀的羽毛。女人破旧的衣衫上，还披着一个破披肩。她走近福格先生向他讨钱，福格先生顺手把衣袋里刚刚打牌赢来的二十个基尼全都给了她。

"都拿去吧，善良的人，"他说道，"看到你，我心里很高兴。"

一个可怜的女乞丐

接着福格先生就走了。此时百事通觉得自己像是哭了，心里对他的主人更加尊重。他们两人很快走进车站大厅，在那里，福格叫百事通去买两张去往巴黎的头等票，在这时，福格转头看见改良俱乐部那五位会员："诸位先生，我马上就要动身了，等回来时，你们可以查看我护照上的各地签证印章，核对我的旅行线路。"

"唉！福格先生，没这个必要啦。"拉尔夫很客气地说着，"我们当然相信您是个守信用的君子。"

"有证明总比没证明好。"福格说。

"您有没有忘记何时回来呢？"安德鲁·斯图尔特提醒道。

"八十天以后，"福格说，"是在1872年12月21日，周六晚八点四十五分。再见，先生们。"

八点四十分，福格先生与仆人坐在一个车厢里，五分钟后鸣笛，火车缓缓开动。

夜漆黑一片，外面下着细雨。福格先生静静地坐在座位上。百事通倒还是有点茫然，只是机械地紧紧压着那个里面装有钞票的旅行袋。

不过，当火车还没到达西德纳姆时，百事通突然近乎绝望地大叫一声。

"怎么了？"福格问道。

"啊！在慌忙中，我忘记…"

"忘了什么啊？"

"忘记关上我屋里的煤气。"

"好吧，年轻人，"福格冷冰冰地说，"回来点的瓦斯你出钱吧。"

第五章
一种新股票出现在伦敦交易市场上

大家都在议论这件事

福格先生离开伦敦时，他已经猜到这会在全国引起轰动。打赌消息一传开，那些俱乐部的会员受到了很大震撼。这个消息后来由新闻记者从俱乐部转到报纸上去了。一经发表，全伦敦的市民以及整个英联合王国的人们都知道了这一消息。大家都在评论，在辩论，也在猜测着这个"环游地球的问题"。人们兴奋地争论着，就好像是又发生了一次亚拉巴马事件。有人支持福格先生，不过也有人反对，反对派很快占了人数上的优势。他们认为若不是纸上谈兵，而是真的用目前拥有的交通工具，在这么短时间内环地球一周，这不光是不可能，简直就是发疯的想法。

《泰晤士报》《标准报》《晚星报》《每日晨报》和其他二十种有名气的报纸媒体全都在反对福格先生。不过只有《每日电讯》对福格表示一定支持。大家都觉得福格很古怪，很疯癫。跟他打赌的那些会员，也受到了人们的责难，他们觉得想出这种办法的人脑子也有问题。

很多报纸针对这一问题发表了文章，有声有色，各有道理。谁都明白，在英国，大家对地理方面的问题很感兴趣。所以，不管是来自哪个阶层的读者，都喜欢看报上与福格有关的文章。

最开始的几天，特别是在《伦敦新闻画报》发表了福格先生的照片以后，有些大胆的人都开始支持福格先生，其中大部分是女性。有些绅士，特别是《每日电讯》的那些读者，他们甚至在说："八十天环游地球，怎么能说办不到呢？比这更奇怪的事我都见过呢！"但没过多久，这家报纸的评论腔调好像也不断消沉下去了。

情况是这样的：10月7日，英国皇家地理学会的会刊登载了一篇很长的论文，从多方面论证了八十天环游地球一周的问题。它直接指出：做出这种事情的人真是疯了！根据这篇论文的观点，旅行者会碰到很多人为的以及天然阻碍。要想完成这种旅行计划，就需要有绝妙的准确性做保障。何时何地动身，何时到达何地，绝不能有一点差错。但是这样准确的吻合是不会有的。如果是在欧洲这样一段不太长的路线上，人们还能够勉勉强强地算出火车准时到达的时刻，那么，在这种情况下，火车需要三天才能穿过印度，需要七天才能横贯美洲大陆。怎么可能把每次出发和到达的时间都把握得那么准确呢？况且，机器出故障、火车出轨道、列车相撞、气候恶劣、积雪阻道，这些都不会对福格带来不利吗？冬天在轮船上，他就不会受到海风和浓雾的影响吗？在横渡大洋的航线上，就算是最好的客船迟个两三天也不是什么稀奇的事情！不过只要有一点耽搁，那这整个旅行计划就要泡汤了，而且就连弥补的办法都没有。只要有一次赶不上轮船，哪怕只差几个小时，就得重新等下一班。这个差错就能使整个计划功亏一篑。

这篇论文引起了很大的反响，几乎所有的报纸都转载了这篇文章，当然"福格股票"的价格也随之一落千丈。

原来在福格动身后的那几天，人们拿他这次旅行的成败做起了投机买卖。任何人都知道英国那些打赌的人是怎样的。这些人比那种现钱赌博的人更会动脑子，也更有气派。赌博是英国人天生的癖好，其实不光是改良俱乐部的很多会员在大张旗鼓地拿福格的成败打赌，就连英国的广大群众也在进行着这种活动。"菲利亚斯·福格"这个名字就像一匹赛马的名字被印在赌博手册上了。同时在交易所里也有了"菲利亚斯·福格"这只股票，伦敦市场上也有其行市。人们都在按牌价或是超牌价买进卖出"菲利亚斯·福格"股票，这种股票当时成交很多，真是名声大噪。但是，在福格先生出发后的第五天，皇家地理学会会刊发表了那篇论福格旅行的文章之后，市场上"菲利亚斯·福格"开始供过于求，紧跟着"福格"证券便跌价了。人们都开始大量抛出。最初按票面价格五分之一减价出售，后来减为十分之一，甚至减为二十分之一，五十分之一，最后竟减为百分之一了。

支持福格的只剩下一个人了，就是那位半身不遂的阿尔拜马尔老爵士。他是位高贵的绅士，长年瘫坐在一张安乐椅上。如果谁有办法能够使他环游地球一周，即使要费十年工夫，即使要他拿出全部的家产，他也心甘情愿。他肯定福格必胜，他下了四千英镑的赌本来买"菲利亚斯·福格"股票。人家告诉他福格这个计划是十分蠢笨的，也是徒劳无功的，他只简单回答说："要是这桩事可以办到，那么，第一个办到的是个英国人，那不是很好的事情吗？"

不过，现在情况已经不太好了。拥护福格的人越来越少了。人人都反对他，也并非没有道理。福格动身后的第十天"菲利亚斯·福格"股票兑换率已经不是一百五十或二百兑一，而是一文不值了。原来出了一桩完全料想不到的事。

下面是一份从苏伊士给伦敦拍来的电报：

苏格兰广场，警察总局局长罗万先生。

我盯住了银行窃贼菲利亚斯·福格。速寄拘票至孟买（英属印度）。

侦探费克斯

这份电报一经发表，马上起了很好的效果，一位高贵的绅士在人们的心目中变成了一个窃取钞票的小偷了。人们看了和俱乐部会员的照片放在一起的福格的照片，发现他的特征跟警察局调查出来的窃贼外貌特点是一模一样的。于是人们就想到福格平时生活诡秘，想到他性情孤僻和他这次突然出走，显然他是用环游地球做幌子，用荒唐的打赌做掩饰，他的目的只不过是想逃过英国警探的耳目罢了。

第六章　难怪侦探费克斯着急

侦探费克斯

　　话分两头，现在我们再来谈一下那份报告福格是贼的电报是怎么来的。

　　10月9号，星期三，人们都在等着将在上午十一点开到苏伊士来的商船蒙古号。这是一艘属于东方半岛轮船公司的有螺旋推进器和前后甲板的铁壳轮船，载重两千八百吨，惯常动力五百匹马力。蒙古号是穿过苏伊士运河往来于布林迪西和孟买之间的班船，它是东方半岛轮船公司的一艘快船。从布林迪西到苏伊士这一段航程的正常时速是十海里；从苏伊士到孟买的正常时速是九点五三海里；可是它总是提前到达。

在等候蒙古号的时候，苏伊士的码头上有两个人在人群中走来走去。人群中有本地人，也有外国人。不久以前，这个城市还是一个小镇，由于雷塞布的巨大工程才给它带来远大的前途。

这两个人有一位是联合王国驻苏伊士的领事。尽管英国政府曾经很懊丧地断言这条运河的结局，尽管工程师斯蒂芬逊也说过关于运河的可怕的预言，但是这位英国领事现在依然每天看见英国船只通过这里。这条运河使英国绕道好望角到印度去的那条旧航线缩短了一半。

另外一个是一个带点神经质的人。这人又瘦又矮，看样子相当能干。他的眉头紧紧地皱着，他的眼睛有时透过长长的睫毛，闪动着犀利的目光，有时显得迷迷糊糊的，似乎什么也没有看见。这时候，他一直不停地走来走去，看来心里很不耐烦。这人名叫费克斯。英国国家银行盗窃案发生之后，他就是被派到好些港口去办案子的那些英国侦探之一。这位侦探一直在监视着所有经过苏伊士的旅客。如果发现有什么形迹可疑的人，他就一面盯着他，一面等候拘票。

就在两天以前，费克斯从首都警察局局长那里收到一份有关窃贼外貌特征的材料，有人在英国国家银行付款处，看到的那个被判断可能是小偷的人，据说是一个衣冠楚楚的高贵绅士。

这位侦探显然是被那一笔破案的奖金给迷住了。他在等候蒙古号的时候，露出一种显而易见的急躁情绪。

"领事先生，您说这条船不会脱班吗？"这句话他已经问过好几遍了。

"不会的，费克斯先生，"领事回答说，"根据昨天的消息，它已经到了塞得港的外海，一百六十公里长的运河对这样一条快船来说，算不了什么。我已经对您说过了：政府对于凡是在规定的时间内提前到达的船只，每快二十四小时，就发给二十五镑奖金，而蒙古号总是得奖的。"

"这条船是从布林迪西直接开来的吗？"费克斯又问道。

"是啊，是从布林迪西开来的。它在那儿装上寄往印度的邮件，星期六下午五点钟开出。您耐心点儿，它是不会迟到的。但我实在不明白，即使您要抓的人是在蒙古号上，您单凭收到的那一点材料，您怎么能把他认出来？"

"领事先生，"费克斯回答说，"对这些人不能靠认，主要是靠感觉，也就是靠我们应该有的敏锐的鉴别力。鉴别力是一种综合了听觉、视觉和嗅觉的特殊的感觉。像这样的绅士，我一生中逮过的不止一个了。我要抓的贼只要是在这条船上，我敢对您说句大话，他绝对逃不出我的手掌。"

"但愿如此，费克斯先生，因为这是一桩很大的窃案。"

"可不是吗？"费克斯非常兴奋地回答说，"五万五千镑呀！发这么大一笔横财，咱们可不常见啊！如今已经没有什么了不起的贼了！像西巴尔德那样的大盗已经绝种了！现在的贼往往只为了偷几个先令就被抓住了！"

"费克斯先生，"领事回答说，"听您说得这样头头是道，简直要马上给您庆功了，不过我还是得再提醒您一句，根据您现在的情况，恐怕还是有困难的。照您收到的那份有关窃贼相貌特征的材料上说，他完全像一位正人君子，这一点您想过没有？"

"领事先生，"费克斯满怀信心地说，"凡是大贼，样子总是像正人君子。要知道，那些生得鬼头鬼脑的人只能老老实实地安分守己，要不，他们一下子就会给逮住的。我们主要的任务就是要揭下那些伪装正人君子的假面具。我承认，做起来是有困难的！因为干我们这一行已经不能说是一种职业，而应当说是一种艺术了。"

显然，这个费克斯是个多少有点自命不凡的人。

这时，码头上渐渐热闹起来了。一些不同国籍的水手、商人、掮客、搬运夫、当地苦力都涌到码头上来了。显然是船马上就要到了。

因为刮着东风，所以很冷。淡淡的阳光照耀着那些突出在城市上空的清真寺的尖塔。举目南望，有一条长达两公里的长堤，像一条巨臂伸在苏伊士运河的港湾里。在红海上，漂浮着星罗棋布的渔舟和小船，其中有些船只，依然还保持着古代船只的那种美丽的式样。

费克斯由于职业上的习惯，一面在人群里走着，一面打量着来往的行人。这时已经十点半了。

"这条船不会来了！"他一听见港口的钟打十点半，就嚷着说。

"船离这儿不会太远了。"领事回答说。

"这条船在苏伊士要停多久？"

"停四个小时加煤。从苏伊士到红海的出口亚丁港，有一千三百一十海里，必须在这里加足燃料。"

"这条船从苏伊士直接开往孟买吗？"

"是的，中途不搭客，也不再装货。"

"那么，"费克斯说，"假如这个贼是从这条路来，并且又真是搭了这条船的话，那么，他一定是打算在苏伊士下船，然后再去亚洲的荷兰殖民地或者法国殖民地。他当然会明白印度是英国的属地，待在印度是不保险的。"

"除非他是个很有办法的贼。您知道，一个英国罪犯躲在伦敦，总比跑到国外去要好得多。"

领事说完这话就回到离此不远的领事馆去了。这两句话使费克斯盘算了老半天。他独自留在这里，心里感到十分烦躁不安。但是，他同时又有一种颇为奇怪的预感，他觉得这个贼，准在蒙古号上。的确，假若这个坏蛋离开英国是想到美洲去的话，那么从印度走是一条理想的路线，因为在这条路线上警探的监视比在大西洋那条路线上要松得多，再说，即使监视的话，也比较困难。

事实并没叫费克斯长期陷于沉思的苦境，一阵汽笛的尖叫声宣告轮船就要到了。成群的搬运夫和苦力都急急忙忙地跑上了码头。这股乱劲儿简直叫人有点为旅客们的手脚和衣服担心。转眼之间已经看到庞大的蒙古号在运河里直向码头开过来。十一点整，蒙古号一面从排气管噗噗地冒出蒸气，一面就在这烟雾弥漫的港湾里抛了锚。

船上旅客相当多。有些旅客站在甲板上眺望着全城美丽如画的景色。但大多数旅客都上了那些靠在蒙古号旁边的接旅客登岸的小驳船。

费克斯打量着每一位上岸的旅客。这时，有一位旅客，使劲推开了那些要替他搬东西的苦力，然后走到了费克斯的面前，很客气地问费克斯能不能告诉他英国领事馆的地址，同时拿出了一张护照，显然，他是要找英国领事办理签证手续。费克斯不自觉地顺手接过护照，一下子就把护照上的一切看得清清楚楚。

他差一点没有高兴得露出马脚来。那张护照在他的手里直抖。原来护照上关于执照人的一切记载，跟他从首都警察局局长那里收到的那份材料完全一样。

"这张护照不是您的吧？"费克斯向这位旅客说。

"不是我的，是我主人的。"

"您的主人呢？"

"他还在船上。"

"不过，"侦探接着说，"办理签证手续，一定要亲自到领事馆才行。"

"怎么，非得那样不行吗？"

"非得这么办。"

"那么，领事馆在哪儿？"

"在那儿，就在那个广场边上。"侦探指着两百步开外的那所房子说。

"那么好吧，我找我主人去。你要知道，他是个什么事都嫌麻烦的人。"

说完这句话，这位旅客向费克斯点了点头就回船去了。

第七章
再次证明护照对侦探没什么帮助

侦探走下码头，很快到了领事的办公室，立刻被领着去见那位官员。

"领事，"他没有任何先兆地说道，"我有充足的理由相信我的客户是一个蒙古号的乘客。"他又陈述了有关护照刚刚经历的事情。

"唉，费克斯先生，"领事答道，"看到那张无赖的脸我可能不会感到很抱歉，但是，也许他自己就不愿意过来，也就是说，如果他是你认为的那样。一个抢劫犯并不很喜欢留下自己航行的蛛丝马迹；另外，在护照上签证，现在已不是必要的手续了。"

"如果他和我认为的一样精明，领事，他就会过来的。"

"签发他的护照？"

"是的。护照只能给那些正直的人带来困扰，却能帮助旅行中的劣徒。不过我向你保证，这次情况很好，但我希望你不要签发它。"

"这是为什么？如果护照是真的，我无权拒签。"

"仍旧是这一点，我必须把这个人拖在这儿，直到我从伦敦获得批准来逮捕他。"

"啊，这是你的事，但我不能……"

领事还没说完，突然听到一阵敲门声，进来两个陌生人，其中一个是费克斯在码头上见到的那个仆人，另外一个则是他的主人，拿出护照，请求领事帮他签发。领事拿着文件认真审查，这时，费克斯在观察着，或者说甚至是从房间的一角死盯着他。

"你是菲利亚斯·福格先生？"领事看完护照后问道。

"是的，我就是。"

"那么这个人是你的仆人吗？"

"是的。他是个法国人，叫作百事通。"

"你来自伦敦？"

"是的。"

"那么你是要去往……"

"去孟买。"

"很好，先生。你知道签证是没用的，也不需要护照吗？"

"这我知道，先生，"菲利亚斯·福格回答，"但我想通过您的签证来证明我从苏伊士过来。"

"很好，先生。"

领事继续在护照上签字并注明日期，然后盖了他的公章。福格先生接着付了规定费用，冷静地鞠了躬，然后走了出去，后面跟着他的仆人。

"嗯？"侦探有些质疑。

"瞧瞧，他的言行举止表现得如此正直得体。"领事答道。

"可能吧；但是这不是问题所在。但是，领事先生，您不认为这位冷静的绅士在特征上和我收到的关于那个抢劫犯的描述有些类似吗？"

"我承认这点；但是，你要知道，所有描述……"

"我会把这件事情彻底查明的。"费克斯插了一句，"那个仆人在我看来似乎没有他的主人神秘；另外，他是一个法国人，他是会情不自禁地说话的。回头见，领事先生。"

费克斯开始着手寻找百事通了。

这个时候，福格先生离开领事馆后回到了码头，交代给百事通几件事让他去办，接着回到蒙古号船上他的船舱里了。他拿起自己的记事本，里面记着以下内容：

"离开伦敦，星期三，10月2号，下午8:45

到达巴黎，星期四，10月3号，上午7:20

离开巴黎，星期四，上午8:40

经由色尼山到达都灵，星期五，10月4号，上午6:35

离开都灵，星期五，上午7:20

到达布林迪西，星期六，10月5号，下午4:00

乘坐蒙古号轮船，星期六，下午5:00

到达苏伊士，星期三，10月9号，上午11:00

总耗时：158.5小时，即6.5天。"

这些日期被记在一本分栏的记事本上，时间是从10月2号一直到12月21号，上面标明了月份、日期、星期、每个主要地方应该到达和实际到达的时间，例如：巴黎、布林迪西、苏伊士、孟买、加尔各答、新加坡、香港、横滨、旧金山、纽约利物浦以及伦敦，这样能够保证算出来在每个途经地，他提前了多少时间，或者是耽误了多少时间。

在这个周五，10月9号，他记下已经到达苏伊士，发现自己既没有提前也没用延误时间。他静静地坐在船舱里吃午餐，一刻都没想过欣赏城市的风景，英国人总是倾向于让他们的仆人去参观他们途经之地，福格先生便是其中的一位。

第八章　百事通的话显得有些多

费克斯很快就又见到了百事通，百事通正在码头上自在地逛来逛去，不像福格先生，他觉得在旅途上自己什么都很愿意看看。

"喂，朋友，"侦探说道，走近百事通，"您的护照办好签证了吗？"

"啊，是您啊，先生，"百事通说道，"多谢您关心，我们全按规矩办妥了。"

"您在欣赏这里的风光吗？"

"是啊，可就是我们现在走得太快了，简直就像是在做梦，我们真的到了苏伊士了吗？还没搞明白呢！"

"是到苏伊士了。"

"是到了埃及了吗？"

"一点都没错！到埃及了。"

"也就是到了非洲了？"

"是的。"

"啊！到了非洲了！"百事通说，"我简直不敢相信！您知道吗？我还以为最远也过不了巴黎呢！巴黎，那么有名的首都城市，我只是早上七点二十分到八点四十分，由北站到里昂站的那么一段时间里从马车的窗子里看了几眼，而且外头还下着大雨。真的很遗憾！"

"这么说，您是有急事吗？"侦探问。

"我是一点都不急。有急事的是我的主人。哦，对了，我还得去买袜子和衬衫呢！我们出门时没带行李，只带了个旅行袋！"

　　"干脆我带您到市场去买吧，那儿什么都有。"

　　"先生，"百事通向费克斯说，"您这个人真是太好了！"

　　接着他们就一起去了。百事通话匣子一打开就没完没了。

　　"最要紧的是，"百事通说，"我得留神，不能误了上船。"

　　"时间有的是，"费克斯回答说，"现在才十二点。"

"我的表啊！这是我的曾祖父留下来的传家之宝。"

　　百事通掏出了他的大银表说道：

　　"十二点！别开玩笑了！现在是九点五十二分。"

　　"您的表慢了。"费克斯说。

　　"我的表啊！这是我的曾祖父留下来的传家之宝。它一年的误差也不会超过四五分钟，这是块好表。"

　　"哦，我知道了。"费克斯回答说，"您的表是伦敦时间，伦敦时间比苏伊士时间差不多慢两小时。每到一个地方，您应该在当地正午时间把您的表拨到十二点。"

"要调我的表！"百事通大声说，"我的表从来都不需要。"

"那么，您的表就跟太阳的运行不太符合了。"

"管它呢！先生，太阳也会出错的。"

这个棒小伙子小心翼翼地把表放在表袋里了。

过了一会儿，费克斯又问道：

"您离开伦敦是不是太仓促了？"

"当然啊，上星期三晚上，福格先生居然违反常规，八点钟就从俱乐部回来了。三刻钟后，我们就动身了。"

"您的主人真正是要去哪呢？"

"一直往东走！打算环游地球！"

"环—游—地—球？"费克斯嚷着说。

"是啊，用八十天的时间！据他说这是打赌。可是，不瞒您说，我一点都不相信。这事有点不近人情，一定另有文章！"

"啊！这位福格先生真是古怪！"

"我也是这么说。"

"他很有钱，是吗？"

"当然喽，他随身带了一大笔款子，都是崭新的纸钞！路上他一点也不节省，您知道吗？他对蒙古号大副说，只要这条船能提前一些时间到达孟买，他就会给一大笔钱！"

"您是不是很久以前就认识这个主人了？"

"我呀，"百事通回答说，"就是在动身的那一天，我才到他家呢。"

这番回答，在这个已经非常激动的侦探的心里的反应是不难想象的。盗窃案发生以后不久，立刻离开伦敦，带了这么一大笔钱，匆忙往远地跑，用这样奇怪的打赌做借口，这一切都证明费克斯的猜测是不错的。他又逗引着这个法国小伙子谈了一些情况，他已经确信这小伙子对他的主人一点也不了解，知道福格先生在伦敦的生活很孤僻；知道人家都说他是个有钱人，但却不知道他的钱是打哪儿来的；知道他是个令人捉摸不透的人。与此同时，费克斯也确实知道了菲利亚斯·福格不会在苏伊士上岸。他是真的要到孟买去。

"孟买离这儿远吗？"百事通问。

"相当远，"侦探回答说，"上那儿去您还得坐上十几天的船。"

"孟买到底在哪儿呀？"

"在印度。"

"这一回我可真是倒霉！活见鬼，我告诉你……有一桩事，真把我愁死了……我的煤气……"

"什么煤气？"

"出门时我忘记关煤气炉子了。如今它还在那儿烧着呢。将来这笔煤气费全得由我出。我算了一下，每二十四小时两个先令。这正好比我每天的工资多六便士。您知道，这趟旅行多延长一天我就多一天损失。"

费克斯是否真的了解了他谈的"煤气"问题呢？这很难说，因为这老半天他根本就没听百事通的，他在考虑自己该怎么办。他俩一路来到了百货市场。费克斯让百事通自己去买东西，并且提醒他别误了开船时间，然后就急急忙忙跑回领事馆。现在，费克斯是无比自信，显得非常沉着冷静。

"领事先生，"他说道，"我现在可以很确定地说，这家伙是逃不出我的手心了。他想装成一个要花八十天去环游地球的怪绅士来骗大家。"

"那么说，他真是太狡猾了啊，"领事接着说，"他是打算把欧、美两洲所有警察局都蒙混过了，然后再回到伦敦去。"

"是啊！咱们倒真要看看他的本事！"费克斯回答说。

"您真没弄错吧？"领事又问了一遍。

"我是不会弄错的。"

"那么，为什么这个窃贼一定要拿护照来办签证，证明他路过苏伊士呢？"

"为什么……领事先生，这我也不知道，"侦探回答说，"不过，您听我告诉您。"

于是他就把方才跟福格的仆人谈话中那几件最值得怀疑的事实陈述了一遍。

"不错，从这些事实能做出的一切推断都说明了这个人不太能靠得住。不过，您接下来打算怎样办呢？"

"我马上给伦敦打电报，要求立即发给我一张拘票，寄到孟买。然后搭上蒙古号，一直盯着他到印度。到了那块英国的属地，我就会很客气地走到他跟前，一手拿出拘票，一手抓住他的肩膀。"

一刻钟之后，费克斯提着自己简单的行李，带着一笔钱，就上了蒙古号。不一会儿，这条快船已经在红海上飞驰而行了。

第九章　福格顺利渡过红海和印度洋

　　苏伊士离亚丁正好有一千三百海里。根据航运公司规定：该公司的船可在一百三十八小时走完这段路。蒙古号加大了马力迅速前进，很有可能提前到达目的地。

　　从布林迪西上船的旅客大部分是往印度去的，有的去孟买，有的去加尔各答，但是也要经过孟买。自从有了开通了横贯整个印度半岛的铁路，人们就用不着再绕道锡兰了。

　　在蒙古号上的乘客中，有各种文官，也有各级武将，有的是英国正规部队的将领，有的是指挥印度士兵的军官，他们的薪俸都是很高的。

　　人们在蒙古号上过得自然很舒服。在这些官员当中，也有一些年轻的英国人，他们是带着巨款到海外去经商的。船上的事务长，也就是轮船公司的心腹，在船上的地位和船长是一样的。他把一切事务都搞得很讲究，不论是上午的早餐，下午两点的中餐，五点半的晚餐和八点钟的夜餐，餐桌上都摆满着一盘盘新鲜熟肉和其他佐餐小菜。这些食物都是由船上肉类供应处和食品部供应的。船上也有一些女客，她们每天都会换两次装。每当海上风平浪静的时候，船上会有音乐演奏，人们还可以一起跳舞。

但是，红海跟所有那些又窄又长的海湾一样，经常是风浪大作，波涛汹涌。海上大风吹起，不论是从亚洲海岸或是从非洲海岸吹过来的都要吹得这条装有螺旋推进器的梭形快船蒙古号不停地东摇西晃。这时，也看不见女客了，钢琴也不响了，轻歌曼舞似乎都停止了。但是，尽管是狂风怒吼，海浪滔天，这艘轮船在强大的机器马力推动下，却仍然毫不怠慢地向曼德海峡驶去。

福格先生这时候都在船上干些什么呢？也许人们会以为他一定整天愁眉苦脸地担心着变幻莫测的风势会对航行不利，担心着那怒吼的巨浪会使机器发生故障，担心着将要发生的事故会迫使蒙古号在中途港口抛锚，从而打乱他的旅行计划。

可是，他一点也没有如此想过。即使福格先生真的想到了这些，他也不会在脸上显现出来。他永远是一个不动声色的人，他是改良俱乐部里最沉着稳重的会员，任何意外和不幸都不能使他惊慌失措。他的心情就像船上的时钟一样永远不会激动。人们很少在甲板上碰见他。虽然红海在人类最早的历史上留下过丰富多彩的回忆，但是福格先生根本就不想去看一看。他也不去看那些红海两岸的奇异古城，那浮现在天边的城影简直就像是美丽的图画。他也不想一想那些在这阿拉伯海湾可能发生的危险：古代多少史学家如斯特拉朋、艾里安、阿尔得米多、艾德里西等人一提起这里，无不谈虎色变。从前，路过此处的航海家若不给海神奉献祭品，祈求旅行安全，他们是绝不敢贸然航行的。

那么这位关在蒙古号船舱里的怪客到底在干些什么呢？首先，他照常一日四餐，轮船的摇摆和颠簸都不能打乱他的生活步调，他简直就是一架结构很精致的机器。吃完饭以后，他就打惠司脱。对了，他已经找到了打牌的配手，那些人玩起牌来跟他一样着迷。一位是往果阿上任的收税官，一位是回孟买去的传教士德西姆斯·斯密史，另一位是回贝拿勒斯防地去的英国部队的旅长。这三位旅客玩惠司脱的瘾头跟福格可算是半斤八两，这四个人一天到晚就是打牌。

至于百事通，他一点也不晕船，他住在船头上的一等客舱里；他和福格一样，胃口总是很好。其实，这样的旅行，他是没什么不情愿的。他是拿定了主意了。要好吃好睡，沿途欣赏一下风景。况且，他确信这一趟奇怪的旅行一到孟买就会结束了。

10月10日，那是从苏伊士出发后的第二天。在甲板上，百事通又遇见在埃及码头上跟他殷勤谈过话的那个朋友。这当然使他很高兴。

"我没认错人吧，先生，"百事通说道，露出一副非常讨人喜欢的笑容，向那个人走过去，"在苏伊士很热心地给我领路的就是您吧？"

"是呀！"侦探回答说，"我也认出来了，您就是那位古怪的英国先生的仆人……"

"一点不错，先生您贵姓……"

"我叫费克斯。"

"费克斯先生，"百事通说，"又在船上碰见您，我真是太高兴了。您这是要去哪儿呢？"

"和您一样，去孟买。"

"那真是太好了。那您以前去过孟买吗？"

"去过几次，"费克斯回答说，"我是东方半岛轮船公司的代理。"

"那您对印度一定很熟悉了？"

费克斯不想多谈，只简单回答说："是啊……那当然。"

"印度是个很有趣的地方吗？"

"有趣极啦！那儿有很多庄严的回教寺，高高的尖顶塔，宏伟的庙宇，托钵的苦行僧，还有浮屠宝塔、花斑老虎、黑皮毒蛇，当然还有能歌善舞的印度姑娘！我倒希望您能在印度好好逛一逛。"

"我又何尝不想去逛逛呢，费克斯先生，您是无比了解的，哪能叫一个精神极好的人借口说要八十天环游地球来受这份儿罪呢，天天是一下轮船就上火车，刚下火车又上轮船，谁也受不了呀！这种体操式的旅行到了孟买，就万事大吉，没问题，您瞧着吧。"

"福格先生最近身体好吗？"费克斯很随意地问一句。

"他很好，费克斯先生，我也挺不错。现在吃起饭来活像个饿鬼，这都是因为受了海洋气候的影响。"

"您的主人呢？我怎么一直没见他到甲板上来呢？"

"他从来不到甲板上来。他是一个不爱看稀罕儿的人。"

"百事通先生，您是不是知道，这位装着要八十天环游地球的先生，暗地里可能肩负另外的秘密使命……比方说外交任务什么的？"

"天知道！费克斯先生，我跟您实说，我一点也不知道。真的，我决不花一个小钱去打听这种事！"

自从这次会面以后，百事通和费克斯就常常在一起聊天。这位侦探想尽办法跟福格这位管家接近，以便在必要时可以利用他。

于是费克斯常常在船上的酒吧间里请百事通喝上几杯威士忌或白啤酒，这个小伙子喝起酒来也毫不客气。为了不欠人情，他也找费克斯来个回敬。他认定费克斯是个很正派的人。

蒙古号确实跑得很快，到了13号这一天，已经看见了莫卡四周倒塌的城墙，城墙上长着一些碧绿的海枣树。远处，在万山丛中，是一片一片的咖啡种植场。百事通眺望着这座名城不禁心旷神怡。依他看来，这座由一些环状的残垣断壁构成的古城，配上旁边那座像个茶杯把子似的破古堡，活像个巨大的咖啡杯子。

这天夜里，蒙古号穿过了曼德海峡。这个名字，阿拉伯文的意思是"流泪之门"。第二天是14号，蒙古号停泊在亚丁湾西北的汽船岬，因为要在那里加煤。

要从那样远的矿区把煤运到汽船岬供应来往的轮船，这的确是一件重要而又困难的工作。仅仅东方半岛轮船公司的这一项煤费支出，每年就要花八十万镑（合两千万金法郎）。必须在好几个港口设立储煤栈，但是要把煤炭运到这样遥远的海上，每吨煤价格就高达八十法郎。

蒙古号到孟买还有一百五十海里的路程，要把船底煤舱加满，必须在汽船岬停留四小时。

但是，这四小时的耽搁，对于福格先生的旅行计划毫无妨碍，因为这早已在他的意料之中。再说，蒙古号本来应在10月15日早晨到达亚丁，而现在才是14号晚上。这就是说，富余了十五个小时。

福格先生主仆二人都上了岸。这位绅士要去办护照签证手续。而费克斯却悄悄地在后面跟着。福格先生办完签证手续之后，回到船上又继续打他的惠司脱。

亚丁这座城市有两万五千居民，其中有索马里兰人、巴尼昂人、帕西人、犹太人、阿拉伯人和欧洲人。百事通和往常一样，在这五光十色的人群中，溜达了一番。他瞻仰了那些使亚丁成为印度洋的直布罗陀的海防要塞，同时欣赏了那些巧夺天工的地下贮水池。两千年来，继所罗门王的工程师之后，有好些英国工程师参加了这儿的修建工作。

"真有意思，真有意思！"百事通回到船上时自言自语地说，"这下子我可明白了：要想瞧瞧新鲜事，出门旅行最相宜。"

晚上六点钟，蒙古号起碇了。螺旋推进器的桨翼激打着亚丁湾的海水，不一会儿，就开进了印度洋。蒙古号按规定应该在一百六十八小时内从亚丁开到孟买。而目前印度洋上的气候条件对于航行非常有利，海上一直刮着西北风，船帆有力地帮助机器向前推进。蒙古号由于顺风前进，所以就不大摇晃。这时，浓妆艳抹的女客们又在甲板上出现了。人们引吭高歌，翩翩起舞，船上又开始欢腾起来。这一段航程就在这样顺利的条件下过去了。百事通由于偶然的巧遇认识了像费克斯这样一位亲切的朋友，这会感到非常高兴。

10月20号，星期日，中午时分，已经看见了印度的海岸。两小时之后，引水员上了蒙古号。地平线上隐约露出了群山的远景，美妙和谐地衬托在碧蓝的天空里。又过了一会儿，就看见了挡着孟买城的一排排生气勃勃的棕榈树。蒙古号驶进了由萨尔赛特岛、科拉巴岛、象岛、屠夫岛环绕而成的港湾，四点半钟，到达了孟买码头。

这时，菲利亚斯·福格刚刚打完了今天的第三十三局牌，他跟自己的配手，因为大胆地做了一手好牌，竟拿了十三副，这次航行，也随着这一局牌的大获全胜而告一段落。

　　按规定，蒙古号本应在10月22日到达孟买。不过它20号就到了。所以从伦敦起程算起，福格先生已经赢得了两天时间。福格先生把这时间正式地写在旅行日记的盈余栏里了。

第十章
百事通尽管丢掉鞋子但还好最终逃开了

　　谁都知道，印度的地形是顶朝南、底朝北的一个倒三角形国家，面积一百四十万平方英里，人口分布非常不均，一共有一亿八千万。在这个幅员广阔的国家里，英国政府实际上只能控制一部分。英国政府在加尔各答设有印度总督，在马德拉斯、孟买和孟加拉都有地方总督，在亚格拉还有一个代理总督。

　　但是，真正意义上的英属印度地区，只有七十万平方英里的面积和一亿到一亿一千万的人口。由此可以看出，还有很大一部分地区是脱离英国女皇权力的管辖。实际上，印度内地依然存在着一些使英国认为凶猛可怕的土王贵族，他们仍然保持着自己的完全独立。

　　1756年，英国在现今马德拉斯城所在的地方建立了它在印度的第一个殖民机构，从那年开始直到印度士兵大起义的那一年，那个人所共知的东印度公司曾经专横一时，它逐步吞并了很多省，名义上是用分期付款的地价券从土王手里买来的，其实这些地价券很少兑现，甚至根本就不兑现。当时全印总督和总督府文武官员都由东印度公司任命。如今东印度公司已不复存在，英属印度领地已经直属英国女王管辖。这个国家的面貌、风俗和种族之争也在日益改变着。

如今印度的面貌、风俗和种族争执也在日益改变。从前人们去印度旅行只能依靠那些古老的交通方式，例如：步行、骑马、坐双轮车或独轮车、坐轿子、用人驮、坐马车等等。如今在恒河与印度河上，有快速轮船航行。同时又有一条大铁路横贯整个印度，并且沿途还有支线。只用三天，就可从孟买到达加尔各答。

这条横贯印度的铁路线并不是一条直线。直线距离本来只有一千到一千一百英里，就算是中速火车，三天之内也可以走完全程。但是，全线实际的长度却至少增加了三分之一，这是因为铁路路线向北延伸要经过半岛北部的阿拉哈巴德。

在这里概括地介绍一下大印度半岛铁路沿线的重点站——"大印度半岛铁路"。火车离开孟买岛穿过萨尔赛特岛，进入位于塔那前面的陆地上，穿过西高止山脉向东北直达布尔汉普尔，再穿过差不多可以算是独立的本德尔汗德上邦的领地，北上到阿拉哈巴德，再转向东面，在贝拿勒斯与恒河相遇，然后离开恒河不远向东南下行经过布德万和法属殖民地昌德纳戈尔直奔终点站加尔各答。

下午四点半，蒙古号上的旅客在孟买下船，发往加尔各答的火车八点整准时出发。

福格先生向同伴们告别以后，就上了岸。他吩咐百事通去买一些东西，并且特意叮嘱他务必要在八点以前回到车站与他会合。接着他就像一架天文钟的钟摆在数秒似的，一步一步丝毫不差地走向领事馆，办理护照签证去了。

虽然孟买风光旖旎景色新奇，但不论是宏伟的市政厅也好，漂亮的图书馆也好，城堡也好，船坞也好，棉花市场也好，百货商场也好，回教的清真寺也好，犹太教的教堂也好，亚美尼亚人的礼拜堂也好，以及在玛勒巴山上的有两个多角宝塔的美丽的寺院也好，这一切，福格先生连一眼也不想看。他既不去欣赏象山的名胜，也不去瞻仰那些在孟买湾东南的地下墓穴；甚至是萨尔赛特岛上的冈艾里石窟这种巧夺天工的佛教建筑遗迹，他也不打算去看看。

不去！没别的事了。福格先生走出了领事馆，就不慌不忙地走到车站。他决定在车站上吃晚饭。饭店老板特别向他推荐了当地有名的特产炒兔子肉，并说这个菜的味道最美。

福格先生接受了他的推荐，于是就要了一盘兔子肉，津津有味地品尝了一番。不过，虽然兔肉里加了五香作料，但福格先生还是觉得有一股令人作呕的怪味。

福格把饭店老板叫来了。

"先生，这就是兔子肉？"他望着饭店老板问道。

"是啊，老爷。"这家伙厚着脸皮回答说，"是热带丛林里的兔子。"

"你们宰兔子的时候，就没有听见它喵喵叫吗？"

"喵喵叫？天知道，我的老爷，这是兔子肉呀！我敢向您起誓……"

"别起誓啦！先生，"福格冷冷地说，"您还记得吗？从前猫在印度是神圣的动物，那时候真是它们的黄金时代。"

"猫的黄金时代？"

"大概也可以说是游客们的黄金时代。"

福格先生说完了这些，就继续静静地用餐。

　　就在福格先生下船以后不大一会儿，侦探费克斯也下了船。他一下船就跑去见孟买警察局局长。他向局长说明了自己的身份和他的任务以及目前他盯着的这个嫌疑犯的处境，然后又询问了局长是否接到了伦敦寄来的逮捕令。局长说他什么也没收到。其实在福格动身以后逮捕令才发出，当然也不会这么快就到孟买。

　　费克斯这回被弄得非常尴尬。他希望孟买警察局能给他签一张拘捕福格的逮捕令，不过被局长给拒绝了。因为这是只有英国首都警察厅才有的职权，只有首都警察厅才有权签发逮捕令。这种严格遵守原则和法律的精神充分说明了当时英国人的一种风气：凡是涉及个人自由的问题绝不允许有任何武断。

　　费克斯不再坚持自己的要求。他知道现在没有别的办法，只好耐心等待逮捕令，他决定在这个不可捉摸、没有露出一丝破绽的家伙停留在孟买的时候，一刻也不对他放松。费克斯相信福格是会留在孟买的。我们知道百事通也是如此想的。如此一来，就有时间等待伦敦寄来的逮捕令。

　　但是，百事通在离开蒙古号的时候，一听到他主人的吩咐就彻底明白了：这回到孟买的情况又和到巴黎和苏伊士的时候一样，旅行也并不是就此结束，起码还要再走到加尔各答，说不定还要更远一些。他开始寻思：莫非福格先生打赌是确有此事；莫非真的自己的命运注定了不能如愿地吃口安稳饭，而是偏偏要叫自己去实现这个八十天环绕地球的旅行吗？

跳舞的姑娘

百事通买好了几件衬衣、几双袜子之后，看看时候还早，就在孟买大街上溜达起来。大街上熙熙攘攘，街上的人摩肩接踵，其中有不同国籍的欧洲人，戴尖帽子的波斯人，用布带缠头的本雅斯人，戴方帽子的信德人，穿长袍子的亚美尼亚人，戴黑色高帽子的帕西人（或叫盖伯人）。原来这天正是帕西人的节日，他们正在庆祝这一节日，这一族是信奉拜火教民族的后裔，他们在印度人当中，技艺最巧，文化最高，头脑最聪明，作风也最严肃。如今孟买当地的富商都是这一族人。在这一天，他们正在庆祝祭神节，有游行，还有歌舞活动，跳舞的姑娘们披着用金丝银线绣花的玫瑰色的纱丽，合着三弦琴和铜锣的拍子，翩翩起舞，美妙多姿，而且又端庄典雅。

百事通看到这种新奇的宗教仪式，十分好奇，不用说会睁大眼睛，竖起耳朵，把舞蹈仔细看个饱，把音乐认真听个够；他的表情和他那副样貌也不用说会像人们可能想象出的那种最没见过世面的傻瓜，很笨的样子。

不幸的是百事通这种好奇心竟然失去了分寸，差点儿影响了他主人这次旅行的计划。

事实是这样的：百事通一路上看完了这场帕西人的节日仪式，就向车站走去。可是当他路过玛勒巴山，看见那座美丽的寺院的时候，他忽然心血来潮，想到里面去看个究竟。

但是有两件事他全不知道：首先，某些印度神庙有明令禁止基督徒入内；其次，即便是信徒进庙，也必须先把鞋子脱在门外。在这里应该说明：英国政府为了政策上的需要，都很尊重并保护印度本国的宗教，不论何人即便是对本地宗教稍微有一点亵渎，都会受到严厉的处分。

百事通一点也没想到会闯下大祸，就像平平常常的游客一样走进了玛勒巴山的寺院里，当时他正在欣赏那金碧辉煌的印度教的装饰，突然被人推倒在神殿里的石板地上了。原来是三个僧侣怒气冲冲扑了过来，拽下了他的鞋袜，给他一顿猛拳，还夹杂着一阵叫骂声。

这个法国小伙子既结实又机灵，猛地从地上站起身来，左一拳，右一脚，三个敌手就被他打翻了两个。趁这两个僧侣被长道袍绊住不能动弹的时候，他拔腿就跑，三脚两步冲出了庙门，紧接着，就把那个跟踪追来的第三个僧侣和他们带的一大帮人远远撇在身后了。

现在离八点钟只有五分钟了，火车眼看就要开走，百事通帽子也没有了，光着头，赤着脚逃到车站，就连刚才买的一包东西，也在打架的时候给弄丢了。

费克斯下船以后就跟着福格先生来到了火车站。他暗中跟着福格来到车站，现在他知道了这个坏蛋福格就要离开孟买。他马上决定跟着走，会一直跟着他去加尔各答，就算是再远的地方，他也得盯着他。百事通并没有看见躲在阴影处的费克斯。而费克斯却听见了百事通对他主人简单地叙述着自己的遭遇，这些谈话内容他都记在心里了。

"我希望你不要再碰到这种事了。"福格也就简单地说了这么一句，便上了火车走进了他的车厢里。

这个倒霉的小伙子，光着脚，狼狈不堪地跟主人上了车，连一句话也没说。

费克斯正要去上另外一节车厢，这时他忽然灵机一动，便马上改变了主意，想到一个念头，决定不走了！

"不，我得要留下，"他自言自语地说，"既然他在印度境内犯了罪……我就可以抓他。"

火车随着一声惊人的汽笛声，消失在无限夜色中。

第十一章
福格花高价买了一头大象坐骑

火车按规定时间出发，开出了站。车上有很多旅客，有的是军官，还有文员，另外也有贩卖鸦片和靛蓝的批发商，这些人多在半岛的东部做买卖。

百事通跟福格先生坐在同一个车厢里。对面角落里坐着另外一位客人——旅长法兰西斯·柯罗马蒂先生。他是从苏伊士到孟买途中跟福格一道打牌的牌友。如今他要回到驻扎在贝拿勒斯附近的部队里去。

法兰西斯·柯罗马蒂先生高高的个子，金黄色头发，有五十来岁。他在印度士兵大起义的事变中的凶狠是出了名的。他的确能够称得上是个"印度通"。他自打年轻的时候起，就住在印度，很少回故乡去。他是个知识渊博的人。假如福格先生向他请教的话，柯罗马蒂会乐意把有关印度的历史、风土人情和社会组织的情况告诉他的；可惜福格先生什么都不向他打听，因为他不是来旅行的，他只是想要在地球上转一圈。他是一位庄重严肃的人物，他要像机械运动的规律那样死板地围着地球绕上一个圈。现在他心里正在盘算从伦敦动身后花掉的小时数。他一边搓着双手一边思考着事情，这种动作对他来说是下意识的。

虽然法兰西斯·柯罗马蒂先生只是在玩牌的间隙或是在计算牌分的时候，才略微观察一下福格的为人，但是，他并不是没有看出来这位旅伴的脾气很古怪。他不禁发生疑问：就像福格先生这样一位外表冰冷严肃的人，里面是否也有着一颗跳动着的心呢？他对大自然的美丽景色是否也会有感觉呢？他是否也像常人一样有着自己的希望和抱负呢？对柯罗马蒂说来，这些都是难题。他一生认识了形形色色的人，其中也有不少性情古怪的人，但都没法跟福格这个如此死板的家伙相比。

福格先生对柯罗马蒂，并没有丝毫隐瞒他环绕地球的计划；他甚至把在什么样的状况下完成这个计划，也告诉了这位旅伴。但旅长却认为这次打赌只不过是一种毫无意义缺乏头脑的怪癖而已。凡有这种怪癖的人，一定是缺少一种指导一切有理智的人所必需的因素——益智。这位古怪的绅士，如果继续这样下去，一定会虚度年华一无所获。这对自己既没有好处，也对别人毫无裨益。

离开孟买一小时之后，火车从萨尔赛特岛穿过那些高架铁桥后，很快地就在印度半岛上奔驰。在卡连，火车撒开了右面通往坎达拉哈和浦那向东南延伸的铁路岔道支线，向波威尔驶去。从这里开始，火车便穿行在纵横绵直的西高止山里。这个山脉主要的地质构成部分是迸发岩和雪花岩。在这些山最高的顶峰上丛林茂密。旅途中，柯罗马蒂和福格偶尔聊几句。每次谈话总是旅长先开头，但，结果还是说不下去。

"福格先生，"旅长说，"您要是在头几年的话，在这地方准会误事，您的计划也八成儿就吹了。"

"为什么呢，法兰西斯先生？"

"因为火车一到山底下，就得停下来，铁路只修到山脚下。那您就只好坐轿子或骑小马到对面山坡上的坎达拉哈再换车。"

"就算有那样的延误耽搁，也不可能影响我旅行的计划。"福格回答说，"至于这些阻碍性的情况，我也并不是不能预见到的。"

"可是，福格先生，"旅长又说，"就像您的随从闯下的这桩乱子，就差一点坏了您的事，给您带来大麻烦啊。"

百事通这时候把一双光脚裹在旅行毯里，睡得正香。他做梦也没想到有人在议论自己。

"英国政府对待这种违法行为十分严厉，"旅长接着说，"英国政府认为尊重印度人的宗教习惯，应该被看成是高于一切的。假若您的随从已经被逮捕的话……"

"算了吧，法兰西斯先生。他要是被逮捕了，"福格先生说，"就会判他的刑，那是他自作自受。但临了还能够平安无事地回到欧洲。我看不出有什么理由为这事而耽误他的主人的旅行行程计划。"

谈话到了这里，便没有再继续了。在夜里，火车穿越高止山脉，过了纳西克，第二天是10月21号，火车驶过一片相对平坦的康德什地区。这里的土地肥沃，植物繁茂，其间零星地点缀着一些小镇。在这些小镇的上空，见不到欧式礼拜堂的钟楼，却看到一些寺院的尖塔。无数溪流——大部分是戈达瓦里河的支流或河汊，河水浇灌着这片肥沃的土地。

百事通一觉醒来，睁开眼睛看了看窗外，简直不敢相信自己正乘着半岛铁路的火车横穿过印度。这情景尽管叫他难以置信，却是真实的。这火车是由英国机械师驾驶的，烧的是英国煤炭。火车喷出的烟雾掠过一片片田地的上空。那儿种的东西有棉花、有咖啡、有豆蔻，也有丁香和红胡椒。在一丛棕榈树的树梢上，缭绕着袅袅烟雾。树丛中，现出一片别致美丽的平房、几处荒凉的修道院的废墟和几座具有印度风情的奇特庙宇。印度建筑中那些千变万化的装潢艺术更丰富了这些庙宇的内容。再过去，是一片一望无际的田野。在那些灌木林中，既有毒蛇，又有猛虎，火车汽笛的嘶叫声使它们无比害怕。再往前去，铁轨从树林中开辟了一条通路。那儿还经常看到大象出没，它们不时经过此地，莫名其妙地注视着火车从它们面前飞驰而过。

这天上午，火车经过了马利甘姆，便进入了一个凶险可怕的地区，也就是那些拜死亡女神卡丽的信徒常常在那里杀人的地方。不远就是艾洛拉寺，那儿的上空屹立着许多庄严美丽的宝塔。再过去就是名城峨仑加巴，它是强悍不屈的奥仑扎布王的京城。如今这儿只不过是尼赞王属下一个省份的首府。这块土地是由速格会的领袖、绞人党徒的大王斐林及阿来统治的。那些杀人者组成无法破获的秘密团体，是以祭死亡女神为名，把人不分年龄大小通通绞死，而且从不让死人流出一滴血。曾经在这里，任何一个地方都能找到死尸。英国政府虽已尽其所能将这种杀人行为大部分禁止了，但这种恐怖的帮会依然还有，而且还继续进行着杀人的勾当。

十二点半，火车停在布尔汉普尔。百事通在那儿花很多钱，才买到一双镶嵌有假珍珠的拖鞋。他穿起这双拖鞋顿时自命不凡起来。

在苏拉特附近，有一条流入康木拜湾河，叫塔普河，旅客们匆忙地吃完饭，沿着塔普河散步，然后，又重新登车前往阿苏古尔。

趁这个机会来介绍一下百事通心中的计划，是非常适宜的。在到孟买之前，他始终都觉得，并且也相信着，到了孟买也就该停下来歇一歇了。不过到了现在呢？自从火车开始飞快地在印度大陆上飞驰，他过去的想法立即更改了。他的老脾气马上又来了。他青年时代的幻想又出现了。他对待主人的旅行计划，态度上也严肃认真起来了。他相信这次打赌确实是真的。如此一来，他也相信是他们要去环游地球一周；而且相信要用极短的时间完成这次旅行，甚至是，他居然对可能发生的迟误也担心了起来：他害怕在旅途中会发生意外事故。他觉得自己仿佛也和这笔赌注有了联系。他一想起头天晚上，他干的那桩自己都觉得不可饶恕的蠢事，那很可能会断送这笔赌注的时候，就害怕起来。正是由于他不如福格那样沉着冷静，所以对他来说，心情也就要沉重很多。他把已经度过的日子数了又数，算了又算，咒骂火车不该遇站便停；也很责怪火车走得太慢，还偷偷埋怨福格先生没有许诺给司机一些奖励。这个小伙子并不知道，在轮船上可以这样办，而在火车上就不可以了，因为火车的行驶速度是有规定的。

到了傍晚，在堪地士邦和本德尔汗德之间，火车进入到了苏特甫山丛的狭道里。到了第二天，10月22号，法兰西斯·柯罗马蒂问已经到什么时候了。百事通一面看着大银表，一面回答说是到了凌晨三点钟。事实上，他这块宝贝表的时间还是按格林尼治子午线计算的，格林尼治距此往西约七十七经度之远，当然他的表就愈错愈慢，其实已经慢了四小时。

柯罗马蒂改正了百事通的时间，又提出了和费克斯相同的问题。他尽量让百事通知道，要把表显示的时间调到当地时间，这是因为他们是在向东走，也就是说向着太阳走，因此每走过一个经度白天就缩短四分钟。不过看来他说的话也都是白说了。也不知道这个顽固的小伙子究竟有没有听懂柯罗马蒂说的话，他还是不愿把他的表向前调调，依然固执己见，坚持伦敦时间，不过这种单纯的固执并没有妨碍任何人。

在上午八点的时候，火车离洛莎尔还有十五英里，突然就在树林中的一块宽阔的空地上停下来了。四周是一些带回廊的平房和工人住的小屋。这个时候，司机走到每节车厢里说：

"乘客们请下车。"

福格先生看着柯罗马蒂，柯罗马蒂显然也不明白为什么要在这片乌梅树林里停车。

百事通也很惊讶，他跳下车，过了一会儿就回来了，喊道："先生，铁路到头了。"

"你在说什么？"柯罗马蒂问。

"我说火车不能往前走了。"

旅长立刻跳下车来。福格也不慌不忙地跟着下了车。他们一起去问列车长到底是怎么回事。

"我们到哪儿了？"柯罗马蒂说。

"到了克尔比了。"列车长回答说。

"我们就停在这儿了？"

"当然停在这儿，因为铁路还没修完……"

"什么？还没修完？"

"是的，没有。从这儿到阿拉哈巴德之间，还要修一段约五十多英里长的路。"

"但是，报纸上说已经全线都通车了。"

"那又怎样呢，长官先生，报纸是搞错了。"

"可是你们卖的票是从孟买到加尔各答呀！"柯罗马蒂说道，有些愤怒。

"您说得不错，可是旅客们都很清楚从克尔比到阿拉哈巴德这段路得自己想办法。"

这时，柯罗马蒂火冒三丈，百事通恨不得把这个列车长痛揍一顿，但还是没有。百事通这时简直不敢看他的主人，不知道他气成什么样了。

"法兰西斯先生，"福格很平淡地说，"假如您愿意的话，我们一起去另想办法到阿拉哈巴德去。"

"福格先生，这个意外的耽搁对您的损害是不是太大了啊？"

"不，法兰西斯先生，这事是在意料之中的。"

"什么！您早就知道铁路不通……"

"这我倒一点也不知道，不过我知道旅途中肯定会发生什么阻碍的。可是，无论怎么样对计划也不会有太大影响的。因为我提前有两天富裕的时间可以抵偿。25号中午十二点加尔各答有一条轮船开往香港。今天才22号，我们会按时到达加尔各答的。"

既然他的回答是这样充满信心，那也没什么可说的了。路未竣工，只能修到这里，这是千真万确的事。报上的新闻报道跟某些总是走得快的钟表一样，竟然提前宣布全线通车。大部分旅客都知道这一段铁路还没有修好，他们一下火车，便把镇上的各种代步工具抢雇一空了。不管是四轮大车、双峰驼牛拉的辇车，还是像活动庙宇一样的旅行小车、滑竿或小马，福格和柯罗马蒂找遍了全镇，不过什么也没雇着，他们只好空手而回。

"我要走着到阿拉哈巴德。"福格先生说。

百事通这时找到他的主人，看了看他那双漂亮的但经不起长途跋涉的拖鞋，若有所思。但是幸运得很，他现在已经有了一个新的发现，但他还有点犹豫。

"先生，"他说道，"我觉得我已经找到了一种代步工具了。"

"是什么样的工具？"

"一头大象！离这儿百十步远，住着一个印度人，他有一头大象。"

"那好，我们去看看。"福格说。

五分钟后，福格、柯罗马蒂和百事通来到一所小土屋旁边。靠近这所小土屋，有一个用栅栏围成的高围圈。小土屋里住着一个印度人。围圈里有一头大象。在旅客们的请求下，印度人把福格先生和他两个同伴带进围圈里。

在栅栏里，他们看到那头大象。这头大象已经快要被驯服了。大象主人并不打算把它训练成驮东西的牲口，而是要把它训练成一头打仗用的斗兽。为此，他首先是慢慢改变大象驯良的天性，培养它凶猛的野性，成为一头印度话叫"马其"的猛兽。因此在三个月内，要用糖和牛奶来饲养它。这种办法似乎不太合适，不可能产生那样的效果，但是那些养象的人，多半采用这种方法，确实是获得了成功。对福格先生说来，这简直太幸运了。因为，这头象，刚刚用这种办法来训练，还一点没有变成"马其"的样子。

他们看到了那头大象……

这头名叫奇乌尼的大象现在还跟别的大象一样，能长途跋涉，而且健步如飞。既然找不到其他坐骑，福格先生便决定雇用这头大象。

但是，大象在印度很贵，因为印度的象已经越来越少了。尤其是适合于马戏场表演用的公象，就更难找到了。这种动物一成为养驯的家畜，就很难繁殖，大家只有靠打猎来补充。当福格问印度人是否肯把象租给他时，对方一口给回绝了。福格先生决心要租这头大象，所以就出了一大笔钱：每用一小时，给十英镑（合二百五十法郎）。但是主人不同意。二十镑呢？还是不行。四十镑呢？总是不答应。福格先生每加一次价钱，都吓得百事通跳一下。虽然这个价钱已经出得很高了，可是大象主人却丝毫无动于衷，不留余地。如果按十五小时到阿拉哈巴德计算，大象主人一共能赚到六百镑（合一万五千金法郎）。

福格先生在谈价钱时依然还是面不改色，这时他就向印度人提出要买这头大象，出了一千英镑（合二万五千法郎）的高价。

不过大象主人就是不肯卖！大概是这个家伙看准了这宗买卖能赚一大笔钱。法兰西斯·柯罗马蒂把福格叫到一旁，劝他加价的时候应该先好好考虑考虑。福格回答说，他从来就没有不深思熟虑就办事的习惯，这样办是为了赢得价值两万英镑的赌注；他必须要用这头大象，哪怕要出高于实际价钱二十倍的价钱，他也要买。

福格先生又来找到那个印度人。印度人的一双小眼睛里，闪耀着贪婪的光，人家一看就会明白买卖能不能成交只是价钱高低的问题而已。福格先生接二连三地加价，一千一百镑，一千五百镑，一千八百镑，最后竟然加到两千镑（合五万法郎）。百事通因为过分激动，简直惊呆了，脸色先是通红，而后变得发白。

大象主人最后终于同意以两千英镑卖出大象。

"就是因为我这双拖鞋走不了长路，他的象肉才卖这么大价钱！"百事通大声说道。

买卖做成了，现在就差找一个向导了。这事儿比较容易！有一个相貌看起来挺聪明的年轻的帕西人愿意效劳。福格先生同意雇他，并同意给他很高的报酬，这样当然就会使帕西人加倍卖力。大象牵出之后，立刻就装备起来。这个帕西人当象童或充向导十分内行。他在象脊背上铺上鞍垫，在象身两侧挂上两个坐着并不太舒服的鞍椅。

福格先生从他那很有名的袋子里拿出钞票，付给大象主人。这些钱活像从百事通心肝五脏里掏出来似的。福格先生请柯罗马蒂先生同乘大象去阿拉哈巴德，旅长接受了他的邀请。

他们在克尔比买了一些吃的。柯罗马蒂坐在大象一侧的鞍椅上，福格坐在另一边。百事通跨坐在主人和旅长之间象背的鞍垫上。那个帕西人骑在大象脖子上。九点钟，大象起步，离开克比尔，从一条最近的路线进入了茂密的树林。

第十二章　菲利亚斯·福格一行人冒险穿越森林和随之发生的事

为了缩短路程，向导就撇开了右边那条修建中的铁路线。这条铁路为了要避开那些分支纵横的文迪亚山脉，就不能像福格先生所希望的那样，是一条笔直的近路。这个帕西人对这里的大大小小的线路都非常熟悉。他建议大家从森林里穿过去，这样，可以少走二十多英里路，大家都同意了他这个办法。

福格先生和柯罗马蒂分别坐在两个鞍椅里，只有两个头露在外面。向导驾着大象，叫它快步奔走。大象迈起快步，把鞍椅里的人颠得很厉害。但是，他们以英国人惯有的沉着都在忍受着这种颠簸。有时候他们谈上一两句，有时候只是相互看看。

至于那个趴在象背上每走一步都要立即受到上下颠震的百事通，他在心里牢牢地记住了主人的叮嘱，尽量不要把舌头放在上下两排牙齿中间，要不然，他一不留神，就会把舌头咬下一截来。这个小伙子一会儿被抛到象脖子上，一会儿又被抛到象屁股上，忽前忽后，活像马戏班小丑在玩着跷跷板一样。但是他在这种跳来跳去的间隙中还是不停地嘻嘻哈哈开玩笑。他不时地从袋子里掏出几颗糖块，聪明的奇乌尼一面用鼻尖把糖接过来，一面仍然一刻也不停地按原来的速度快步前进。

跑了有两小时之后，向导让大象停下来休息了一小时。大象在附近的小水塘里喝了一些水，然后又吃了一些嫩树芽和小灌木枝叶。这样的稍微休息，柯罗马蒂先生并不反对，因为他自己也已经给颠垮了。但福格先生却仍然轻松自如，他就仿佛是刚刚从床上下来似的。旅长很惊奇地瞧着福格，一面说道：

"真是铁打的硬汉子。"

"不是铁打的，是钢铸的！"百事通接着说，一边正在准备一顿很简单的早餐。

中午，向导发出了动身的信号。走了不一会儿，他们眼前已呈现出一片很蛮荒的景象。然后紧接着一大片森林的后面，就是一丛丛乌梅树和棕树。再往前走就是一大片荒凉贫瘠的平原。在那片平原上蔓生着荆棘杂树，其中还掺杂着一大堆一大堆的花岗石。上本德尔汗德这一整块地区，以前都是荒无人烟的地方，现在这里住着一些具有狂热宗教信仰的教族，他们在当地还保留着那些最可怕的教规。英国的统治法规在土王的势力范围内就不能正常执行，至于在文迪亚群山中那些没办法靠近的地方，那就更加无法管辖了。

一路上，他们好几次碰到一群群充满杀气的印度人，瞧着这头奔驰的大象摆出怒气冲冲的样子。帕西人总是尽可能避开这些人。他认为碰到这些人总是一件很倒霉的事。在这一天里，沿途很少看到有野兽出现，偶尔看到有几只猢狲一边溜着，一边挤眉弄眼做出各种很奇怪的样子。这使得百事通无比开心。

但是有一件事叫百事通感到非常忧虑，那就是，将来到了阿拉哈巴德，福格先生怎么处置这头大象呢？难道他还带着走吗？这绝不会发生。买象的钱再加上运输费用，这简直是一个叫人倾家荡产的坏家伙！那么，可不可以就把它卖掉？或是把它放了呢？说实在的，这头嗷嗷叫的大象也实在叫人恋恋不舍。也或许出人意料，福格先生把它当作礼物送给我百事通，那岂不是要难为死我了吗？这叫我百事通怎能不烦闷呢？

晚上八点的时候，他们已穿越过了文迪亚群山的主要山脉。然后他们就在这北山坡上一所破烂小屋里歇息。

这一天他们大约走了二十五英里，离阿拉哈巴德还有二十五英里。

夜晚的天气是很冷的。向导在小屋里燃起一堆枯枝，它发出的热气大家都很喜欢。晚餐就是在克尔比买来的那些干粮。旅客们也实在是很累了，他们稍微吃了这顿晚饭。饭后，他们断断续续聊了几句，不一会儿，就鼾声大作进入梦乡了。向导守在大象旁边。这个时候，大象也紧挨着一棵大树站着睡着了。

一夜没什么事，很平安，只是有时会有几声山豹的呼啸和野猿的哀啼刺破这黑夜的寂静。其实这些野兽只是自己叫叫而已，对破屋里的旅客，并不表示什么敌意和危险。柯罗马蒂就像一个无比疲劳的战士一样酣睡着，百事通睡得并不踏实，他正在梦见自己在象背上翻着跟头。至于福格先生他是照旧睡得很平静安详，和他睡在塞维尔街安静的寓所里没什么差别。

第二天早上六点，他们又接着出发了。向导希望在当天晚上就赶到阿拉哈巴德。照这样看，福格先生从伦敦出发以来省下的四十八个小时只被占用了一部分。

他们走下了文迪亚群山最后的几段斜坡路，大象又快步奔跑起来。晌午时分，向导绕过了位于恒河支流卡尼河畔的卡兰吉尔。向导总是避开有人聚居的地方，他觉得在这块恒河盆地的原野上走，会更安全些。此去东北不到十二英里就是阿拉哈巴德了。他们在一丛香蕉树荫下小憩片刻。香蕉跟面包一样对人有好处，旅客们非常欣赏，他们还说香蕉跟奶酪一样有营养呢。

下午两点，向导赶着大象钻进了茂密的森林，穿过这片森林，必须走好几英里的路程。他很乐意这样在森林的掩蔽下前进。不管怎样，到目前为止总算没遇见任何倒霉的事。看起来这次旅行也应该会平安无事地完成任务了。可是，大象却突然现出不安的样子，而且站住不走了。

这时正是下午四点钟。

"怎么啦？"柯罗马蒂从鞍椅里探出头来问道。

"军官先生，我也搞不清楚。"帕西人一面回答，一面倾听着从茂密的树林中传来的一阵混乱嘈杂的声音。

又过了一会儿，这种嘈杂声就听得更真切了，听起来好像是人群的呼喊和铜乐器敲打交织成的喧嚣，不过离此尚远而已。

百事通睁大眼睛，全神贯注地听着。福格先生耐心静坐，一语不发。

帕西人跳下象来，把象拴在树干上，钻入那茂密的灌木丛里。几分钟后，他跑回来说：

"婆罗门僧侣的游行队伍向咱们这儿来了。咱们尽可能别让他们瞧见。"

向导解开了象，把它引到密林深处，同时叮嘱旅客千万别下地来。向导本人做好准备，假使必要的话，他就立刻跳上大象逃走。不过他觉得这一群人走过时是不会发现他们的，因为树林中密密的枝叶已把他们完全遮住了。

由喧嚣的人声和锣鼓声交织成的一片噪音愈来愈近。在那鼓声咚咚、铙钹锵锵的奏鸣中还夹杂着单调的歌声。不一会儿，距福格和他同伴们藏身的地方只有五十来步远的树下面出现了游行队伍的先头行列。他们透过树枝，很清楚地看见参加这个宗教仪式的奇怪的人物。

走在队伍前排的是一些头戴尖高帽、身穿镶花长袍的僧侣，前后簇拥着一些男人、妇女和孩子。他们都在唱着一种挽歌。歌声和锣钹的敲击声起起伏伏，接连不断。在一群人的后面，有一辆大轮车子，车辐和车辋都雕刻成一条条交缠在一起的毒蛇，车上有一尊怒目圆睁的女神雕像。车子的前面套了四匹蒙着华丽彩披的驼牛。这尊神像有四条胳臂，全身赭红，头发披散着，眼睛里流露着凶狠的目光，伸着长长的舌头，两片嘴唇染成了指甲花和茭酱的红色。她脖子上戴的是骷髅头穿成的项圈，腰上系的是断手接成的腰带。巍然屹立在一个趴着的无头怪物身上。

柯罗马蒂认识这尊神像。他小声说道：

"这是卡丽女神，爱情和死亡之神。"

"说她是死亡之神，或许吧，可是说她是爱情之神我就无法同意了！"百事通说，"她简直太丑了！"

帕西人示意百事通保持安静不要说话。

有一群疯疯癫癫的老托钵僧围着，他们身上像斑马似的画着赭黄色的条纹，并且割开一些十字形伤口，鲜血·滴滴地流出来。举行盛大的宗教仪式时，这些癫狂得就好像是着了魔似的托钵僧，有的甚至都还前拥后挤地趴到"太阳神"的大车轮底下去送死呢。

有几位婆罗门僧侣在托钵僧的后面。他们都穿着华丽的东方僧袍，正拉着一个跟跟跄跄站立不稳的女人往前行走着。

这是个年轻的女人，皮肤白得就像是欧洲人一样。在她的头上、颈上、肩上、耳上、胳膊上、手指上和脚趾上戴着很多饰品：宝石项链、手镯、耳环和戒指。她身上穿着绣金的紧身胸衣，外面则罩着一层透明的纱丽，纱丽衬托出她的体态。

年轻女人的后面，跟着好几个卫兵。衬托之下，就越显得杀气逼人。在他们的腰上别着一把脱鞘的军刀，挎着嵌金的长把手枪，抬着一顶双人轿，轿上躺着一具死尸。这是一个老头儿的尸首。他和生前一样穿戴着土王的华丽的服装，头上缠着缀有珍珠的头巾，身上穿着绣金的绸袍子，腰间系着镶满宝石的细羊毛腰带，除此之外，还佩着印度土王专用的外形美观的武器。

接下来是乐队和一支宗教狂热的信徒组成的大军。他们叫喊的声音，有时甚至掩盖了那震耳欲聋的乐器声，游行队伍至此才算结束。

柯罗马蒂先生伤感地注视着过往的这一群人，接着转身对向导说：

"那是寡妇殉葬吗？"

帕西人点了点头，并把一个手指揢在嘴唇上，叫他不要说话。

那支长长的游行队伍慢慢地向前蠕动着。没多久，队伍的尾巴也在丛林的深处消失了。

歌声慢慢地也听不见了。远方，还传来一两下迸发出的叫喊声。哄乱的局面就此结束，接着是一片沉寂。

福格先生已经听见了柯罗马蒂说的话。游行队伍刚一走完，他就问道：

"这是怎么一回事？"

"福格先生，"旅长回答说，"殉葬就是用活人来做牺牲的祭品，不过是建立在自愿基础上的。刚才您看见的那个女人明天天一亮就会被烧死了。"

"哦！这些坏蛋！"百事通大叫道，无法抑制内心的愤怒。

"那个死尸是谁？"福格先生问。

"那是一位土王，他是那个女人的丈夫。"向导回答说，"他是本德尔汗德的一个独立的土王。"

"那样是可能的吗？"福格先生看上去并不激动，接着说道，"这些野蛮的风俗仍旧出现在印度社会中，难道英国政府就不能结束这种风俗吗？"

"在印度的大部分地区里，其实已经没有这种寡妇殉葬的事了，"柯罗马蒂回答说，"不过，在这深山老林里，特别是在本德尔汗德土邦的领地上，我们是没权力管辖的。在文迪亚群山北部的全部地区范围内，经常发生杀人掳掠事件。"

"这个女人真是太可怜了！"百事通大喊道，"就要给活活地烧死啊！"

"是的！"旅长回答道，"被活活烧死，如果她不这样的话，你就无法想象到她的亲人们会逼得她陷入怎样凄惨的境地。他们会剃光她的头发，只让她吃几块干饭团，被人蔑视，当作让人感到可耻的怪物，最后就像一条癞狗一样不知道会死在哪个角落里。

这些寡妇就是因为想到将来会有这种可怕的遭遇，才不得不心甘情愿地被烧死。促使她们愿意去殉葬的主要是这种恐惧心理，并不是什么爱情和宗教信仰。不过，有时候也真有心甘情愿去殉葬的，要阻止她们，还得费很大力气。几年前，有过这么一回事：那时我正在孟买，有一位寡妇要求总督允许她去殉葬。当然您也能想象得到，总督拒绝了她的请求。后来这个寡妇就离开孟买，逃到一个独立的土王那里。在那里她的殉葬愿望得到了满足。"

旅长在说话的时候，向导连连摇头，等他讲完，向导便说道：

"明日天一亮就要烧死的这个女人，她可不是自愿的。"

"本德尔汗德土邦的人都知道这件事情。"向导说。

"但是这个可怜的女人似乎一点也没有抗拒。"柯罗马蒂说。

"原因是她已经被大麻和鸦片的烟给熏昏过去了！"

"可是他们要把她带到哪儿去呢？"

"是要把她带到庇拉吉神庙去，离这儿还有两英里的路程。先把她留在那里过一宿，一到时间，就要把她烧死。"

"什么时候？"

"明天，天一亮的时候。"

向导说完之后，就从丛林深处牵出那头大象，他自己也爬上了象脖子。但当他正要吹起专用于赶象的口哨叫大象开始出发的时候，福格先生叫住了他，一面向柯罗马蒂说：

"我们去救这个女人，好吗？"

"救这个女人！福格先生？"旅长很吃惊地说。

"我还有十二小时可以自由支配，花这些时间用来救她。"

"咦！您真是一个热心人啊！"柯罗马蒂说。

"有时是吧，"福格先生简单地回应道，"只要我有时间。"

第十三章
百事通再次证明：幸运总是垂青于勇士

这项计划很大胆，也充满了困难，或许根本就无法实施。福格先生就是要拿生命做赌注，至少是拿自由来赌这次旅行的成功，但是他没有犹豫，而且他还发现法兰西斯·柯罗马蒂无比热情地支持他。

对于百事通来说，他已经做好准备迎接所有可能发生的事情。他的主人的想法使他激动万分，因为他知道他的主人冷酷的外表下有一颗善良的心，和一个真正高尚的灵魂。他开始爱上菲利亚斯·福格了。

那还有向导呢，他会选择哪一边呢？他会不会向着印度人那边呢？那样的话，他们也许就得不到他的帮助，不过至少也要保证他的中立。

柯罗马蒂先生直截了当地问了他这个问题。

"大人们，"向导回应说，"我是一个帕西人，这个女人也是一个帕西人，尽管吩咐我好了，先生。"

"太好了。"福格先生说道。

"不过，"向导又说道，"一定要清楚一点，我们不仅是拿生命做赌注，而且一旦被抓住，我们还可能面临可怕的酷刑。"

"这我们已经预料到了，"福格先生回答说，"我想我们必须等到天黑以后再行动。"

"我想是这样的。"向导说。

接着，这个正直的印度人向大家讲了一些关于这个印度女人的情况。她是印度有名的帕西美女，是一个富有的孟买商人的女儿。她在孟买接受过完全英式的教育，她的言行举止及文化水平，都会使她被别人当作是欧洲人。她叫阿妩达。父亲死后，阿妩达成了一个孤儿，被迫嫁给了伯德昆的一个老土王。知道了等待着她的命运，她选择逃跑，结果被抓住，也被土王的亲属们所谴责。为了让她死去，他们让她接受这个看起来无法再逃脱的殉葬。

这个帕西人的叙述更加坚定了福格先生及他的同伴们实行这项慷慨计划的决心。大家商讨决定由向导引领着大象前往庇拉吉神庙，他们会尽可能快地接近这个庙宇。半小时之后，他们停了下来，在离寺庙五百步远的矮树丛下休息，他们隐藏起来不会被发现，但是能够很明显地听到那些人的叫喊声和呻吟声。

他们接下来商讨怎样靠近她的方法。向导很熟悉这座寺庙，确信那个年轻女人一定是被关押在里面。当整个宴会的印度人都醉酒酣睡的时候，他们能不能进入其中任何一道门，或者在这些墙中打洞会不会更安全一些呢？决定权只在于他们所处的时间和地点，但是有一点是肯定的，就是救人计划只能在今夜实行，不会是天亮，因为那时候那个女人就会被烧死，那样的话，任何援救都没用了。

天刚一黑，六点钟左右，他们决定先熟悉一下寺庙周围的地形。那些僧人的叫喊声刚刚停下来，那些印度人因为酒精掺杂着大麻的作用而陷入了昏睡，也能从他们中间穿过去溜进寺庙里。

帕西人领着其他人，悄悄在树丛中穿行，十分钟后，置身在小溪流的岸上，然后借着火把上的微光看到一堆架好的木柴，在最上头放着那个被包裹着的土王的尸体，他要和他的妻子一起被烧掉，祭坛一百步外的地方矗立着一座宝塔，塔尖立于树木的暗影当中。

"快来！"向导低声说道。

他比之前更加小心谨慎地穿过草地，后面紧跟着他的同伴们；四周一片死寂，只有偶尔的风吹过树林发出的低沉响声。

很快，向导停在了一片空地边上，火把将这里照得通亮。这片地上躺着一群印度人，喝醉之后陷入酣睡，一动也不动。这里就像是一个尸横遍野的战场，躺着男人、女人和小孩儿。

守卫们

在后面树林之间，不太清楚地显现着庇拉吉神庙。让向导感到无比失望的是，借着火光可以看到，土王的护卫们正在门外把守，手拿着利刃在门口巡视。里面也一定有僧人在看守着。

帕西人现在确定已经不可能强行进入寺庙，因此不再往前走，而是带领大家返回。菲利亚斯·福格和法兰西斯·柯罗马蒂先生也意识到在那个方向上什么都不能做。他们停下来，开始低声商谈着。

"让我们再等等吧。现在才八点，"旅长说，"这些护卫们可能也要去睡觉了。"

"这不是不可能。"帕西人回应道。

于是，他们躺在一棵大树下等待时机。

时间似乎过得很慢，向导时不时地走开去观察树林那边的动静，但是那些护卫僧人们一直在火光的照耀下看守着，透过窗子能看到一道火光。

他们一直等到半夜；但是在那些护卫们中间什么都没改变，很明显，他们是不能再寄希望于看守的僧人们能打盹儿了。另一项计划必须实行了。要想办法再打开一个入口来进入寺庙内，还有就是得弄清楚寺庙里面的僧人和门口那些看守是不是都一样戒备森严。

最后，大家又商量了一番，向导示意说可以出发了，福格先生、法兰西斯先生和百事通紧紧跟随在后面，他们转了一大圈后来到了寺庙的后面。快十二点半的时候，来到寺庙的院墙下，一个人也没看到。在这里没人看守，不过也没有一道门一扇窗。

进入深夜，月亮下沉，马上就要从地平线消失了，厚厚的云层遮挡住了月亮。高挺的树木加深了夜色。

但是，只是到达了墙脚是不够的，他们还要想办法挖开一个入口。福格先生和其他人也只能用一把小刀，不过还好，寺庙的墙是用砖块和木头建成的，不难挖。在挖开第一块砖后，其他的也都容易挖开了。

　　大家辛苦地干了起来，与此同时也尽量保证少发出声响。帕西人在一边站着，百事通则是在另一边，他们两个人一块儿拆砖，为了能打开一个能容纳双脚的入口。

　　大家继续挖着，这时突然从寺庙内传来一声叫喊，庙外其他人的回应声也几乎是同时传出来。

　　百事通和向导立刻放下手中的活儿，莫非是有人发现了他们？大家都睡醒了吗？以防万一，他们不得不退回去，福格和法兰西斯先生也随后退回去。他们又躲在了树下，等到危险过去了，他们再回去接着挖。

　　不过情况很糟，这些僧人们到了寺庙后，又在这里派了护卫，防止其他人靠近。

　　那四个人无比绝望，不得不停止挖掘。现在他们再也无法靠近那个印度女人了，怎么救人呢？法兰西斯先生握紧拳头，抑制住心中的怒火，百事通禁不住大怒起来，向导更是怒不可遏，不过只有福格先生面不改色，也看不出有什么感情波动。

　　"看起来我们也只有离开了。"旅长小声说道。

　　"只能走了。"向导也说道。

　　"等一下，"福格先生说道，"在明天中午之前，我能到达阿拉罕拜德就行了。"

"那您想怎么样呢？"法兰西斯先生跟他说道，"几个小时后天就亮了。"

"机会失去后，会在紧急时刻再次出现的。"

旅长真恨不能从他的眼中观察出他的想法。

这个遇事冷静的英国人到底想怎么做呢？莫非他是打算在殉葬时冲到那个印度女人面前，大胆从众人目光下劫走她吗？

这个想法太可怕了，怎么能让他干如此疯狂的事情呢？但是法兰西斯先生还是同意留下来，等到开始举行殉葬仪式时再想办法。这回向导没让他们藏在以前那个地方，而是领着大家到那块空地前面，藏在了一棵树后，在这里可以看到这些睡着的人们。

不过百事通却爬到这棵树的最高处，他再三想着刚才出现在他脑海中的念头，它如同一道闪电，一下子点亮了他的大脑，接着牢牢地固定在那里，无法抹去。

他自说自话："太疯狂了！"接着又一直在说，"为什么就不可以，有什么可怕的啊？这有可能是唯一的机会，虽然只是一时冲动。"

百事通不管怎样都不知道该怎么想办法。他立刻顺着较低的树枝朝前爬去，如同一条蛇一样悄声慢慢滑动。这棵树的树枝一直延伸到空地上。

过去了几个小时，天空中很快显现出几道微弱的曙光，天将大亮，不过夜色仍浓。

已经到时间了，这群酣睡的人们就像是复活过来一样，重又闹腾起来。一阵阵敲鼓声响彻，歌声与叫喊声又开始重叠在一块儿。那个倒霉的印度寡妇很快就要被烧死了。

在这个时候寺庙的大门开了，从门里看到一道强烈的光。福格先生和法兰西斯先生能完整地看清那个印度女人，火光照亮了她整个人，两个僧人正将她拖向外面。这个印度女人尽管已经被迷药所麻醉，但是依然能够出于保护自己的本能，试图去挣脱刽子手。法兰西斯先生此时内心激烈跳动，猛地抓住福格先生的手，发现了在他的手中拿着的一把刀。

此刻那群印度人闹嚷起来，那个年轻的印度女人接着又被大麻熏晕过去，被人押着，从那群正在背诵经文的僧人中间穿过去。

福格先生和其他人混到了最后一排人中间，跟着那个女人后面往前行进。

过了两分钟后，那群人来到了河岸边，停在了离由柴堆搭建而成的祭坛不到五十步远的地方，那个土王的尸体还放在祭坛上。透过忽明忽暗的火光，他们将那个毫无反应的女人放在她丈夫的尸体旁边。

一个人擎着火把靠近那个柴堆，木柴被蘸了油之后，很快就烧起来了。

正在这个时候，福格先生忽然像是发疯一样想冲到柴堆那儿，法兰西斯先生和向导一下子把他按住。

但福格先生又将他们推开，这时情况发生了一些改变，一声令人感到恐怖的尖叫从人群中迸发出来，所有人突然都趴在地上，无比惶恐。

那个老土王竟然没有死去，从台架上猛地站起，如鬼魂一样抱着那个年轻的印度女人从祭坛上走下去，他那个样子在火光中显得如鬼神一样令人感到可怕。

那群僧人、护卫和信徒们顿时惊恐万分，伏倒在地上，谁都不敢抬头看眼前的可怕情景。

那个女人在那双强有力的双臂中躺着，一动也不动，如失去重量一般，而福格先生和法兰西斯先生也一直呆立在原地不动，那个帕西人惊恐地低下头，而百事通也许早已吓坏了吧！

这个重新活过来的死人竟走到了福格和法兰西斯先生站着的地方，清楚地说着：

"你们快走！"

而这个人正是百事通。刚才百事通一直爬到柴堆上面，那里浓烟滚滚，正是他借着黑暗做掩护，将那个年轻的女人从死神手中解救出来，也正是他满怀勇气地从那些快被吓死的人群中逃了出来！

过了一会儿，这一行人就从树林中消失不见了，由大象带着他们飞快地逃离这里。身后叫喊声响彻空中，甚至还有一颗子弹打穿了福格先生头上戴的帽子，那群人一定早已看穿了刚才的伎俩。

就是因为那个老土王的尸体还安放在布满浓烟的柴堆之上。那群僧人立刻从恐慌之中清醒过来，这才意识到人已经被劫走了。

那群人赶紧冲进树林，随后跟着护卫士兵们。他们开枪扫射，不过福格一行人早已经快速撤离了这里，才一会儿的工夫，就已经逃离了子弹和弓箭的射程范围。

第十四章
顺着美丽的恒河山谷而下，福格却无心欣赏

　　这次大胆的救人计划大获成功。过了一个小时，百事通依然沉浸在自己的胜利的喜悦当中。法兰西斯先生紧紧握住这个充满勇气的小伙子的手，向他表示祝贺，他的主人也对他说好。这个"好"字从这位绅士口中说出来，真的是一个至高的赞赏。百事通答道所有的这一切都应该归功于他的主人。而他自己只是突然想出一个可笑的办法而已。一想到就在刚才，他自己，百事通，一个前体操教练，前消防队中士，竟然成了那个美丽女人的丈夫，一个满是香料的老土王，他就觉得非常搞笑。

　　而那个印度女人却对这一切一无所知，裹在毯子里，在一个座椅里睡着了。

　　帕西人骑着大象快速地奔跑在黑暗的森林之中。已经离开庇拉吉神庙快一个小时了，又穿过一片平原。到了七点钟时，大家停下来休息片刻，而那个年轻的印度女人一直昏迷不醒，向导就喂她喝了几口水和白兰地酒，不过由于所受惊吓过大，得过一段时间才能苏醒。

　　法兰西斯先生明白人吸进大麻熏烟之后就会昏睡不醒，因此也

没有为这个女人担心。

旅长没有为这个年轻的印度女人的恢复感到焦虑不安，却在为她的将来担忧着。旅长毫不犹豫地对福格先生说，如果阿妩达夫人待在印度的话，一定会再次落入那帮人手中。由于他们的信徒遍及印度半岛，况且英国警方对他们也毫无作用，这帮人肯定又会再次找到目标，无论她逃到马德里、孟买或者加尔各答，他们都能找到。旅长又讲了一件发生在最近一段时间的相类似的事件。他觉得这个印度女人只能选择离开印度，只有这样才能真正获得安全。

菲利亚斯·福格先生回答说会考虑这些话，也会认真想想这件事情。

快到十点时，向导说已经到了阿拉罕拜德车站，中断的铁轨会从这里继续下去，最多需要一天一夜的时间，火车就能到达加尔各答。

菲利亚斯·福格一定要准时到达加尔各答，得在第二天，也就是10月25日中午，赶上从那开往香港的轮船。

那个女人被他们安排在车站的一个房间里休息。百事通则是负责给她买一些洗漱用品，还有裙子、披肩及皮衣等这些他能找寻到的东西，他的主人没有对他花钱的多少加以限制。

百事通接着就赶紧到城里的街市里买这些东西去了。阿拉罕拜德作为一个宗教圣地，是印度朝拜信徒数量最多的城市，由于它是位于两大河——恒河与祖姆纳河的交汇处，吸引了整座印度半岛的信徒。根据罗摩耶那上面的记载，恒河原发源于天上，幸有梵天得以来到地上。

在买东西的时候，百事通又顺便在城里逛了逛，在这里，以前曾有一个宏伟的碉堡建筑，而现在，这已经变成了一座国家监狱。以前这里的工商业很发达，不过现在却没有了商业，更没有工业。百事通本打算找一家时装店，如同英国摄政街费门百货那样的商店一样，可是却只找到了一家犹太老人开的旧杂货铺。他在这里找到了要买的东西，分别是一件苏格兰材质的长裙子、一件宽大衣和一件漂亮的水獭皮皮袄。他不假思索地付了七十五英镑，然后高兴地回到车站去了。

阿妩达开始慢慢苏醒过来，那些僧人对她所产生的可怕影响已经渐渐消失，她的眼睛里又开始恢复了印度女人所特有的温柔气息。

诗王乌萨夫·乌朵儿在称颂美丽的阿美那加拉王后时曾这样作诗："她那亮丽的秀发，均匀地披在两肩，衬托出精致白皙的面颊，光洁清新；她那乌黑的双眉，宛如爱神卡玛的神弓，细细弯弯；光滑如丝的长睫毛下，黝黑的眸子，清澈的眼睛秋波荡漾，仿佛喜马拉雅山圣湖反射出的最纯的天堂之光；她的牙齿光滑洁白，整齐匀称，在微笑的双唇间闪光，就像半开的石榴花心里晶莹的露珠；她的耳朵玲珑娇小，曲线匀称；她的双手粉嫩，双脚丰腴柔滑，如同莲花的苞蕾，那是锡兰最美的珍珠在闪光，那是各尔贡最美的钻石在耀眼；她的细腰柔软，一手足可环抱，烘托出曲线饱满的丰胸，那是怒放的花朵般绚烂的青春财富；褶皱层层的长裙下，美妙的身姿仿佛经过维克瓦卡尔马的圣手精心雕琢，如同纯银制成的美丽雕塑。"

虽然没有用这些赞美之语来称赞那位夫人的美貌，但是真可以说，那位本德尔汗德的土王的妻子符合一切欧洲人的审美标准。她讲一口纯正的英语，对此帕西人丝毫没有夸张之词，的确是受到了很好的英式教育。

火车很快就要离站了，帕西人在等着福格先生付给他工资，福格按照先前谈好的价钱，没有多付一分钱，这就让百事通感到很奇怪，他认为主人应该要感谢这位向导，帕西人为了救人几乎送了命，要是以后印度人找到了他，帕西人就很有可能遭到报复。

奇乌尼同样也是个问题，又如何处理这头花了高价钱买的大象呢？

其实福格先生早就有了打算。

"帕西人，你服务很好，人也很靠得住，我已经付给你服务费，不过还没有感谢你对我的忠诚，那你想收下这头大象吗？它现在是你的了。"

向导的眼睛都放光了。

"您是要把这笔巨大的财产都赏赐给我吗？"他大喊着。

"收下吧，向导，"福格先生说道，"我打算把它送给你。"

"真是太好了！"百事通叫道，"帕西朋友，奇乌尼是一头正直果敢的大象。"

说着他走到了大象跟前，给它几块糖果，对它说：

"来吧，奇乌尼，快吃吧！"

大象满足地哼叫了几声，接着用长长的鼻子圈住百事通的腰，把他举到了头顶。对此百事通丝毫不害怕，只是轻轻地抚摸着大象。然后，大象又将百事通放回地上，这个正直的小伙子抚摸着这头正直的大象——奇乌尼。

过一会儿，福格先生、法兰西斯先生和百事通登上火车，来到了一个很舒服的车厢里，在那儿安顿了下来，那位阿妩达夫人坐在了最好的位置，火车接着吐着团团雾气，朝贝拿勒斯全速开去。

那离阿拉罕拜德有八十多英里，要走两个小时。

旅行过程中，年轻的印度夫人已经完全清醒过来；酒精的麻醉效果已经失去效力，也不再头昏了。

当发现自己置身于火车车厢里时，又穿着欧洲人的服装，随同的还有几个陌生人，她感到无比吃惊！

大家首先表达了对她的关心，又让她喝了几口酒，接着，旅长向她讲述了整个事件的经过，旅长告诉她说，这次多亏有菲利亚斯·福格先生，是福格先生冒着生命危险去救她，最后则是百事通的大胆计谋使得解救成功。

福格先生对此没有发表意见，百事通倒是有些不好意思了，一直反反复复地说着这不算什么。

阿妩达夫人眼里噙满泪水，向自己的救命恩人表达深深的谢意，激动得无法言说。那双美丽的大眼睛里满含感激之情，已经胜过了千言万语，回想起在祭坛前的情景，再想到印度这个地方对她而言危机四伏，不禁为之发颤。

当然福格先生很明白此刻她的心情，不过表面上也只是很冷淡地对她说，能把她送到香港，等到没事了，她可以再回去。

阿妩达夫人接受了好意，也感谢了他，并说自己在香港还有一个亲戚，也是一个帕西人，是香港有名的商人，那里虽然位于中国的南部，但却受着英国政府的完全统治。

到了中午十二点半，火车停在了贝拿勒斯站，婆罗门教传说这座城市就是卡西旧城的遗址，在当时，这座城和穆罕默德的陵墓一样立于天地之间，不过在现在看来，被东方人称作印度雅典的贝拿勒斯也同样是建立在大地之上，也没什么特殊之处。百事通偶尔还能瞥见一些砖瓦筑成的房屋和经由木柴搭建而成的茅草小屋，简直就是一片完全破败不堪的景象，根本没什么地方特色。法兰西斯·柯罗马蒂已到达目的地，他要找的部队就驻扎在城北几英里以外。旅长就在这里跟福格先生告辞，希望他能取得成功，也希望下次如果他再有如此的旅行，能采用一种更加合情合理的普通方式。福格只是轻轻握了旅长的手。而阿妮达夫人则是饱含深情地向旅长致谢道别，她永远也不会忘记法兰西斯先生对她的恩德，百事通紧紧握着旅长的手，既感到荣幸又充满激动之情，心里想到以后也不知何时何地能再为这位先生效劳。

　　铁路线从贝拿勒斯开始进入了恒河山谷地区。从火车的窗户往外可以看到天气晴朗，相比于哈尔地区，地形多变，层层起伏，田地里种着大麦、玉米、小麦，很多鳄鱼栖息在小河和水塘里。在这里，村落错落有致，树木郁郁葱葱，还能看到几只大象和瘤牛在河里洗澡。虽然季节已更替，天气已变得严寒，却还能看到成群的印度男女信徒满怀虔诚之心，在接受圣洗。这些人反对佛教，是婆罗门教的狂热教徒，在这个教中存在三个转世活佛，分别是太阳神毗湿奴、自然之神湿婆和主掌一切信徒和立法者的梵天。不过当他们看到汽船行驶在圣河上，鸣笛回响在河水上空，已惊走盘旋在那里的海鸥，吓跑了岸上成群的乌龟和信徒时，又会怎样看待现在这个

大批男女在接受圣洗

英国统治下的印度呢？

　　窗外的一切飞速闪过，美景总是被一阵阵白雾遮住，无法看得真切。旅客们也只能于隐隐约约中看到，在离贝拿勒斯东南二十英里处，比哈尔王公们的旧城堡舒拿堡、佳兹铺和一些制作玫瑰露的大工厂，另外还有位于恒河左岸的科瓦利斯勋爵墓，以及城池防备坚固的工商业大城市萨尔城和印度最主要的鸦片市场帕特纳城；也能看到最欧式的蒙吉尔，这个城市如同英国的曼彻斯特和伯明翰一样，以冶炼和制造铁具、皮器而闻名。城里高耸的烟囱里冒出的滚滚黑烟将整个卡拉马活佛的天空都染黑了，对于这个充满梦幻的魅力国度，真是煞风景啊！

　　黑夜到来，远处响有老虎、黑熊、饿狼的吼叫声，它们都被火车赶得到处奔逃。火车继续快速向前行进着，再也看不到外面的美景了，如孟加拉、各尔贡、吉尔旧址、前首都穆尔西得拜得、布尔顿、乌各里，还有法国在印度的势力范围尚得纳格尔都已被黑夜所淹没，如果让百事通在这里看到他自己国家的国旗的话，他肯定会感到无比自豪！

早上七点，终于到达了加尔各答，从此处驶往香港的船得等到中午才出发，福格先生还空出五个小时的闲暇时间。

根据原定路线，福格先生应该会在10月25日，他就是从伦敦出发二十三天后到达印度首都，已经准时到达，没有提前，也没用延误。可是令人感到遗憾的是，从伦敦到孟买节省的两天时间在穿过印度时又花掉了，原因大家都知道了，可以肯定的是，福格先生对此并没有感到后悔。

第十五章
福格先生的钱袋里又减少了几千英镑

    火车到站了。百事通抢先下了车，接着是福格先生挽着他那年轻旅伴走下月台。福格先生打算马上就上开往香港的邮船，好给阿妱达夫人找一个舒适的舱位。只要阿妱达夫人没有离开这个对她有危险的国家，福格先生就不愿意离开她一步。

    当福格先生打算走出车站的时候，一个警察走过来对他说：

    "您是菲利亚斯·福格先生吗？"

    "是的。"

    "这一位可是您的仆人？"警察指着百事通说。

    "是的。"

    "就请两位跟我走一趟。"

    福格先生丝毫没有露出惊奇的样子。这位警察是代表法律的，法律对于任何英国人来说，都是神圣不可侵犯的。百事通呢，他是具有法国人脾气的，他想跟警察讲理，但是警察却用警棍碰了他，同时菲利亚斯·福格先生做了一个手势示意要他服从。

    "这位年轻的夫人可以跟我们一道去吗？"福格先生问。

"可以。"警察回答。

警察带着福格先生、阿妩达夫人和百事通上了一辆四轮四座的马车，驾着两匹马，就这样拉着他们走了。在这一路上，谁也没说一句话。

马车先经过"贫民窟"狭窄的街道，在街道的两旁，都是一些矮小的窝棚。这些屋子里聚居着很多衣衫褴褛肮脏不堪的"流浪汉"，然后，马车又穿过欧洲人居住的地方，这里到处是砖瓦结构的住宅，茂密的椰子树和高大的杉树，使人大有赏心悦目之感。尽管仍然还是清晨，不过那些威武的骑兵和外表华丽的马车早已在街头飞奔了。

马车在一所房子前面停了下来，这所房子外表虽然看似平常，但看起来不像是私人住宅。警察叫他的"囚犯们"下了车——我们当然可以用"囚犯"这个名词称呼他们，然后把他们带进一间有铁窗的屋子里，告诉他们：

"八点半钟，欧巴第亚法官将要审讯你们。"

接着，警察把门锁上走了。

"糟糕！我们被关押起来了！"百事通叫着说，一边无精打采地往椅子上坐下来。阿妩达夫人立即向福格先生说：

"先生，"她虽然努力保持镇静，但是说话的语调还是无法掩饰她内心的激动之情，"您现在别管我了。他们抓您一定是为了我，一定是因为您救了我啊。"

福格先生只回答说："不可能是因为这件事情。难道是为火葬的事抓我们？那是绝对不可能的！那些僧侣怎敢到这里告状？一定是弄错了。"福格先生然后表示，无论如何他也不能丢下阿妩达夫人，一定要把她送到香港。

"可是十二点钟船就要开了！"百事通提醒了他。

"我们十二点以前一定能上船。"这位绅士面无表情地简单地说了一句。

他的话是那样肯定干脆，斩钉截铁，使百事通不禁自言自语起来：

"对！这肯定没问题！我们十二点钟以前一定能上船。"但他自己心里却没有一点把握。

八点半的时候，房门开了。来的还是那个警察。他把人带到隔壁的一个大厅里。这是一个审判厅，公众旁听席上坐着很多欧洲人和当地人。

福格先生、阿妩达夫人和百事通在法官和书记官席位对面的长凳子上坐下来。

审判官欧巴第亚出庭了，后面还跟着一个书记官。这位法官很胖，像个大皮球。他把挂在钉子上的假发取下来，富有技巧性地往头上一扣，同时宣布：

"开始审理第一个案子。"

但是这时他用手摸了一下自己的胖脑袋说：

"啊！这假发不是我的啊！"

"对了，欧巴第亚先生，"书记官说，"那是我的假发。"

"啊，亲爱的奥依斯特布夫先生，您叫一位法官戴上书记官的假发，那如何能办好案子！"

然后他们换了假发。

在他们演这场换假发的开场戏时，百事通早就像热锅上的蚂蚁一样焦急了。他觉得审判厅里那个大挂钟上的指针快得简直像野马似的在奔跑着。

这个时候，法官欧巴第亚重又宣布：

"开始审理第一个案子。"

于是书记官奥依斯特布夫开始点名：

"菲利亚斯·福格？"

"我在这里。"福格先生说。

"百事通？"

"到！"百事通回答。

"那好吧，"法官欧巴第亚说，"被告注意，这两天我们始终在所有从孟买乘火车来的旅客中寻找你们。"

"可是他们到底凭什么告我们？"百事通很不耐烦地叫嚷着说。

"很快你就会知道了！"法官说。

"法官先生，"福格说，"我是英国的公民，因此我有权利……"

"有谁对您不礼貌吗？"欧巴第亚先生问。

"一点没有。"

"那好吧！把原告带上来。"

法官命令一下，于是一个小门开了，三个僧侣跟着一个法警走了进来。

"啊，原来真的是为了这点事呀！"百事通嘴里嘟哝着说，

"这不就是要烧死阿妩达夫人的那些坏人吗？"

三个僧侣朝着法官站着，书记官开始高声宣读控告菲利亚斯·福格先生和他的仆人亵渎神灵的诉状：被告曾经玷污了婆罗门教神圣的寺庙。

"您听清楚了吗？"法官问福格先生。

"清楚了，法官先生，"福格一面看着自己的表一面回答说，"我承认。"

"什么？您承认了？……"

"我承认了，但是我也希望这三位原告也承认他们在庇拉吉神庙所干的事。"

三个僧人面面相觑，这些话，他们好像一点也不明白。

"那还用说！"百事通愤怒地说，"就是在庇拉吉神庙，在庙前他们要把一个人活活烧死！"

这句话把三个僧人都吓傻了，法官欧巴第亚也大吃一惊。

"把一个什么人？"法官问，"烧死谁？就在孟买城里吗？"

"孟买？"百事通惊奇地问。

"自然是孟买，不过，不是在庇拉吉神庙，而是在孟买玛勒巴山的寺院。"

"这儿还有物证。看，这是玷污寺院的犯人穿的鞋子。"书记官接着法官的话说，同时把一双鞋子放在公案上。

"这是我的鞋！"百事通看到自己的鞋，感到无比惊讶，不禁叫了一声。

这时可以猜想出他们主仆二人那种尴尬的心情。原来百事通在孟买闯的祸，他们早已忘了，怎么也想不到他们今天竟会因为这件事而在加尔各答接受审讯。

其实侦探费克斯早已看出来，他可以得利于百事通碰上的这个倒霉事。于是他就把从孟买动身的时间往后推迟了十二小时，又跑到玛勒巴山寺院为僧侣们出谋划策，说他们准能得到一大笔损害赔偿费，因为他心里明白英国政府对于这一类罪行的处置是很严的；这样他就叫三个僧侣，从孟买坐了下一班火车来追踪他们的犯人。不过菲利亚斯·福格先生主仆二人因为援救一个年轻的寡妇，在路上耽搁了一些时间，所以费克斯和这三个印度教的僧侣就在福格主仆二人之前提前到达了加尔各答。这时加尔各答的法院也已经接到了电报通知，只等福格他们一下火车，就立刻逮捕他们归案。费克斯到达加尔各答之后，他发现福格先生其实根本就没有来加尔各答，当时他那种失望的心情是不言而喻的。他觉得：这个强盗肯定是在印度半岛铁路线上的某一个车站下了车，一定是又在印度北部哪一个地区躲起来了。费克斯不安地在车站上一直等了二十四个小时。今早，当他看见福格居然陪着一个不知道从哪儿来的年轻女人从火车上下来的时候，他是无比高兴的，赶紧叫一个警察过去把他们抓起来。这就是福格先生、百事通和本德尔汗德土王的年轻寡妇被带到欧巴第亚法官这儿来的全部事情经过。

如果百事通不是那样专心地听着法官审问自己这件案子，就会发现在旁听席后边的角落里坐着费克斯。费克斯那种特别关心审问和答辩的心情也是容易体会到的。因为他在加尔各答，就像在苏伊士、孟买一样，依然没有接到伦敦寄来的逮捕令。

此时，法官欧巴第亚已经把百事通刚才脱口而出的那句话"这是我的鞋"做成记录。百事通对自己的失言感到很后悔，恨不得拿出自己所有的积蓄，去赎回这句一不小心滑出来的话。

"这些事情都承认吗？"法官问。

"都承认。"福格冷冷地说。

"根据——"法官于是宣判，"大英帝国对印度居民的各种宗教平等对待，严格保护的法律，以及被告百事通先生已经承认曾于本年10月20日玷污孟买玛勒巴山寺神殿的事实，本庭判决：上述被告百事通被关禁闭十五日并罚款三百英镑（合七千五百金法郎）。"

"三百英镑？"百事通喊道，他就是对罚款数目极其关注。

"别说话！"法警尖叫了一声。

"此外，"法官欧巴第亚接着宣判，"根据福格先生，不能提出主仆二人并非同谋的有力证据，无论如何福格先生对于自己仆人的一切行为都应担负起责任。据此，本庭判决福格禁闭八天，并罚款一百五十英镑。书记官，现在开始审理第二个案子。"

坐在角落里的费克斯这时心里喜不自胜。菲利亚斯·福格要在加尔各答被关八天禁闭，伦敦的逮捕令寄到这儿最晚也超不过八天。

百事通早就给吓晕了。这个判决真是把他的主人给坑死了。两万英镑的赌注输定了。这都是因为他去乱游瞎逛，非要跑到那个该死的破庙里去看个究竟。

菲利亚斯·福格先生却依然不动声色，就像是这个宣判与他毫无关系似的，就连眉头也没有皱一下。当书记官宣布开始审理另一个案件的时候，福格先生站起来说：

"我要求保释。"

"那是您的权利。"法官说。

费克斯的脊梁上突然冒了寒意，但是听见法官说出下面一段话，他又安心了。

法官说："根据福格先生和他仆人的外籍身份，决定要被告各缴巨额保证金一千英镑（合二万五千金法郎）。"

这样的话，福格先生如果不愿意服刑，就必须要缴两千英镑的保证金。

"我照付。"这位英国绅士说。

他从百事通背着的袋子里取了一包钞票，然后把钱放在书记官的桌子上。

"这下子您就算缴保获释了，"法官说，"这笔钱等您什么时候来服刑，期满出狱时就还给您。"

"走吧！"福格先生对他的仆人说。

"不过至少得把鞋还给我啊！"百事通愤怒地喊道。

书记官又把鞋还给了他。

"啊，这双鞋真贵啊！"他嘟哝着说，"一千多英镑一只！还不是很舒服。"

福格先生让阿妩达夫人挽着自己的手臂，他们一道走出了法庭，百事通跟在后面，显得垂头丧气。费克斯还在固执地希望这个窃贼一定宁愿被关八天禁闭而决不肯丢掉这两千英镑呢，因此决定继续跟踪。

福格先生叫来一辆马车，立即带着阿妩达夫人和百事通上车走了。费克斯跟在车后面跑，过了一会儿，车子就停在加尔各答的一个码头上了。

仰光号泊在离码头半海里的海湾里，在大桅顶上的开船信号旗已经升起。十一点钟已经敲响。福格先生比计划提前到了一小时。

费克斯就这样亲眼看着他们三人下了车，上了一条小驳船，在岸上气得连连跺脚。

"这个流氓，"费克斯喊道，"他真的走了！两千英镑就这样扔了！真是像强盗一样挥金如土！哼！你就是跑到天边，我也得盯着你！不过这样下去，偷来的钱很快就会给他全部花光了！"

警察厅侦探费克斯考虑到赃款的问题那是很自然的，实际上福格先生离开伦敦以后，旅费、奖金、买象、保释金和罚款，已经花费了五千多英镑了（合十二万五千金法郎），这样按追回赃款总数比例发给侦探的奖金也就更加少了。

第十六章　费克斯假装什么也不知道

　　仰光号作为印度半岛和远东公司的邮船，经常在中国和日本的沿海航行。这是一艘有螺旋推进器的铁壳船。有一千七百七十吨重，正常运转是四百匹马力，航行速度和蒙古号没什么差别，但是设备却不如蒙古号好。阿妩达夫人所住的房舱也完全不像福格先生所希望的那样令人感到舒服。不过好在这条船航线一共才三千五百多海里，走完全程只需十一二天，况且阿妩达夫人作为乘客要求的也并不高。

　　开船后刚开始的几天，阿妩达夫人对于福格先生了解更多了。她多次向他表示诚挚的感谢。这位很少说话的绅士只是在听她讲，至少在外表上看来他完全是冷冰冰的，不论在语调和动作上都没有让人发现一丝热情。福格先生为阿妩达夫人把一切都准备妥当。固定时间里，他都要照常去阿妩达夫人的船舱里去看望一下，虽然并不会谈天，但至少做了个倾听者对那个年轻女人严格遵守礼节责任。但是在履行这些责任时，他总是带着作为一个死板的绅士所固有的那种关心和难以捉摸的心情，他的一切举止都是这种心情的反映。

　　阿妩达夫人对此不知怎么去想，但百事通给她谈了一些关于他主人的古怪脾气。他告诉她他的主人为何才做这次环球旅行的。阿妘达夫人听后笑了，但不管怎样，她是很感激从死里救她出来的福格先生的。不过据这些天的了解，她觉得她的救命恩人这次的赌博是不会输的。

她对他表示了诚挚的感谢

阿妘达夫人相信帕西向导所叙述的关于她自己的那一段可怕的经历是真实的。她也是帕西人，帕西人在印度各族中拥有崇高的地位。很多帕西商人在印度做棉花生意，生意做得很大。中间有一位詹姆斯·杰吉荷依爵士曾被英国政府授予贵族称号。这位杰吉荷依富翁跟阿妘达夫人是亲戚，现居于孟买。阿妘达夫人要到香港去投靠的那位尊贵的杰吉先生，正是那位杰吉荷依爵士的堂兄弟。不过自己能在杰吉先生那里找到安身之处并得到帮助吗？对此她并无把握。对这件事，福格先生只给出了简单答复，让她不用焦虑，一切都将会按部就班地得到解决，这是他常说的一句话。

这位年轻的女人是不是这个意思，我们不得而知。她那两只像喜马拉雅山圣湖湖水一样清澈的大眼睛正在凝视着福格先生。可是这位永远那样规矩冷漠的绅士，绝不像是会掉进这湖里去的人。

仰光号开始的这段路程走得十分顺利。风向也有助于这次航行，在这个被海员称为"双臂环抱的孟加拉"辽阔的海湾里，航行很顺利。

很快仰光号上的旅客已经看见了安达曼群岛的主岛大安达曼岛。岛上美丽的鞍峰山高达两千四百英尺，从很远的地方就为航海家们指明前进的方向。仰光号从大安达曼岛的海岸近旁穿过。岛上的帕卜阿斯人一个也没出现。他们被称为人类中最不开化的民族，但是说他们吃人肉，那是毫无根据的。

安达曼群岛景色优美。那儿有一望无际的森林，郁郁葱葱，其中最多的是棕榈树、槟榔树、肉豆蔻、竹子、柏木、大含羞草和桫椤树。后面是一群俊秀山峦的侧影。海滩上飞翔着成群的珍贵的海燕。它们的鸟窝在中国是一种很讲究的名菜——燕窝。

所有安达曼群岛的美景，都从船旁飞驰而过。仰光号飞快开向马六甲海峡，这条海峡是通向中国领海的门户。

航程过程中，那个被迫环绕地球的倒霉蛋费克斯在干什么呢？在离开加尔各答时，他先交代好：只要伦敦来的逮捕令一到，就会马上转寄到香港。然后他背着百事通偷偷地上了仰光号。他准备好好地躲藏起来，一直等船到香港时再出来。其实对百事通，他也很难解释明白他为什么也在这条船上，而且还不会引起对方的怀疑。

因为，百事通以为他还在孟买，但是为适应环境的变化，他又和这个正直的小伙子见面了。又是怎么见面的呢？接下来会谈到。

侦探费克斯的全部希望和幻想现在只寄托于一个地方，那就是香港。因为邮船在新加坡停留的时间很短，不能在那里采取行动。所以逮捕盗窃犯的活动必须在香港完成，否则就只有任凭盗贼从此逍遥法外了，再也抓不到了。

其实香港还是一块英国统治的地盘，不过也是福格旅途中最后一块英国统治的地盘了。经过那之后就是中国、日本、美洲，那些地方对福格说来，是更合适的避难所。如果费克斯到了香港，就能拿到那跟在他后面寄来的逮捕令，那样的话，他就可以把福格抓起来交给当地的警察局。这一切将会很容易。但是，过了香港，只有一张逮捕令，就没用了，还必须办理引渡手续。办理引渡手续就免不了延误且会遇到各种阻碍。到了那个时候，这个坏人保不准又会逃之夭夭。所以要是在香港逮不住他，以后即使不是完全不可能，至少也是很难再找到逮住他的大好时机了。

"对了，"费克斯在自己的船舱考虑了大半天，反复自言自语地说，"要是逮捕令已经到了香港，那我就逮住这家伙；否则这一回我决定要不惜任何代价拖住他，叫他走不成！在孟买我没办到，在加尔各答我也没成功，要是到了香港，再让他溜走，那我这个侦探的脸真要丢尽了！即使拼了这条命，这一回也得拖住他。可是，虽是如此，要是真需要拖住他的话，那我用什么办法才能让这个该死的福格走不掉呢？"

到最后费克斯终于拿定了主意，他先跟百事通把话说明白，叫他知道他伺候的这位老爷到底是什么人。他肯定不会是福格的同谋。等他了解真相后，他一定会害怕被拖下水，那个时候，不用说，百事通就会跟他站在一边了。可是，话又说回来了，这终究还是一个冒险的办法，这也只能在万不得已的时候才能拿出来。不然，只要百事通在他主人面前走漏半点风声，计划就会完全挫败。

这个警察厅侦探现在无比为难。但是，当他看见福格陪着阿妩达夫人在仰光号上散步的时候，他觉得希望又有了。这个女的是谁呢？她怎么会跟福格走到一起的？不用说，他们准是在孟买到加尔各答的路上认识的。可是，到底是在哪儿呢？这个年轻的女人难道会是在旅途中碰巧认识了这位菲利亚斯·福格吗？反过来想一想，他这趟穿越印度大陆的旅行，会不会是他预先计划好的，为了去找这位如花似玉的美人呢？这个女人当然很美！费克斯在加尔各答法庭上已经见过她了。

我们可以想见：这个侦探现在是多么费脑子啊。他挖空心思地在想，这件事会不会牵连到诱拐妇女的罪行呢？对呀！没错，准是诱拐妇女！费克斯心里认定了这个想法，他发现自己从这件事上能得到很大好处。不管这个女人是不是有夫之妇，反正是诱拐妇女，因此就有可能在香港给这个得意忘形的骗子制造一些困难，叫他不论拿多少钱出来也不能脱身。

但是，这事儿不能等仰光号到了香港才动手，由于福格有一种很可恶的习惯：他从一条船上刚跳下来会马上又跳上另一条船。这样他会在你动手之前早就远走高飞了。

所以最要紧的是要预先通知香港英国当局，并且在他下船之前就监视仰光号的出口。这事儿可是再容易不过，因为仰光号要在新加坡停留，新加坡和中国海岸有一条电报线可以互通信息。

但是，在动手之前，费克斯为了把事情办得更有把握，他决定先去探探百事通的口气，他心里明白要想叫这个小伙子打开话匣子那是很容易的。从开船到现在，他一直没在百事通跟前露过面，现在费克斯决定不再躲避他了。时间不能再耽搁了，今天已经是10月30号，仰光号明天就要到新加坡了。

当天，费克斯就从他的房舱里出来了。他走上了船甲板，故意装作非常惊讶的样子去假装主动和百事通打招呼。这时候，百事通正在他面前散步，费克斯从后面赶上去喊道：

"咦！你也在仰光号上！"

"呃——费克斯先生，您也在这儿！"百事通非常惊奇地回答说，他认出了这位在蒙古号上跟他同船的旅伴，"这是怎么回事？我把您给甩在孟买，怎么在这条去香港的船上又把您给找回来了！难道您也是要环游地球吗？"

"不，不，"费克斯说，"我打算留在香港，至少要待几天。"

"真是奇怪！"百事通惊奇地愣了一会儿说，"可是从加尔各答开船到现在，我怎么就没见过您的面儿啊？"

"说老实话，这几天我不大舒服……有点晕船……我一直在我的房舱里躺着……在印度洋上航行我无所谓，可是在孟加拉湾我就不行了。你的主人福格先生还好吗？"

"他的身体好极了，他还是跟他的行程计划表一样准确，哦，福格先生一天也没延误，您可能还不知道吧，我们现在有了一位年轻的夫人跟我们同路。"

"一位年轻的夫人？"费克斯说，他对百事通的话装出一点也不了解的样子。

百事通很快就把整个故事的经过都告诉了费克斯。他说了自己在玛勒巴山寺怎么闯的祸，又谈了怎么花两千英镑买了一只大象，还讲了怎么在火葬场上解救了阿妩达夫人，还有在加尔各答怎么被判刑和交保释放的事儿。对于后面这几件事，费克斯都很了解，但是他佯装什么也不知道。百事通兴奋地讲着他的故事，这个听的人看样子也听得很感兴趣。

"不过说到底，"费克斯说，"您这位主人是打算把这位年轻的女人带到欧洲去吗？"

"不，费克斯先生，绝不可能。我们只是把她送到香港她的一个亲戚家里。她这个亲戚是香港的一位富商。"

"这可难住我了！"费克斯心里说，他掩饰着自己内心的失望说，"咱们去喝杯杜松子酒吧，百事通先生！"

"那真是太好了，费克斯先生，咱们能为在仰光号上再次相聚而举杯共饮，这也是个千载难逢的好机会啊！"

第十七章
从新加坡到香港途中所发生的种种

他和福格先生只碰见过一两次……

从这天开始，百事通跟费克斯就经常见面，不过费克斯在这位朋友面前十分小心谨慎，什么也不多问。他和福格先生只碰见过一两次。他看到，福格先生总是自由自在地待在仰光号的大客厅里，有时会陪陪阿妩达夫人，有时照例玩惠司脱。

不过百事通这一回可真的把这件怪事仔细想了半天，为什么费克斯又一次跟他主人同坐一条船？确实是让人觉得有点奇怪。这位费克斯先生人很体面，待人又十分殷勤。先是在苏伊士碰见他，他乘了蒙古号，后来他在孟买下船了，他说要留在孟买，可是这回在这条去香港的仰光号上却又碰见他了。一句话说明白，他是寸步不离地紧盯着福格先生，那么这件事就值得好好想想了。要说碰巧吧，那也巧得太离谱了。这个费克斯是谁派来的呢？百事通现在敢拿他的拖鞋打个赌——他是无比珍视自己的拖鞋的，他料定费克斯肯定又会跟他们同时离开香港；也许又会同坐一条船。

百事通就是再苦想半天，他也想不出来这位侦探要跟着他们干什么。他绝对没想到菲利亚斯·福格会被人家当作窃贼而紧紧盯着，满世界兜圈子。不过百事通是属于那种对任何事都能找出答案的人，他现在一下子清楚了，他找到了费克斯一直盯住他们的答案，而且说实话，这个答案倒像是很合理的。其实在他看来，费克斯只是、也只会是改良俱乐部和福格打赌的同僚们派来跟踪的人，目的是要了解福格先生这次环游地球，是不是按照商定的路线老老实实实施的。

"就是这样！一定不会有错的！"这个老实的小伙子自言自语地说，他非常满意于自己的判断能力，"他是那些老爷们派来跟踪我们的密探！这事干得可真不太风光！福格先生为人这么诚实，又这么有信用，根本不必叫个密探来监视啊！啊！改良俱乐部的老爷们，这件事你们可真犯不着了！"

百事通对自己的发现扬扬自得，但是他决定一点也不跟福格先生讲，因为他怕把改良俱乐部老爷们这种不正当的怀疑告诉他主人，会伤害主人的自尊心。可是他拿定主意找个机会拿费克斯开开心，用别的话逗他，但是决不给他说透。

10月30日星期三下午的时候，仰光号进入了马六甲半岛和苏门答腊当中的马六甲海峡。许多险峻秀丽的小山岛吸引着旅客们，使他们顾不得再去欣赏苏门答腊的风光。

第二天早晨四点钟，仰光号比规定航行时间提前半天到达新加坡。它要在这里加煤。

菲利亚斯·福格先生把这提早的半天时间记在旅行日程表的"盈余时间"栏内。因为阿妩达夫人希望利用这几小时上岸去散散步，所以福格先生就陪她一块儿下了船。

费克斯对于福格先生的任何行动都很怀疑，因此他偷偷地跟了过去。百事通看见费克斯在玩这种伎俩，不仅偷偷发笑，他随后也上岸去买些东西了。

新加坡岛的外貌既不广阔又不宏伟，缺少大山做海岛背景，但是它仍然十分清秀可爱，就像是一座交织着美丽的公路的花园。阿妩达夫人和福格先生两个人坐在一辆漂亮的马车里，前面由两匹新荷兰进口的骏马拉着，在长着绿油油叶子的棕榈树和丁香树丛中飞奔着。有名的丁香子就是由这些丁香树上半开的花心做成的。这里一丛丛的胡椒树，代替了在欧洲农村用带刺植物筑成的篱笆，椰子树和大棵的羊齿蕨伸展着密茂的枝叶，点缀着这热带地区的风景。那些深色绿叶的豆蔻树播撒着浓郁的香气。树林里还有成群偷偷摸摸的猴子。有时在这密茂的树林里也会有老虎的踪迹。如果你感到惊奇，想要知道为什么在这个并不算大的岛上直到现在还没有消灭这种可怕的野兽，人们会告诉你，这些野兽都是从马六甲泅水过来的。

阿妩达夫人和她的同伴坐着马车在乡下玩了两小时，福格先生心不在焉地观赏了一下周围的风光，然后他们就回城里去了。这是一个被高楼大厦充斥着的城市。城市周围遍布着美丽的花园。花园里种着杧果树、凤梨树和各种世界上最美味的果树。

十点钟他们又回到船上。费克斯也坐了一辆马车盯着他们兜了一圈，一无所获，现在他又得自己付车钱。

百事通在仰光号甲板上等着他们。他买了几十个像普通苹果一样大的杧果。这种水果外面有深棕色的果皮，里面的皮是鲜红色的，中间的果肉却是雪白的。好吃的人把它往嘴里一放就会感到无比的鲜美。百事通兴高采烈地把这些杧果送给阿妩达夫人，她亲切地向他表达了谢意。

十一点钟的时候，仰光号加好了煤，就离开了新加坡。过了几小时，旅客已经看不见那些长着茂密的森林和隐藏着最美丽的猛虎的马六甲的高山了。

新加坡距离这个从中国海岸割出去的一小块英国领地——香港约一千三百海里。菲利亚斯·福格先生希望至多不超过六天的时间到达香港，进而能赶上11月6日从那里开往日本大商港横滨的那班船。

仰光号上的旅客很多。大部分都是在新加坡上的船，其中有印度人、锡兰人、中国人、马来亚人和葡萄牙人，大多数都是住在二等舱。

天气本来一直很好，不过随着半圆的月亮在东方慢慢升起，天气开始变坏了。海上滚动着巨浪，海风有时刮得很紧，幸亏风是从东南方吹来的，它有利于仰光号的航行。当风向还比较顺利的时候，船长命令张起全部船帆。仰光号上有双桅船的装备，它经常张起前桅帆和两个角帆航行。由于海风和引擎的双重动力，航行的速度大大提高。仰光号就这样在急促而有时使人眩晕的海浪中，沿着安南和交趾支那的海岸前进。

船上大部分旅客都因为船身不停地颠簸而晕船了，主要原因与其说是海浪，还不如说是仰光号本身的因素。

其实，这些在中国沿海航行的半岛公司的轮船在构造方面确实有严重的缺点。对于空船和满载两种排水量的比例计算得很不正确，所以也就经不起海上的风浪。底部不透水的密封水舱的容积不够大，用海船上的术语来说就是"已经喝饱了"，因此这样的话，只要再有几个大浪头打到船上，它就不能再照原样航行了。这种船要和法国的皇后号和柬埔寨号那些邮船来比，即使不比引擎和蒸汽机，就是光比船型也差得很远。像皇后号这一类法国邮船，按照工程师的计算即使浸入舱底的海水重量等于邮船本身的重量，也不可能会发生沉船。不过半岛公司的船，从加尔各答号、高丽号，一直到仰光号，一旦浸入海水的重量达到船身重量的六分之一的时候，船身就会沉入海底了。

所以一旦遇到坏天气就得十分小心。有的时候，还必须收起大帆放慢速度前行。这根本就是在浪费时间。虽然福格先生丝毫也没有因此而在脸上表现出任何烦恼情绪，但是百事通可早就急得不耐烦了。他埋怨船长，埋怨大副，埋怨公司，他把船上所有的工作人员都骂了一遍了。也许是因为他想起了塞维尔街他那个还没关的煤气炉子，时刻在耗费着他自己的钱，所以才会显得更加焦虑不安吧。

"你们真是急于要到香港吗？"有一天费克斯问百事通。

"急得很。"百事通说。

"你觉得福格先生是急于搭船去横滨吗？"

"可以说是十万火急。"

"你现在对于这个奇怪的环球旅行还相信吗？"

"当然相信，您不相信吗，费克斯先生？"

"我？我不相信。"

"好吧！"百事通眨眨眼笑着说。

这句话把费克斯弄得如堕雾中。他自己也不知道为什么这一句话就会使他惶惶不安起来。难道这个法国人已经知道了他的身份？他真不知道该怎么想才好。但是他的侦探身份，这是只有他自己知道的秘密，百事通又是如何知道的呢？不过，看百事通对他说话的样子，显然他肚子里是有别的话的。

再过了一天，这小伙子简直说得更明显了。他比费克斯可心直口快多了，肚子里从来藏不住话。他嬉皮笑脸地问费克斯：

"嘿，费克斯先生，这一回到了香港，您真的就不走了吗？跟您分手，这对我们来说真是太不幸了。"

"这个……"费克斯十分尴尬地说，"我也难说！也许……"

"啊！"百事通说，"要是您还能跟我们同路，那我真太幸运了。看啊，作为东方半岛公司的代理人，您怎么能半路留下来呢。您本来说只到孟买的，可是现在马上又要到中国了。美洲大陆已经不远，从美洲到欧洲也是近在眼前！"

费克斯仔细地看着百事通这一副无比惹人喜欢的样子。他也附和着哈哈大笑了一阵。这时，百事通就高兴地问他："您这种职业是不是很好呢？"

"也好，也不好，"费克斯毫不在意地说，"有时候差事好，有时候不好。不过你全明白，我旅行并不是需要自己花钱的！"

"噢，这我早知道了！"百事通说着又大笑起来。

谈话结束之后，费克斯回到自己的房舱便开始考虑起来。毫无疑问，他是被人家看穿了。无论如何反正这个法国人知道他是密探了。不过，他到底告诉了他主人没有？他在这件事里面起着怎样的作用呢？他会不会是福格的同谋？这件事是不是已经被拆穿了，所以也就算完了呢？费克斯很用心地想了好几个钟头，一会儿觉得一切都完蛋了，一会儿又希望福格完全不了解他的情况，最后他还是不知道该怎么办才好。

这时，他定定心神，决定直截了当地对付百事通。如果到了香港还没有办法逮捕福格，如果到时候他真的预备离开这最后的一块英国地盘，那么他，费克斯就跟百事通都说明白。他要是福格的同谋，那么福格就什么都会知道，那么这件事也就没戏了；要是百事通与这件盗窃案丝毫没有联系，那么他就会为自己打算而撇开自己的主人。

这就是费克斯和百事通两人间的微妙关系。而菲利亚斯·福格则像是一颗高高悬挂在他们之上的行星，不经意地在天空运行。沿着自己的轨道环游地球，也不担心那些在它周围运行的小行星。

但是旁边现在有一颗被天文学家称为"扰他"的星，它本应该在这位绅士的心中引来一阵骚动。然而事实并非如此。阿妩达夫人的美丽对福格先生竟丝毫不起作用，这真使百事通感到极其纳闷。如果这个"扰他"星所造成的星辰错乱成真的话，那将会比天王星所发生的星辰错乱（人们依靠天王星的星辰错乱，进而才发现了海王星）更加难以推算。

的确，这件事使百事通天天都纳闷。他从年轻的阿妩达夫人眼里看出了她对自己主人的无限感激之情。主人心里很明显是只想英勇果敢地而不是深情脉脉地尽自己的责任义务。而至于目前旅行中可能碰到的事，以及这些事对他可能产生的影响，他根本就没有放在心上。

不过百事通却一直心神不宁。有一天他伏在机车间的栏杆上，看着这架有时像发怒似的大机器在飞快转动，这时由于船身急剧地前后颠簸，推进器一露出水面就飞快地空转，于是活塞的运动就引起蒸汽不停地噼啪爆炸。看到这种情况，他感觉好像他自己也要给气炸了。

"机器空转了！"他嚷着说，"船不走了！看看这些英国人！啊！这要是一条美国人的船，他们会宁愿把它炸掉，也不会叫它这样老牛拖破车似的跟咱们浪费着时间。"

第十八章　三人各忙自己的事情

在最后几天里，天气很差劲。风愈来愈大，一直在刮西北风，影响着仰光号的前进。船身很不稳定，颠簸得很厉害。难怪船上的旅客对这海风掀起的恼人大浪抱怨不断了。

从11月3号到4号，海上起了暴风雨。狂风凶猛地卷着海浪。这时仰光号不得不收起大帆，船身斜顶着海浪前进。在整整半天之内，推进器的转动速度只能保持十转。虽然船帆都已经收起，但是海上暴风仍然吹着其他船具，发出尖锐的呼啸声。

仰光号的航行速度已经明显降低，照这样下去，到达香港的时间要比预定时间延迟二十小时，如果暴风雨一直有的话，甚至还会超过二十小时。

菲利亚斯·福格先生面对着这个像是和他作对的波涛汹涌的汪洋大海，依然处变不惊，连眉头也没有皱一下。不过要迟到香港二十小时，那就意味着会赶不上开往横滨的客船，就会破坏他的旅行计划。可是这个人就像是一块木头，丝毫没有急躁和烦恼的情绪表现出来。好像他在制订旅行计划的时候，早就预料到会有这一场风暴。阿妩达夫人在跟他谈起这个坏天气的时候，察觉出他完全和往常一样冷静。

但是费克斯对于这一场风暴，却另有一种完全不同的看法。他跟别人恰恰相反，这种坏天气使他感到十分高兴，如果仰光号碰上飓风必须到靠岸的什么地方躲一躲的话，那他就会觉得这是最大的快乐。不管什么样的耽搁对他都有利，因为这样就会拖住福格在香港多停留几天。也总算是老天做好事，带着狂风巨浪来帮他了。虽然费克斯现在也有点晕船，可是那又有什么大不了的呢！呕吐他也不在乎，当他肉体感到晕船的痛苦时，他的精神却感到无限激动。

而百事通，我们可以想象到，在这场恼人的暴风雨中，他那种无法抑制的愤怒会达到什么程度。这次旅行直到目前为止沿途都是一帆风顺！陆地和海洋似乎都是尽可能忠诚地在为他的主人服务。火车轮船都服从他主人的需要。海风和蒸汽也都齐心为他的主人出力。难道倒霉的时刻终于要来了吗？他觉得这两万英镑的赌注好像要从自己腰包里掏出去似的，他简直再也无法忍耐了。暴雨让他愤怒，狂风使他发疯，他真想用一条鞭子把这个桀骜不驯的大海痛打一顿！这个可怜的小伙子！费克斯在他面前谨慎地隐藏着自己的兴奋之情。这一点他算是做对了，不然的话，要是被百事通发现了，他准会自讨苦吃。

百事通从这场暴风雨开始到结束一直待在仰光号甲板上，他在船舱里一会儿也坐不住；他爬到桅杆顶上，弄得船员们都很诧异，他灵巧得活像个猴子，什么事都插手帮忙。他还反复地向船长、领班和水手提问。别人看见这个小伙子一点都没耐心，都不禁笑起来。可是百事通一定要问清楚这场暴风雨还要持续几时。别人叫他去看晴雨表，可是晴雨表上的水银柱丝毫没有上升的意思。他就抓住晴雨表摇了一阵，水银柱仍旧不动。不论是摇晃或是咒骂都没能使这个无辜的晴雨表顺从于他。

最后风浪终于平息了。11月4号这一天海上情况得到了改善。海风变得温和了，百事通的脸也像天气一样开始好起来了。大桅帆和小桅帆也可以升起来了，仰光号又能再次以飞快的速度行进。不过失去的时间已经无法挽回了。现在必须再想想其他的办法，因为仰光号要到6号早晨五点钟才能看到陆地，而菲利亚斯·福格先生的旅程表上写的却是5号到达。可他却是六号才到，也就是迟了二十四小时，也一定是赶不上去横滨的船了。

六点整的时候，引水员登上仰光号，准备上舰桥领仰光号穿过航道，一直到香港港口。

百事通急着想问问他，去横滨的船是不是早已从香港出发了。但是他又不敢去问，他想最好还是保留一点希望一直到香港再问吧。他把自己的烦恼对费克斯说了，费克斯这个老狐狸想安慰他一番，说福格先生肯定会等下一班船去横滨的。不过他没想到这句话会把百事通气得够呛。

尽管百事通不敢去问引水员，但福格先生在翻了自己的《旅行指南》之后，却若无其事地问引水员是否知道何时从香港有船开往横滨。

"明天早上涨潮的时候。"引水员说。

"噢！"福格先生"噢"了一声，不过脸上丝毫没有惊奇的样子。

百事通这时也在一旁，高兴得简直就想拥抱这位引水员。不过费克斯却恨不得马上把这个人给掐死。

"这条船叫什么名字？"福格先生问。

"卡尔纳蒂克。"引水员说。

"这条船不是应该在昨天开吗？"

"是的，先生。但是船上有个锅炉需要修理，所以就改在明天了。"

"谢谢您。"福格先生说。说完，他就踱着方步走进仰光号客厅去了。

这时百事通赶快走上去，紧紧地握着这个引水员的手，又说：

"引水员，您真是个好人！"

自不必说，这个引水员一辈子也不会明白为什么他回答了这几句话竟会博得这样热情的感激。

一声哨响，引水员走上了舰桥。他领着仰光号从这条拥挤着各种木船、汽艇、渔船以及其他船只的香港航道中穿行。

11月6日下午一点钟，仰光号在码头停靠，旅客们纷纷下船。

应该承认的是，这种意外对于福格先生是极其有利的，如果卡尔纳蒂克号不是要修理锅炉的话，它在11月5号就已经开走了。那么，要去日本的旅客就只好再等八天坐下一班船了。是的，福格先生是已经迟到了二十四小时，但这次耽搁还不至于对他下一阶段的旅行计划产生很严重的影响。

其实由横滨横渡太平洋到旧金山去的客船是和香港去日本的客船衔接着的。横滨的船不可能在香港的船未到达之前就开往旧金山。很明显，横滨也会相应地向后顺延二十四小时开船。不过这二十四小时的延误，影响很小，因为在横渡太平洋的二十二天航行中，是很容易把这二十四小时的损失找回来的。

菲利亚斯·福格先生从伦敦出发这三十五天以来，除了这二十四小时以外，都是按计划完成的。

卡尔纳蒂克号预计到明天早上五点钟才开。福格先生还可以有十六小时来办一些私事，也就是替那位阿娰达夫人找那位亲戚。刚一下船，他就让阿娰达夫人挽着自己，一同向一抬双人轿子走过去，福格先生问轿夫有没有什么好旅馆。轿夫告诉他说有一个俱乐部大饭店。接着他们便坐上了双人轿。百事通跟在后面，过了二十分钟，就到了俱乐部大饭店。

福格先生先为阿娰达夫人订了一套房间，并且叫人为她预备了一切必备用品。然后他对阿娰达夫人说他马上去找她那位亲戚，找到了就把阿娰达夫人留在香港请那位亲戚照看着她。同时他吩咐百事通在他回来之前，都不要离开俱乐部大饭店，以防夫人没人照顾。

福格先生经由别人前往交易所。那里的人们总不会不知道这位尊贵的香港富商杰吉先生吧。

福格先生向一位经纪人询问，的确，那人就认识这位帕西富商。不过他却说这位帕西商人离开中国已经两年了。赚够钱，杰吉先生就把家搬到欧洲去了，可能是到了荷兰，因为他过去在香港的时候，始终都是和荷兰商人来往的。

菲利亚斯·福格先生又回到了俱乐部大饭店。他立即叫人告诉阿妼达夫人，想跟她谈谈。他很简单地告诉她说：据了解，那位杰吉先生已经不住在香港，可能是搬到荷兰去了。

阿妼达夫人听了这话，起初是一声不响，后来她用手摸摸自己的前额，思考片刻，接着轻轻地说：

"那您说我该怎么办呢，福格先生？"

"这很简单的，"他说，"到欧洲去。"

"但我怕会妨碍您……"

"您丝毫不会妨碍什么，您跟我们在一起，对我的旅行计划毫无影响。百事通！"

"我在等您吩咐，先生！"百事通说。

"去到卡尔纳蒂克号订三个舱位。"

百事通赶忙走出了俱乐部大饭店，心里很高兴能继续跟阿妼达夫人一同旅行，因为她为人很好。

第十九章　百事通极力为主人辩护

香港只是一个小岛，1842年鸦片战争之后，签订了《南京条约》，这个小岛就被英国占领了。几年之内英国以其殖民者的才能就把这里建成了一座大城市和一个海港——维多利亚港。这个小岛就位于珠江口上，距离对岸葡萄牙占领的澳门只有六十英里。香港在商业竞争方面定能战胜澳门。现在中国大部分商品出口都由香港经过。这里有船坞、医院、码头、仓库；还有一座哥特式建筑的大教堂和一个总督府；到处是碎石铺成的马路，这里的所有都使人觉得这是英国肯特郡或萨里郡的某一个商业城市，从地球的那一面穿过来，再出现在这一块中国的土地上了。

百事通将手插在衣袋里，走向维多利亚港，又在欣赏着那些在中国还十分流行的轿子和带篷的轿车。成群的中国人、日本人和欧洲人在街上非常忙碌。他觉得这个城市和他沿途经过的孟买、加尔各答或新加坡等城市几乎没什么差别。这些地方都好像是环绕着地球排成的一条英国城市链。

到了珠江口上的维多利亚港，这里聚集着各国的船只：英国的、法国的、美国的、荷兰的，其中也有军舰，有商船，有日本的或是中国的小船，有大帆船、汽艇和舢板，甚至还有"花船"，这些"花船"就像是漂浮在水面上的花坛。百事通在路上还看见一些穿黄色衣服的本地人，这些人都很老了。百事通想按中国习惯刮一次脸，就走进了一家中国理发店。他从一位英语讲得相当好的理发师那里获悉，刚才看见的那些老人年纪最小的也都在八十岁以上，他们只有到这样高龄，才有资格穿黄衣服，因为黄色是代表皇家的颜色。百事通虽然不了解里面的门道，不过他觉得这倒挺滑稽的。

百事通看到了一些本地人……

他刮好了脸就走向卡尔纳蒂克停靠的码头。到了那儿，他看见费克斯正一个人在河边上徘徊，对此他一点也不觉得奇怪。这时，这位侦探脸上露出十分失望的表情。

"好！"百事通心里说，"这下子对改良俱乐部那些老爷们可就不大妙了！"

他对费克斯的烦恼装着完全没有看见的样子，面带笑容地走上去跟他打了招呼。

事实上，一点也不能怪费克斯咒骂他一再碰上的坏运气。还是没有逮捕令！显然这份逮捕令还正在他后面追着转寄，要是能在香港多待几天，一定就能收到了。既然香港是这次旅途上最后一个受英国控制的地方，要是在此地不能逮捕福格，那么这个罪犯就一定会逃掉了。

"嘿，费克斯先生，您是决定跟我们一同到美洲去了？"百事通问。

"是啊。"费克斯咬着牙说。

"那就赶紧走吧，"百事通一面说着一面大笑着，"早就知道您是不会跟我们分手的。好吧，咱们一齐去订船票吧！"

他们一同走进了海运售票处，订了四个舱位。这时售票员告诉他们说，卡尔纳蒂克号已经修好了，原来规定明天早晨开船，现在提前了，今天晚上八点钟就开。

"那太好了，"百事通说，"提早开船对于我的主人更好啊，我现在就过去告诉他。"

现在费克斯决定采取最后一个办法了。他决定把一切都告诉百事通。要拖住菲利亚斯·福格在香港多待几天，可能这是唯一的办法了。从售票处离开以后，费克斯就请百事通到酒店去喝酒。看时候还早，百事通也就接受邀请了。

在码头的对面，有一家外表很吸引人的酒店。他们两个便走了进去。这里的大厅装修得很漂亮，靠里边放着一张板床，上面铺着垫子。床上一个挨一个地睡了好些人。在这大厅里，有三十多个人散坐在那些用藤条编的桌子上。他们有的在大杯地喝着或清淡或浓烈的英国啤酒，有的在喝着英国烧酒：杜松子酒或白兰地。另外，大部分人都在吸着长杆红瓦头的大烟枪，大烟斗上装着玫瑰露和鸦片制成的烟泡。不断有吸烟的人晕过去，倒在桌子底下，于是酒店的伙计就过去拖住他的脚和脖子把他搬到板床上和那些已经晕过去的烟鬼放在一起。晕过去的烟鬼就一个个地被排着放在板床上，总共有二十多人，他们那种狼狈不堪的样子很让人恶心。

费克斯和百事通到现在才知道他们是进了一家专做这些无赖汉、白痴、荒唐鬼、糊涂虫生意的大烟馆。这个死要钱的大英帝国每年要卖给这些人价值两亿六千万法郎的这种害死人的所谓"鸦片"药膏！利用人类最悲惨的恶习赚来的这笔钱是多么污秽啊！

中国政府曾经想用严厉的法律来禁绝这种恶习，但是没有成效。吸鸦片的恶习从富有阶级——鸦片首先是专给他们享用的——一直蔓延到了下层阶级，这种灾祸就再也无法禁止了。目前在中国吸鸦片的人到处都有。男人女人都贪恋这种令人感到无比可悲的嗜好。一旦上了瘾，就再也不能戒掉了，不然胃就会剧烈疼痛。烟瘾大的人一天能吸八筒，这种人过不了五年就得死。像这样的大烟馆香港有很多，他们俩怀着喝两杯的想法进去的这个地方也只是其中之一罢了。

百事通身上没带钱，不过他很高兴地接受了他朋友的这番"美意"。他提出改天要回请费克斯。

他们要了两瓶有名的葡萄牙红酒，这个小伙子便开怀畅饮起来。但是费克斯却喝得很有分寸，他在注意观察百事通。他们天南地北地聊起来了。谈得特别起劲的是关于费克斯决定搭乘卡尔纳蒂克号船去横滨的这个好主意。当他们谈到这一条船要提早几小时动身的时候百事通把酒喝光了站了起来，要回去通知他的主人提早上船。这时费克斯一把将他拖住。

"等一下。"费克斯说。

"您要怎么样，费克斯先生？"

"我有件要紧的事要跟你谈谈。"

"要紧的事儿？"百事通大声说，同时把酒杯里剩下的几滴酒喝干了，"好吧，咱们明天再谈，今天没时间。"

"别走！"费克斯说，"关于你主人的事。"

听了这句话，他就仔细地望着费克斯。他发现费克斯的面部表情很奇怪。然后，他就又坐了下来。

"您到底要跟我说什么？"百事通说。

费克斯把一只手放在百事通的手臂上，小声地说：

"你已经猜出来我是什么人了吗？"费克斯问。

"这还用说！"百事通笑着回答。

"好吧，那我现在把全部情况都告诉你。"

"现在，我已经全部都知道了，老兄！喏，这没什么，好吧，你讲下去吧，不过先让我说一句，那些老爷们的钱算是白花了。"

"白花了？"费克斯说，"你别跟我瞎扯了，我一看就知道你根本不了解这件事关系到多大一笔数目啊！"

"你错了，我知道，"百事通说，"两万英镑！"

"不是两万！"费克斯抓紧他的手说，"是五万五千英镑！"

"怎么会？"百事通叫着说，"福格先生竟然敢拿……五万五千英镑……好吧，这就更不能耽误时间了。"说到这里他又站起来了。

"五万五千英镑！"费克斯一面强拉着他坐下来，同时又叫了一瓶白兰地，一面接着说，"要是我这事办成了，我会得到两千英镑奖金。只要你肯帮忙，我分给你五百英镑，行吗？"

"要我帮你的忙？"百事通大声说，他的两只眼睛都快要瞪圆了。

"对，你帮我拖住福格先生在香港多待几天！"

"嘻！"百事通说，"你这是说的什么话啊？这些老爷们不拿我的主人当正直的人看，叫你来监视，这还不够，还要千方百计阻挠人家，我真替他们感到难为情。"

"噢，你这话是什么意思呢？"

"我说这简直太不光彩啦！这简直是要把福格先生口袋里的钱都掏出来，等于是要夺去他的全部财产！"

"对，咱们就是要这么干。"

"可是这就是个阴谋啊！"百事通叫喊着。费克斯敬他一杯他就喝一杯，根本没注意自己喝了多少，现在白兰地酒劲一冲，那气可就更大了，"这是不折不扣的阴谋！这些老爷们，到底是不是朋友呢？"

费克斯开始觉得他的话文不对题了。

"朋友？"百事通嚷着说，"还都是改良俱乐部的会员呢，费克斯先生，您要知道，我的主人是一个正派人，他这个人只要说跟人家打赌，他就是规规矩矩地去赢人家。"

"你等一下，你到底以为我是什么人？"费克斯两只眼睛直盯着他说。

"这还用说？你是改良俱乐部那些老爷们派来的暗探，你的任务是要监视我主人沿途旅行的情况，这简直太不体面了！我虽然早已经看出了你的身份，可是我一直一个字儿也没有对福格先生说过。"

"他一点也不知道？"费克斯激动地问。

"他什么都不知道。"百事通说着又干了一杯。

密探用手摸着自己的前额。在他接着谈下去之前，他感到无比犹豫。他该怎么办呢？百事通的误会看起来绝不是装出来的，不过这就使费克斯的计划更难实现了。这个小伙子讲的的确都是老实话，这是显而易见的。他也绝对不会是福格的同谋，这一点本来是费克斯最担心的。这个时候，费克斯心里说："既然他不是同谋，那他就一定会帮我。"

密探又重新想好了主意。何况时间也不容许他再拖延下去了。无论如何必须在香港把福格逮起来。于是他就干脆利落地对百事通说：

"听我说，你认真听着。我不是你所猜想的那种人。我不是改良俱乐部那些会员派来的暗探……"

"噢！"百事通表情滑稽地看着费克斯说。

"我是警察厅的侦探，接受了伦敦警察当局的任务……"

"您……警察厅的侦探……"

"对了，我给你看证件，"费克斯说，"看，这是我的出差证明书。"

侦探从他的皮夹里拿出一张证件给百事通看，那是伦敦警察总局局长签署的公差证明书。这把百事通给吓傻了，两眼直瞪着费克斯，什么话也说不出来。这时费克斯就接着说：

"福格先生说打赌，其实只是个借口。你和那些改良俱乐部的会员都是被他这个花招给骗了。因为他需要你这个没有意识到的同谋者为他服务。"

"原因又是什么？……"百事通叫喊着。

"你听我说，上个月，9月28号那一天，英国国家银行被人偷走了五万五千英镑，这个人的外貌已经被查出来了。看吧，这就是有关他的外貌的记录，这简直跟福格先生一模一样。"

"去你的吧！"百事通用他的大拳头捶着桌子说，"我的主人是世界上最正派的人！"

"你又如何知道他是正派人？"费克斯说，"你甚至都不认识他！你在他动身那一天才到他家工作。他找了个毫无意义的借口急急忙忙地离开了伦敦，连行李也不带，只带了一大口袋钞票！你敢担保他是正派人？"

"我敢担保！我就是敢！"可怜的百事通机械地反复说着。

"那么你是愿意作为他的从犯一起被捕了！"

百事通两手抱着脑袋，脸色全变了。他不敢抬头看费克斯。

福格先生，阿妮达夫人的救命恩人，这么一个仁慈而又勇敢的人，他又怎么会是贼呢？可是费克斯提出来的那些怀疑又那样逼真！百事通是绝不肯相信自己的主人会做这种事的。

"直接说吧，你到底想要我怎么样？"他鼓起最大勇气向费克斯说。

"喏，"费克斯说，"我盯着福格先生一直盯到今天，但是我还没有接到我向伦敦要的那张逮捕令，所以我需要你帮助我拖住他留在香港……"

"你叫我……"

"我跟你平分英国国家银行许下的两千英镑奖金。"

"我不干！"百事通说着，就打算要站起来，可是他感觉到精神恍惚，又没有力气，于是又坐了下来。

"费克斯先生，"他结结巴巴地说，"即使你刚才对我说的那些话都是真的……即使我的主人真的是你要抓的那个贼……我也不承认……我是他的仆人……我看他是个好人，是个仁人君子。要我出卖他，绝对不可能。就是把全世界的钱都给我，我也不能那么干……"

"你拒绝吗？"

"我不干！"

"好吧，那就算我什么也没说，"费克斯说，"来，咱们喝酒。"

"好，咱们喝酒！"

百事通感觉自己是越来越醉了。费克斯认为现在必须尽一切可能把百事通和他的主人隔离开。他决定一不做二不休。正好桌上放着几支装好了鸦片的烟枪。费克斯拿了一支放到百事通手里，他迷迷糊糊地接过来放到嘴上就吸了几口。他的头因为麻醉而感到沉重，结果晕倒了。

"好了，"费克斯说，"再也没有人去通知福格先生卡尔纳蒂克号提早开船的消息了。就算他能走，至少这个死不了的法国人是不会再跟着他走了！"费克斯付了账就那样走掉了。

第二十章　费克斯和福格正面交锋

费克斯在酒店里和百事通进行谈判，在要断送福格的前途的时候，菲利亚斯·福格先生正陪阿娥达夫人在英国侨民住宅区的大街上散步。既然阿娥达夫人同意福格先生带她到欧洲去的提议，他就必须考虑到在这样长的一段旅途中需要准备的一切东西。像他这样一个英国人，带着旅行袋就去环游世界，当然无所谓，但对一位妇女而言，这样就行不通了。因此，就必须购买一些旅途中所需要的衣物。

虽然阿娥达夫人那么恳切地一再表示反对和推辞，但他还是我行我素，不声不响地完成了他的任务。他回答阿娥达夫人总是这两句老话：

"这是我自己路上用的，这是我计划好要买的。"

东西都买全了。他们二人就回到俱乐部大饭店，去享受他们预定好的那一顿非常丰盛的晚餐，饭后，阿娥达夫人有点累了，她照英国习惯轻轻握了握这位沉静的救命恩人的手，就回自己的房间去了。

这位尊贵的绅士，整整一个晚上都在认真阅读《泰晤士报》和《伦敦新闻画报》。

如果福格先生是一位多疑古怪的人，那么，到了睡觉时候，还不见自己的仆人，他就会感到意外了。但是福格先生知道开往横滨的船在明天早晨以前不会离开香港，所以他对此事也就没太注意。第二天早上，福格先生打铃叫人，百事通还是不在。

当这位高贵的绅士得知他的仆人根本就没有回旅馆的时候，他是如何想的，谁也不知道。福格先生只好自己提了旅行袋，一面叫人通知阿妩达夫人，一面叫人去雇轿子。

这时已经到了八点了，预计九点半钟满潮，卡尔纳蒂克号要趁着满潮出海。

轿子到了俱乐部大饭店门口，福格先生和阿妩达夫人一齐坐上了这种舒适的交通工具，后面紧跟着一辆小车子，拉着他们的行李。

半个小时后，他们到了轮船码头，下了轿子，这时先生福格才知道卡尔纳蒂克号昨天晚上已经开走了。

他本来打算能一举两得，既找到了船，又找到了百事通。可是没想到两头儿都落了空。但是，他脸上却一点失望的表情也没有，而阿妩达夫人一直不安地看着他，于是，他对她只好这样说：

"这是个意外，夫人，没什么。"

就在这时候，旁边有一个人，这个人一直在留神看着福格先生，现在走到他跟前来了。这人就是警察厅的密探费克斯。他跟福格先生打了个招呼，说道：

"这位先生不是跟我一样昨天乘仰光号到香港来的旅客吗？"

"是的，先生，"福格只是冷漠地说，"可是我还没请教您是……"

"请您原谅，我不过是希望在这儿能碰到您的仆人。"

"先生，您知道他此时在什么地方吗？"夫人着急地问。

"怎么着？"费克斯装着吃惊的样子说，"他没跟你们在一块儿吗？"

"没有，"阿妩达夫人说，"从昨天起他就不见了，他难道会不等我们自己就上船走了？"

"他会不等你们吗，夫人？"侦探说，"不过，请允许我问一句，你们是不是预备乘这条船走呢？"

"是的，先生。"

"我也是，夫人，您看我这一下真给弄得狼狈极了。卡尔纳蒂克号修好了锅炉，谁也不通知，就提早了十二小时开出了香港。现在就只好再等八天，要乘下次的船了！"

费克斯讲到"八天"这两个字的时候，心里感到十分痛快。八天！福格得在香港待八天！等逮捕令的时间是绰绰有余了。他这位国家法律的代表人今天总算是交到好运了。

可是当他听到菲利亚斯·福格镇静地说出下面一句话的时候，我们可以猜想，那对费克斯是多么狠的当头一棒啊！

"不过我认为除了卡尔纳蒂克号，在香港的港口上还有其他船只。"

说完这句话，福格先生就让阿妩达夫人挽着自己的手臂，一块儿到船坞去找其他就要开出的轮船。

费克斯不知如何是好，紧紧跟在后面，看起来就像是福格手上有一根线牵着他似的。

福格先生从伦敦出发以来一直都在走好运，可是现在好运像是真的走完了。他在港口上到处找，整整跑了三个小时，他决定如果万不得已就租一条船去横滨；但是他看到的一些船不是正在装货就是正在卸货，当然不能马上就开。于是费克斯觉得又有指望了。

但是福格先生并不慌乱，他继续找船，他甚至打算到澳门去找。正在这个时候，他在港口上看见迎面来了一个海员。

"先生，您找船吗？"这个海员脱下帽子对他说。

"有就要开的船吗？"福格先生问。

"是啊，先生，有一条四十三号引水船，它是我们船队里最好的一条船。"

"它走得快吗？"

"每小时至少可以跑八九海里，您愿意看看吗？"

"好。"

"您一定会满意的。您是要坐船到海上去玩玩吗？"

"不，我要坐船旅行。"

"旅行？"

"你能把我送到横滨吗？"

海员听了这句话，不自觉地晃动着下垂的两臂，一双眼睛睁得滚圆。

"先生，您是开玩笑吧？"海员问。

"不是开玩笑！卡尔纳蒂克号开了，我没赶上。我必须在十四号以前到达横滨，因为我要赶上开往旧金山的船。"

"非常抱歉，"海员说，"没办法。"

"我每天给你一百英镑（二千五百金法郎）的船费，如果你能按时赶到，我再给你两百英镑的奖金。"

"您说的是真的？"海员问。

"完全是真的。"福格先生说。

海员走到一旁，望着大海，很明显他是为了赚这样一大笔钱和害怕冒险跑那么远的路这两件事在进行思想上的挣扎。

这时，费克斯待在一旁，心里像有十五个吊桶打水似的忐忑不安。

福格先生这时转过身来问阿妩达夫人：

"坐这条船您不害怕吗，夫人？"

"跟您在一起，我是不会害怕的，福格先生。"阿妩达夫人说。

海员两只手转弄着帽子，重新挨近福格先生。

"怎么样，海员先生？"福格先生问。

"怎么样，先生，"海员说，"我不能拿我的船员和我，还有您去冒这个险。这么远的路，我这条船只不过二十吨，又赶上这个时令。况且，您赶不上时间，从香港到横滨足足一千六百五十海里啊。"

"只有一千六百海里。"福格先生说。

"反正都是一样。"

费克斯这时候大大地松了一口气。

"不过，"海员接着说，"也许还能想个别的办法。"

费克斯又开始紧张了。

"什么办法？"福格说。

"从这里到日本南端的港口长崎只有一千一百海里，或者是只到上海。上海离香港只有八百海里。如果去上海，我们可以沿着中国海岸航行，这个条件很有利，并且沿海岸往北又是顺水。"

"海员先生，"福格先生说，"我正是要到横滨去搭美国的船，我不是要去上海，也不是要去长崎。"

"干吗不去上海或长崎呢？"海员说，"开往旧金山的客船并不从横滨出发。它是从上海出发的，横滨和长崎只是两个中途停靠的港口。"

"你对于这些情况很有把握吗？"

"有。"

"去旧金山的船何时离开上海？"

"十一号下午七点钟。我们还剩四天时间，也就是九十六小时。我们按每小时平均走八海里计算，只要我们抓紧时间，只要东南风不改变方向，只要海上不起风暴，我们就能按时赶完从这里到上海这八百海里的海路。"

"你的船什么时候可以开？"

"过一个钟头就可以开，现在要去买点粮食，还要做开船前的准备工作。"

"好，我们一言为定……那你是船主吗？"

"是的，我叫约翰·班斯比，唐卡德尔号的船主。"

"你要我付定钱吗？"

"要是您愿意的话……"

"给你，先付两百英镑，"这时，菲利亚斯·福格先生又转过身来对费克斯说，"先生，如果您愿意搭这条船……"

"先生，"费克斯赶紧回答说，"我正想要说请您帮这个忙呢。"

"那好吧。过半个钟头，我们上船。"

"可是百事通呢……"阿妩达夫人说，这个小伙子丢了，她十分担心。

"我尽可能替他安置一下。"福格先生回答说。

当这位心里充满了烦恼、焦虑和愤怒的费克斯走上这条引水船的时候，福格先生和阿妩达夫人正走向香港的警察局。福格先生将百事通的具体样貌特点告诉了警察局，并且留下一笔足够他回国用的旅费，接着又到英国领事馆办了同样的手续。然后又到俱乐部大饭店取出刚才送回来的行李，又乘轿子回到港口。

下午三点整，四十三号引水船的人员已经到齐，也已经买好了粮食，开船的准备工作都已经做好。

唐卡德尔号是一条很漂亮的机帆船，重二十吨。船头很尖，样子很利落，吃水很深，看上去像一条竞赛用的游艇，船上铜具都闪闪发亮，就连铁器也已经电镀了。甲板像象牙似的干干净净。这一切说明了船主约翰·班斯比很会保养他的船。船上有两只稍向后倾的大帆，此外还有后樯梯形帆、前中帆、前樯三角帆、外前帆和顶帆。唐卡德尔号在顺风的时候可以利用这一套应有尽有的设备。看上去这条船肯定能走得很好，其实它在引水船竞赛会上确实得过好多次奖。

唐卡德尔号上除了船主约翰·班斯比以外，还有四个船员。这些勇敢的船员们经常风雨无阻地到大海上去寻找海船，把它们领进港口，他们对于海上各处的情况都十分了解。

约翰·班斯比是一个四十五岁上下的中年人。身体结实，皮肤由于日晒而显得棕红，两眼有神。从他的脸膛可以看出他是个很有魄力的人。这个人很稳重，办事很老练，就算是最不相信人的人，对他也会完全信赖。

菲利亚斯·福格先生和阿妩达夫人上了船。费克斯已经早在船上了。他们从后舱口进了一间正方形的房舱，这间房舱四周的墙壁都设有凹进去的床铺，床铺下面放着半圆形的长凳子。房中间摆着一张桌子，这张桌子被一盏摇摇晃晃的挂灯照得亮堂堂的。这间房舱虽小，但是却很干净。

"抱歉得很，我不能给您预备一个更舒服的地方。"福格先生对费克斯说。费克斯只是恭敬地点了点头，没有作答。

这位警察厅侦探接受了福格先生的款待，心里好像是有着很大委屈似的。

"毫无疑问，"他心里说，"这是一个很有礼貌的流氓，但是，不管怎样，他总归是个流氓。"

三点十分，唐卡德尔号张起了帆，随着号角的响声，船上升起了英国的国旗。旅客们都在甲板上坐着。福格先生和阿妩达夫人向码头做最后一次的眺望，他们想看看百事通是否真正就这样失踪了。

这个时候费克斯心里可真有点害怕，因为他怕那个被他耍花招整垮了的倒霉小伙子，也许真的正好这时候就出现在这个码头上。那时，他的西洋镜就会全给拆穿了，那他就会陷于非常不利的地位了。但是，幸亏这个法国人没有出现。毫无疑问，他现在还没有摆脱鸦片烟麻醉的作用。

约翰·班斯比船主终于驾船出海了。唐卡德尔号上的后樯梯形帆、前中帆和外前帆兜着饱满的海风，在广阔无边的大海上向前开进。

第二十一章　唐卡德尔号船主
险些失去两百英镑奖金

在一条二十吨重的小船上，要航行八百海里，尤其是在这种季节，这真是一次很有冒险性的远征。在中国沿海地区，就经常有坏天气，特别是在春秋分的时候，会碰上剧烈的海风。目前依然是在十一月上旬。

这很明显，船主如果直接送福格先生他们去横滨，当然就能赚更多，因为福格先生已经按照每天一百英镑支付了船租。不过这个时候接受那样的航行任务，就要担很大的风险。照现在这样到上海去，如果不算是鲁莽行动，至少也算是敢于冒险。然而约翰·班斯比对于自己的唐卡德尔号是很有信心的。它在海浪里奔驰，活像一只海鸥。船主这样做，或许并没有错。

就在当天傍晚时分，唐卡德尔号渡过了香港附近水流湍急的海面，开足马力，充分利用后面送来的东南风，顺风飞驰。它的航行情况令人感到十分满意。

"船主，快，越快越好！"当小船进入大海时，菲利亚斯·福格先生说，"这一点您用不着我多说了。"

"先生，您放心吧，交给我好了。"约翰·班斯比回答说，"我们已经把所有能利用的帆面都用上了，那些顶帆就是加上去，也不能再增加速度。它们只会增加船的负担，从而降低航行速度。"

"这是你的业务，我是外行，我完全信赖你，船主。"

船尾上坐着的阿妩达夫人似乎在想着什么

菲利亚斯·福格像水手一样两腿分开笔直地站在甲板上，目不转睛地注视着汹涌的波涛。船尾上坐着阿妩达夫人，她在这条很轻的小船上，随意凝视着暮色苍茫中的辽阔海洋，似乎在想着什么。片片的白帆在阿妩达夫人的头顶上空迎风飘着，就像是巨大的白色翅膀带着她在海面上飞翔。小船被海风吹起像是在天空里前进。

天黑了，半圆形的月亮正在徐徐下降。淡淡的月光很快就要消失在天边的迷雾里。乌云从东方卷来，早已掩盖了大片的秋夜晴空。

船主已经点上了夜航信号灯，在靠近海岸的这一带海面上船只来往十分频繁，点信号灯是一种不可缺少的保护性措施。船只碰撞的事件在这一带并不稀奇，唐卡德尔号开得这样快，只要稍微和别的船碰到，就会撞得粉碎。

费克斯正在船头上思考些什么。他知道福格生性不好聊天，因此自己就躲得远点儿。再说跟这个请他白坐船的人攀谈，他也觉得很厌烦。他现在也要考虑一下以后如何做。费克斯看得很清楚，福格先生是不会留在横滨的，肯定会立刻乘上开往旧金山的邮船，逃往美洲大陆。美洲大陆那么大，他肯定是更有把握能够逍遥法外了。在费克斯看来，菲利亚斯·福格的打算是再简单不过的了。

这个福格和那种最普通的坏蛋一样，他本来可以从英国搭船直接去美国，但是他却兜了这么大一个圈子，走遍了大半个地球。他无非是想安全到达美洲大陆。等到英国警察厅被他蒙混过去之后，他就可以在美洲安静地坐着享用他从银行里偷来的那一笔钱了。可是一旦到了美国，费克斯又该怎么办呢？放弃这个贼吗？不能，绝对不能！他要寸步不离地跟着他，一直到办好引渡的手续为止。这是他的本分，他一定要坚持到底。何况现在已经有了一个有利条件：百事通已经不在他主人身边了。特别是因为费克斯已向百事通公开了自己的秘密，这就很有必要叫他们主仆二人永远不再见面。

菲利亚斯·福格先生也并非没想过他那个莫名其妙就丢了的仆人。他考虑了种种情况之后，觉得这个倒霉的小伙子很可能由于误会，在卡尔纳蒂克号快要开的时候跑上船去了。阿妩达夫人想的也是如此。她很感激这个曾救过她的生命的忠实奴仆，他的失踪使阿妩达夫人非常难过。也很有可能到了横滨就会找到他的。至于他是不是搭上了卡尔纳蒂克号，将来也很容易打听出来。

夜里，快到十点钟的时候，风势渐渐加强了。谨慎一点，也许该把船帆收小一些。但是，船主仔细看了看天气形势之后，决定依旧张着大帆前进。再说唐卡德尔号上的大帆也非常得力，船的吃水量也很深，一切都有充足的准备，即使在暴风雨中，也能快速向前航行。

半夜十二时，菲利亚斯·福格先生和阿妩达夫人进了船舱。费克斯早在他们之前下来了，早已经在一张床铺上睡下了。至于船主和他的船员们，整夜都会待在甲板上。

第二天是11月8日。当太阳升起来时，这条小船已经走了一百海里。经常被抛下水去测量航速的测程器指出航行的平均时速是八海里至九海里。唐卡德尔号张起全部帆篷，船在风的作用下全速行进着，如果风向一直不变的话，那可真走运。

唐卡德尔号一整天都航行在离海岸线不远的地方，水流对航行很有利。船的左舷离岸有五海里远，这个地方，时不时能看到灯光闪烁在岸上。从陆地吹过来的风，海面相对平静，对船更加有利，这是由于小吨位的船只最担心遇到大风浪，那会降低航行速度，用术语来说就是会"杀死"它们。

快到中午的时候，微风渐弱，东南风盛行，船长开始命令大家将顶帆撑开升起，但到了两点钟的时候，又要把顶帆给降下来，因为风力又变强了。

幸运的是，福格先生和阿妩达夫人并未晕船，胃口很好，吃着船上储存的食物和饼干，费克斯被邀请与其共享，不得不接受，因为他心里很明白，他和这艘船是一样的，都必须先填饱肚子，这真令人愤怒，但他到最后还是吃了，站在那儿只是吃了一点，的确是这样，但还是吃了。

不管怎样，饭后，费克斯觉得应该和福格先生私底下谈谈，他说：

"先生。"

这个"先生"就好像会把嘴唇磨破一样，他在强力克制自己不去伸手抓住这位先生的领子。然后他接着说：

"先生，承蒙您这样慷慨大方的关照，让我坐您雇的船，但是尽管我的经济条件不能允许我像您这样大方，但我自己应付的这一部分船费……"

"先生，我们不谈这个。"福格先生说。

"不，我要付，我一定要付……"

"不用，先生，"福格先生用不容争辩的口气说，"这是在我的预算总费用中的一项正常开支。"

费克斯不再争论了，他憋着满满的怒气，独自一个人跑上船头，就地往甲板上一躺。这一整天他再也没说过一句话。

唐卡德尔号这时正在迅速前进。约翰·班斯比觉得成功在望。他好几次对福格先生说：一定会按时到达上海。福格只简单地答道：但愿这样吧。

唐卡德尔号之所以能走得这样好，首先是因为船上所有的海员工作都很卖力，很积极。福格先生许下的奖金对这些能干的水手也起了很大的激励作用。因此没有一根帆索不是绑得紧绷绷的，拉得笔直的！没有一张帆篷不是被吹得鼓鼓的，方向没有一点偏差，掌舵的人没有一点可责备的地方！就算是参加皇家游艇俱乐部的赛船大会，他们的工作也不可能比现在做得更认真了。

傍晚的时候，船主检查了测程器之后，知道了唐卡德尔号自从离开香港已经走了二百二十海里。现在菲利亚斯·福格先生又想在他到达横滨的时候，看到自己的计划丝毫没有耽搁。这样看来，他从伦敦出发以来第一次碰到的意外，大概会毫发无伤地安全过去了。

夜里的时候，在天快要亮之前的那几个小时，唐卡德尔号越过了北回归线直接开进了界于中国台湾岛和中国大陆海岸之间的福建海峡地区。海峡中的水流湍急，哪里都是逆流造成的旋涡。唐卡德尔号走得很艰难，急促的海浪阻碍着它的前进。现在在甲板上，很难再站稳。

海风随着日出更增加了势力。大海的上空显现出大风将至的样子。与此同时，晴雨表也预告着气候即将发生变化。整整一天里，晴雨表都很不稳定，水银柱急剧地上升下降。回首眺望，东南海上已经卷起滚滚的巨浪。巨浪预示着：暴风雨马上就要到来了！

夜幕降临，海上闪着迷人的光辉。夕阳在绯红色的薄雾里早已消失不见。

船主仔细看了半天大海上空这种不利于航行的景象，嘴里一边说着，也不知道他说了些什么。不一会儿，他走到福格先生眼前悄声说：

"先生，我可以把实际情况都告诉您吗？"

"都告诉我吧。"福格先生答道。

"那我就说了，我们马上要碰上台风了。"

"是南风还是北风？"福格先生简单地问。

"南风。您看啊，这阵台风就要刮起来了。"

"既然是南面来的，就让它刮吧，它会帮助我们走得更快一些。"福格先生回答说。

"如果您不在乎，那我就没什么好说的了。"

约翰·班斯比的判断一点也没错。据一位有名的气象学家说，在深秋，台风刮起来会像闪电一样倏地掠空而过。不过要是在冬末和春分的时候，一刮起来，那凶猛的威力就会很可怕了。

船主立即开始做预防的准备。他叫人把船上所有的帆篷都绑紧，把帆架卸下来放到甲板上，连顶帆桅杆也都放下来了。中前帆上的附加尖桅也去掉了。所有舱口都盖得严丝合缝，一滴水也不会从外面流进船舱。舱面上只留下一张厚布三角帆代替船头上的大帆，以便利用背后吹来的大风继续航行。眼前一切都已准备好，只在静等台风吹来。

约翰·班斯比请旅客们进舱房去；但是在那样一间几乎连空气也没有的小客舱里，再加上海浪的颠簸，这种禁闭的滋味十分不好受。所以福格先生、阿妩达夫人甚至连费克斯都包括在内，谁也不愿意离开甲板。

将近八点钟的时候，暴风骤雨开始渐渐向小船袭来。唐卡德尔号那块仅有的小布帆已被暴风吹得像一根漂浮的鹅毛。小船在暴风雨的狂啸中经历的惊险情景简直难以形容。它前进的速度即使说比开足马力的火车头还要快四倍的话，这种形容也还是比较保守的说法。

唐卡德尔号在这一整天里，都是被那凶猛的海浪这样簇拥着前进的，它不由自主地保持着和飞滚而来的波涛同样惊人的速度向北疾驶。气势恢宏的巨浪无数次地从后面打上小船的甲板；不过只要船主老练地转动一下船舵，立刻就会变得安全了。翻腾的浪花有时像倾盆大雨把船上的旅客粗暴地冲刷一番，但旅客们却像哲学家似的忍气吞声，丝毫不动声色。

费克斯，毫无疑问，他是会怨天尤人的，但是勇敢的阿妩达这时却正目不转睛地注视着她的旅伴福格，她完全被福格这种非凡的镇静给迷住了。为了要在她的旅伴面前表现得毫无惧色，她慨然承受着暴风雨的折磨。至于菲利亚斯·福格先生，这场台风好像早就在他意料之中，他丝毫不感到惊奇。

直到现在，唐卡德尔号一直在向北疾驶，不过临近傍晚，正如他们所担心的，风向整整侧转了二百七十度，南风变成了西北风。小船的侧翼受着海浪的冲击，船体猛烈摇晃，如果不了解这条船的各个部分结合得有多么坚固的话，看到它遭受这样凶猛的海浪冲击，一定会吓得失魂落魄。

暴风雨随着黑夜的降临更加狂猛起来。天黑下来了，天愈黑，航行也就愈加困难。约翰·班斯比感到非常忧虑，他考虑现在是否应该找个港口停一会儿，这时他便去和他的船员们商量。

商量好之后，约翰·班斯比就走近福格先生说：

"先生，我想我们最好还是在沿岸找个港口停一会儿吧。"

"我也这么想。"菲利亚斯·福格先生回答说。

"好，"船主说，"可是在哪个港口停呢？"

“我只知道一个港口。”福格先生安静地说。

“是哪个……”

“上海。”

这个回答，使船主一开始老半天弄不清是什么意思，不知道这句话的坚定和顽强的含义，后来他便恍然大悟，大声说：

“好，先生，不错，您说得对。向上海前进！”

唐卡德尔号坚定不移地向北航行。

夜黑得着实可怕！这只小船会不出乱子，真算得上是一个奇迹。它曾有两次被风浪卷走，甲板上的船具，如果不是有绳子绑牢，早就一股脑儿滚下大海里去了。

阿妩达夫人虽然极其疲劳，但是她也不抱怨一声。福格先生不止一次跑到她跟前，保护她免于受到凶猛的海浪所造成的危险。

东方又发白了。这个时候，暴风雨更像一匹脱缰的野马，凶狂到了无以复加的程度。幸亏风向又转回东南，这一转变对于航行是有帮助的。

大海上新起的东南风带着滚滚的波涛，阻击着西北风留下的逆浪。唐卡德尔号就在这狂澜搏斗的海浪中重新走上征途。如果它不是这样坚固的一条小船的话，在这场波涛相互撞击的混战中必然早已被打得粉碎了。

透过浓雾的间隙，从甲板上不时可以看到大陆海岸。不过在大海上却连一条船影子也没有，仅有唐卡德尔号独自傲然地在海上奔驰。

中午的时候，海空上露出了暴风雨即将过去的景象，夕阳西下，这种景象就更加明显了。

这一场暴风雨持续的时间虽然短暂，但是却十分凶猛。现在，这些疲惫不堪的旅客可以吃点东西，休息一下了。

夜晚，海上相当平静。船主命令重新装起大帆，并将帆面缩到最小限度。如此，唐卡德尔号前进的速度已经非常快了。第二天是11月11日，当太阳出来的时候，约翰·班斯比从海岸的位置看出，小船离上海已不到一百海里了。

的确，一百海里。可是距离预定的时间却只剩下今天了。今天一天必须走完这一百海里！福格先生要想赶上开往横滨的邮船，就得在今天晚上到达上海。这场暴风雨耽搁了很多时间，否则，现在离上海港口最多也不到三十多海里了。

风势已大大减弱，但倒霉的是推动唐卡德尔号前进的海浪也随着风势的减弱而变得软弱无力。小船上已经张满了布帆，顶帆、附加帆和外前帆都同时挂起来了，而海水却在船前漂浮的杂草和碎木片底下轻轻地泛着泡沫。

中午，唐卡德尔号离上海已不足四十海里了。要在开往横滨的邮船起锚前赶到港口，时间只剩下六个钟头了。唐卡德尔号上的人都很是担心。他们要尽一切可能赶到上海。所有的人——菲利亚斯·福格当然除外——全都急得心脏直跳。按时间计算，小船必须保持每小时九海里的速度。可是风却越来越小，这种风很不固定，时不时从大陆上吹来，它掠过了海面，就立刻飞向不知名的远方，海上波纹也就马上随着消失。

这时唐卡德尔号显得轻盈潇洒，群帆高挂，细密的布篷亲昵地拥抱着轻佻的海风。小船靠着顺流海水的推送前进，到了下午六点钟，约翰·班斯比估计到黄浦江只有十来海里了，因为上海离吴淞口至少还有十二海里。

下午七点钟，唐卡德尔号离上海还有三海里。愤懑的船主对老天一直在骂。毫无疑问这两百英镑的奖金是没有了。他两眼直瞅着福格先生。福格脸上还是没有一点表情，虽然说，他的整个命运也系在这紧急的时刻上……

恰在这个时候，只见一个又长又黑的烟囱，冒着滚滚的浓烟，出现在浪花翻腾的河道上。这正是那条准时从上海开出的美国邮船。

"真该死！"约翰·班斯比绝望地把舵盘一推，叫喊着。

"发信号！"福格简单地说。

上来了一架小铜炮，拉到了船头。这座铜炮本来是在大雾里迷失方向时发信号用的。

铜炮里已经装满了火药，船主拿来一块通红的火炭正要去点燃导火线，这时福格先生说：

"下半旗！"

船旗下降到旗杆的中部。这是一种求救的信号。他们希望美国邮船能看到，这样就有希望使它改变一下航线向唐卡德尔号开来。

"开炮！"福格说。

小铜炮惊人的轰鸣，回响在大海的上空。

第二十二章
百事通明白就算到地球的另一面，
口袋里最好还是要带点钱

11月7号午后六点半的时候，卡尔纳蒂克号邮船开出了香港，开足马力直向日本前进，这条船载满了货物和旅客，但后舱却空着两间房舱，是菲利亚斯·福格先生在开船之前预定的那两个房间。

第二天早上，在前甲板上的旅客们非常惊讶地看见一个奇怪的旅客：他眼神似痴若呆，走路东倒西歪，头发乱得像个草鸡窝。这位旅客从二等舱的出口爬上来，就踉踉跄跄地跑过去在一根备用桅杆上坐了下来。这位旅客不是别人，正是百事通。他如何到的？原来是这么回事。

当费克斯离开了那个大烟馆之后，不一会儿就有两个烟馆里的伙计把这个睡得死死的小伙子抬起来，放到那张专为烟鬼们准备的板床上了。但是又过了三个钟头，这个就算是在做着噩梦也还始终都要赶上船的百事通醒过来了。他在向鸦片烟的麻醉作用挣扎抵抗，他那由于任务没有完成而感到焦虑的心情使他从昏迷中清醒过来，从那张睡满了醉烟鬼的床上爬起来。他虽然一直踉踉跄跄，扶墙靠壁，虽是三番五次地跌倒了又爬起来，但是似乎总有一种本能在推动着他顽强前进，走出了大烟馆。同时他像在做梦似的不停地叫嚷着："卡尔纳蒂克号！卡尔纳蒂克号！"

卡尔纳蒂克号的烟囱里正冒着浓烟，马上就要启程了。百事通离开跳板也只有几步远了。就在这条船解缆的那一瞬间，他冲上了跳板，连滚带爬地冲过了跳板入口，然后就晕倒在甲板上了。

几个水手（他们对于这样的旅客已经是司空见惯）走过来，七手八脚地就把这个可怜的小伙子抬起来送到二等舱的一间客房里去了。直到第二天早上，百事通才醒过来。这时卡尔纳蒂克号离开中国大陆已经一百五十海里了。这就是百事通今天早晨突然在这条船的甲板上出现的全部经过。他到甲板上来是要好好呼吸几口海风里的新鲜空气。新鲜空气使他清醒过来了。他开始聚精会神地回想昨天的事。费了好大力气，他终于想起来了，想起了昨天的那些情景，想起了费克斯的秘密；想起了大烟馆以及当时的种种情况。

"明白了，"他对自己说，"很显然我是给人弄醉了，而且醉得一塌糊涂！福格先生会如何说呢？不过，我幸亏还没有误了船，这是最重要的。"

想起了费克斯，他说：

"这个家伙啊，我真想我们这回可以把他给甩开了。他跟我搞了那样的谈判，现在他一定不敢再跟着我们上这条船了。作为一个警察厅的警官，他是个追踪我的主人的侦探，他竟然还说福格先生在英国银行行窃！去他的吧！说福格先生是贼，那跟说我是杀人凶手一样是瞎说的！"

百事通是否应该把这些事情告诉他的主人呢？把费克斯在这件事情里所扮演的角色现在跟福格先生说，这合适吗？等福格先生到了伦敦我再告诉他岂不更好吗？那时，我对福格先生说，有个伦敦警察厅的侦探曾经追着他环游地球，肯定会引得哄堂大笑。对，就是这么办。不过不管怎样，我还是得再仔细想一想这个问题。现在最要紧的是先去找福格先生，跟他说自己有失检点，请求他的原谅。

百事通接着就站了起来。这时海上有着很大风浪，卡尔纳蒂克号摇晃得很厉害。这个正直的小伙子直到现在两条腿还有点发软，不过，他好歹总算凑合着走到了后甲板。不过甲板上既没有一个人的面孔像他的主人，也没有一个像阿妩达夫人。

"哦，对了，"他说，"阿妩达夫人这时还在睡觉，至于福格先生，他一定找到了几个玩惠司脱的对手，照他的老规矩……"

接着百事通边说边走进了卡尔纳蒂克号的大菜间。不过那里没有福格先生。这时百事通只剩一个办法，去找船上的事务长，问他菲利亚斯·福格先生住在几号房舱。但事务长回答说，他所知道的旅客，没有一个人叫这个名字。

"对不起，"百事通坚持着说，"福格先生是一位绅士，高高的个子，有着冷静的外表，不喜与人交谈，还有一位年轻的夫人陪着他……"

"我们船上根本就没有年轻的夫人。"事务长回答说，"再说，你要不信，这里是旅客名单，你可以自己查一下。"

百事通查遍了这张旅客名单……上面就是没有他主人的名字。他简直如堕五里雾中，这时，他忽然想起了一件事。

"啊，糟了！这条船是卡尔纳蒂克号吗？"百事通嚷着问。

"是啊！"事务长回答说。

"现在是开往横滨的吗？"

"对啊。"

原来百事通刚才是担心自己上错了船。但是他确实是在卡尔纳蒂克号上，而他的主人却肯定不在这里。

这个时候他不由自主地跌坐在一个单人沙发上了。这简直是一个晴天霹雳。忽而他恍然大悟，他想起来了，卡尔纳蒂克号提早了开船时间；想到他应该通知他的主人而他却没有去！要是福格先生和阿妩达夫人真的误了轮船，这完全是他的过错。

是啊，就是他的错。可是主要还是那个坏蛋费克斯的错！费克斯为了把福格先生和他分开，为了把福格先生拖在香港，就灌醉了他百事通，因为他已经知道了这个密探的阴谋诡计。现在福格先生一准是垮了；他也输了赌注了，也许他已经被捕了，给关在牢里了……百事通想到这里，恨得一直在揪自己的头发。如果费克斯哪天落到他的手里，一定要好好跟他算这笔账！

百事通心里苦恼了一阵子之后，又冷静了下来，考虑他当前的处境，情况是不大好啊！他现在是在去日本，当然一定会到达日本，可是到了又要怎么办呢？他口袋里是空空如也，没有一个先令，连一个便士也没有！不过他在船上的饭费和船费是已经预先付过了。因此他还有五六天的时间好好想想主意。

百事通在船上大吃大喝的情况，简直无法形容。他把阿妩达夫人那份、福格先生的那份和他自己的那份都吃掉了。他吃起饭来就仿佛是他所要去的日本国一样，是个没有任何东西可吃的地方。

11月13号，卡尔纳蒂克号趁着早潮开进了横滨港口。横滨是太平洋上一个重要的港口。往来于北美洲、中国、日本和马来亚群岛之间的各种客货轮船都到这里停泊。

横滨和江户（东京旧名）一样，位于东京湾内，它距离江户这座巨大的城市很近，它是日本帝国的第二大城市。这个城市是昔日大君的驻地。当这个民间统治者大君存在的时候，横滨的权威可以和江户分庭抗礼。在江户那座大京城里住着天神的后裔——神圣的天皇。

卡尔纳蒂克号穿过挂着各国旗帜的无数船只，在港口防波堤和海关仓库附近的横滨码头靠了岸。

百事通没精打采地下了船，踏上了这块属于太阳神子孙们的神奇土地，他没有其他更好的办法，只有听天由命，到城里大街上去碰碰运气再说。

百事通首先进入了一个完全欧洲化的区域。这些房子都是低矮的门脸，前面紧靠大街的是一排漂亮柱子支撑着的回廊。从条约岬直到海河整个地区有许多街道、广场、船坞和仓库。在这里，就像在香港、加尔各答一样，到处都挤满了各个民族的商贩，有美国人、英国人、中国人、荷兰人，他们买卖什么的都有。这个法国小伙子在这些人群中就仿佛到了东南非的胡坦突人聚居的地方。

百事通本来至少是有一条出路的，他可以去找法国或英国驻横滨的领事馆，但是他不愿意说出自己的事情，因为这关系到他的主人。所以他试图去寻求其他可能的机会，不到山穷水尽，他就不去领事馆。

他跑遍了横滨的欧洲区，也没有找到任何可以被利用的好机会，于是他就走进了横滨的日本区，并且决定如果万不得已就到江户去。

横滨本地人住的区域叫作辨天区，这是附近岛屿的居民供奉的海上女神的名字。在这里，可以看到青松翠柏覆盖成荫的幽径；可以看到雕刻着奇异神像的门扉；可以看到深藏在竹林芦苇中的小桥；还可以看到在那幽暗无边的百年老杉遮蔽下的庵堂寺院，有多少礼佛高僧和孔门清客在里面过着茹斋素食的清苦岁月。在辨天区还可以看到几条一眼望不到头的长街，街上到处可以碰到成群的孩子，和几只长毛短腿的狮子狗以及一些懒洋洋的但却十分讨人喜欢的淡黄色的无尾小猫在一起逗着玩。这些孩子一个个都是面色红润，两颊像熟透了的小苹果，看起来真像是从那些日本屏风上挖下来的俊娃娃。

大街上尽是些来来往往、络绎不绝的人群，其中有敲着单调的手鼓、列队走过的做法事的和尚；有政府的官吏；有头戴一顶漆花尖帽，腰挂两把东洋刀的海关吏或警察官，有身穿蓝地白纹棉军装背着前膛枪的士兵，也有穿着紧身绸上衣外套铠甲的天皇御林军。此外，街上还有很多各等各级的军人——因为军人在日本受人尊敬的程度正像这种职业在中国受人轻视的程度是同样惊人。除此之外，在大街上还有化缘乞食的僧侣和穿着长袍的香客以及一些普通的居民。每个人都是头发乌黑光滑，头大，腿细，上身长，个子矮，肤色有深有浅，颜色最深的似青铜一样黧黑，最浅的如白粉一般无光，但绝对没有一个像中国人那样的黄面孔。这一点是中国人和日本人的基本差别。另外在各式各样的车辆行列里可以看见轿子、马匹、驮夫、篷车、漆花的古轿、双人软轿和竹子编成的床。也能看到一些日本妇女来来往往，女人的脚并不大，迈的步伐很小，脚上有的穿着布鞋，也有的穿着草拖鞋或是特制的木屐。这些人的样子并不漂亮，一个个用头巾吊起眼角，胸部紧束着压得像一块平板，牙齿按照时兴的样式被染成了黑色，但是她们穿着民族服装和服，样子倒很具有特色。和服是一种平常穿的长服，加上一条交织起来的缎带，下面是一条宽大的腰巾，在背后结成一朵大花结子。当前巴黎妇女那种最新式的装束很像是从这些日本妇女那里学来的。

在这形形色色的人群中，百事通游逛了好几个钟头，逛了街上那些稀奇古怪而又富丽堂皇的商店；欣赏了堆满着金光夺目的日本首饰市场；看了那些门前挂着五颜六色的小旗子而他却没钱进去的日本饭店；也瞅了瞅那些茶馆，那儿人们正在端着满杯喝着一种清香扑鼻、热气腾腾的酒酿汤，是用发酵大米做成的；此外，他还看了那些香烟馆，那里的人们不是在吸鸦片，而是吸着一种气味芬芳的烟草，因为在日本吸鸦片的人，几乎可以说没有。

这个时候，百事通已经到了郊外，四野满目都是一望无际的稻田，这里有各色的鲜花，它们在展示着最后的颜色，散发着余味，其中也有盛开的山茶花，但是这种山茶花不是长在小山茶树丛里，而是长在成棵的大山茶树上。在那些筑有竹篱笆围墙的果树园里，种着樱桃树、李子树和苹果树。当地人种这些果树，与其说是为了卖果子还不如说是为了卖花。果园里装置着奇形怪状的草人和不断发出尖锐响声的驱鸟机，防止那些麻雀、鸽子、乌鸦和其他贪食的鸟类来啄食果子。没有一棵高大的杉树上找不到巨鹰的巢穴。没有一棵垂杨柳的树荫下看不到像在忧郁沉思着的单足独立的鹭鸶。这里到处都是小鸟、野鸭、山鹰和野雁，此外还有很多仙鹤，日本人把仙鹤当作神鸟看待，认为仙鹤是长命富贵的代表。

百事通正在随便逛着的时候，忽然在草丛里发现了几棵紫罗兰。

"好极了！"他说，"这就是我的晚饭。"

但是当他闻了一下之后，却发现这些紫罗兰半点香味也没有。

"真是倒霉！"他心里想着。

其实，因为这个小伙子有先见之明，所以在离开卡尔纳蒂克号之前他已经尽可能饱饱地大吃了一顿，可是跑了一天之后，他觉得肚子简直是空得要命。他之前特别注意过：当地肉铺里的架子上其实根本就没有山羊肉、绵羊肉或者是猪肉。这里的牛只能是用作耕田，杀牛是违法的。接着他便得出了结论：在日本，肉食是极少的。这一点他确实没有看错，不过这也没有什么，既然肉店里没有猪牛羊肉，他的肚子也可以完全习惯于吃别的肉，像是野猪肉、鹿肉、鹧鸪肉、鹌鹑肉、家禽肉或鱼肉等等。日本人在吃大米的时候，几乎就是只拿这些肉类作为副食。不过，百事通对于自己当前的境遇，必须抱着逆来顺受的态度，至于填充肚子的问题就只能等到明天再去想了。

黑夜到来了。百事通重又回到了辨天区。他在大街上瞎逛着，眼前到处都是五颜六色的灯笼。他观赏着那些闯江湖艺人的惊人绝技和那些在空地上吸引了许多观众来看望远镜的星象家。接着，百事通又回到了港口，只见港里渔火点点，那是渔人用树脂燃起的火光，他们在引诱着海上的鱼群。

大街上的行人逐渐退去，街上终于安静下来。人群刚刚消失，查夜的警官就出来了，这些人都穿着漂亮的制服，前后拥着一群侍从巡兵，简直就像是出国使臣一样。每次百事通碰到这种巡逻队的时候，他就开玩笑说：

"好！不错啊！又是一个到欧洲去的日本使团。"

第二十三章
百事通的鼻子变得奇长无比

第二天早上，身无分文的百事通又饿又累，自言自语地说一定要想尽办法吃点东西，而且必须越快越好。其实他本可以卖掉自己的怀表，但是那样的话，他宁愿先饿死。

突然，百事通想到他可以借助自己富有天赋的浑厚优美的嗓音来赚钱。他会唱几首法文歌和英文歌，并决定试着把它们唱给日本人听。那些日本人应该喜爱音乐，因为他们既然能够摆弄那些铙与鼓，那也就能欣赏他这个欧洲音乐人才的歌喉了。

但是，现在开唱可能为时过早，那些硬是被他吵醒了的歌迷八成也不会拿出铸着天皇肖像的钱币赏给歌手。因此，百事通决定先等上几个小时；走在路上的时候，他觉得，对于一个流浪艺人来说，他此刻穿的衣服似乎显得太好了。百事通忽然想起来去更换一套衣服来更好地适应自己的处境，而且这样的话，他也许还可以得到一点钱来马上充饥。决心已定，只差付诸实践了。

经过很久的寻找，他才发现一家旧衣店。他向店主提出要换衣服，这个店主很喜欢百事通身上这套欧式服装，接着百事通很快便穿着一件日式旧袍子，头上还顶着一条褪色的花纹头巾走出商店。这个时候，他口袋里的几个硬币还在叮咚作响。

百事通很快便穿着一件日式旧袍子。

"好吧，"他在想着，"我想象着自己将过狂欢节了！"

经过这样的日式打扮后，百事通的当务之急则是去找一家简朴的日本茶室，点一些碎鸡肉或者是鸭肉，再吃一点米饭。此刻他就像是温饱问题亟待解决的人。

"现在，"他吃完丰盛的早饭后想着，"我可不能犯糊涂。我不能再拿这件衣服去换另一件更破旧的日本服装了。我现在得想法子穿得像样点，尽快离开这个'太阳之国'，在这里，我有的只是不幸的回忆！"

百事通想要去看看有哪些船将要开往美洲。他想到船上当个厨师或者是服务生，只需要能够免费坐船和提供伙食就行。只要到了旧金山，他就能想出办法了。不过问题是怎样离开日本到达美洲，怎样走完这一段太平洋上长达四千七百里的航程。

百事通不是那种优柔寡断的人，他决定朝横滨港走去。不过在去码头的途中，本来认为很简单的计划，他此刻却觉得越来越没有把握。在去美洲的船上，人家怎么会需要我这样的厨师或者是服务生呢？看我这身奇怪的打扮，人家又怎样相信我呢？我又有什么价值可以推荐呢？我又能拿什么东西来证明呢？

当他正在这样冥思苦想的时候，他的视线忽然落在一张海报上，这张海报正由一个似乎是马戏团小丑的人物背着，在横滨的大街上走来走去。上面写着几行英文：

尊贵的纽廉·巴图尔卡先生的

日本杂技团

出国赴美公演之前，最后的一次演出

在天狗真神佑护下演出特别节目

——鼻子长长鼻子——

惊心动魄，精彩绝伦！

"到美国去！"百事通大叫着说，"这正是我想要的……"

接着他就跟在这个背着海报的人后面，过一会儿，又回到了辨天区。一刻钟后，他停在了一个很大的马戏棚门口。棚上插着一排排小彩旗，墙壁外面画着一些杂技演员的画像，这些画像都毫无立体感，但是色彩异常夺目。

这里就是尊贵的巴图尔卡先生的杂技团，这位先生是一位美国巴尔努式的人物。他的手下有一大批演员。其中有跳板演员、杂技演员、小丑、魔术师、平衡技巧演员和体操演员。按照海报上所说的，今天是他们离开这个太阳帝国到美国去以前的最后一次演出。

百事通走进了马戏棚前面的圆回廊，要求见一见巴图尔卡先生。巴图尔卡亲自出来了。

"你找我干什么？"巴图尔卡问道，他当时把百事通当作日本人了。

"您需要用人吗？"百事通问道。

"一个用人？"这个马戏班经理捋着他那下颏上浓密的灰胡子说，"我这里有两个用人，都很忠实，很听话，他们从来也没有离开过我，他们给我工作不求报酬，我只要给他们饭吃就行……你看！"他说着就举起了自己的两只粗胳膊，上面暴起一条条的青筋，就像是低音提琴上的弦一样粗。

"那么也就是说，我对你毫无用处了吗？"

"一点也用不着。"

"倒霉！可是，跟你一道去美国对于我倒是挺合适的。"

"啊，原来是这么回事！"尊贵的巴图尔卡先生说，"你这身打扮要说是像个日本人，那我就可以说自己像个猴子了。你干吗要穿这样的行头啊？"

"有什么穿就穿什么呗！"

"这倒是实话，你是法国人吗？"

"对了，地道的巴黎人。"

"那么，不用说您一定会装腔作势喽？"

百事通发现别人因为自己是法国人竟得出这样的结论，的确是很生气，他说：

"不错，我们有些法国人确实是会装腔作势，不过，比起你们美国人来那还是小巫见大巫啊！"

"对！好吧，我不能雇你做用人，我可以请你当我们杂技团的小丑。伙计，您明白吗？在法国你们扮演外国小丑；可是在外国，人家都扮演法国小丑。"

"哦！"

"再说，你的身体也挺棒，不是吗？"

"是挺棒，特别是吃饱了以后就更棒。"

"你会唱吗？"

"当然会啊！"这个过去曾经在街头卖过唱的百事通说。

"可是你会不会脑袋向下两脚朝天唱歌？并且在左脚心上放一个滴溜溜转的陀螺，右脚心上直立着一把军刀？"

"会！"百事通回答说。他想起了年轻时所受的那些基本训练。

"你看吧，这些就是我要请你干的！"尊贵的巴图尔卡先生说。

雇用合同就这样当场谈好了。

百事通终于找到了工作。他在这个有名的日本杂技团干活，什么都干。这本来不是太好的事情，但是过了一个星期，他就能坐着船去旧金山了。

尊贵的巴图尔卡先生大张旗鼓宣传的表演节目，将在下午三点钟开始。这个时候，在大门口响起了锣鼓喧天的日本乐队大合奏。

很明显，百事通不知道他的任务，今天不可能马上就扮演角色。但是今天需要他贡献出自己那结实有力的双肩，为"叠罗汉"

的演员们出一臂之力。这个节目是由"天狗"神长鼻演员们来表演的，这个精彩节目成为今天全部演出节目的压轴戏。

还不到三点钟，很多观众已经拥进了这座宽敞的马戏棚院子里。其中有本地人、欧洲人、中国人、日本人；有男人、女人和小孩子。一个个都争先恐后地冲向那些椅子上，或者坐在了舞台对面的包厢里。大门口的吹鼓手也回到里头来了。乐队到齐，铜锣、堂锣、快板、竖笛、小铜鼓、大洋鼓都热热闹闹地吹打起来了。

这个杂技团演出的节目和一般杂技团演出的大致一样，但是必须承认的是：日本的杂技演员是世界上第一流的演员。有一个演员手里拿着一把扇子和一些碎纸片，演出了非常优美的"群蝶花间舞"；另一个演员用他那从烟斗里喷出来的一缕芬芳的烟雾，在空中迅速地写出许多青烟文字，这些字构成一句向观众致敬的颂词；又有一个耍抛物戏的演员，他边把几支点着的蜡烛轮流地从手里抛起，边把每一支从嘴前面经过的蜡烛吹熄，然后再陆续地把它们点着，同时却一秒钟也不中止他那神奇的抛掷动作。还有一个耍陀螺的演员，他使那些陀螺滴溜溜转起来配合得无比神奇，看了简直叫人难以置信。这些发出响声的陀螺在他的操纵下，活像是一些旋转不停的活的小动物，它们能在烟斗杆上、军刀刀口上，以及在那些拉在舞台上的头发一样细的钢丝上旋转着跑个不停。它们能围着几个大水晶瓶打圈转，它们能爬竹梯，能四面八方到处跑，同时发出各种不同的响声，听起来非常和谐。演员们在表演的时候，还使陀螺在半空中旋转飞舞。他们用木质的球拍把这些陀螺像羽毛球一样打来打去，陀螺总是转个不停，演员们最后把陀螺装到衣袋里了，但是当他们再拿出来的时候陀螺仍在旋转，一直转到里面的一根发条完全松开的时候，这时陀螺也都不再动了，像花朵一样散开停下。

总之，杂技团的各种演员们的绝技是无比精妙绝伦的，根本无须多加赘述。不论是上转梯、爬高竿也好，玩大球、滚圆桶也好，反正每个节目都非常精准出色。但是压轴节目是那些令人惊心动魄的"长鼻子"演员的表演，在欧洲还没见过这种绝技。

这些在天狗神直接佑护之下的"长鼻子"，组成了一个特别的"长鼻子"造型。他们穿着像中世纪英雄一样的服装，肩上有两只美丽的假翅膀，但最特殊的地方是装在脸上的那根长鼻子。尤其是他们用这种鼻子所进行的表演，更使人叹为观止。这些假鼻子只是用竹子做的，它们的长度有的五六英尺，最长的达十英尺。它们的形状有的笔直，有的弯曲，有的光滑整齐，有的疙里疙瘩。而这些演员们正是在这些装得很牢的假鼻子上来进行特技表演。首先是有十二三个这种"天狗神派"的演员仰卧在台上，后面又来了另一些长鼻子伙伴跳到他们那些像避雷针一样竖立着的鼻子上，他们在上面蹦跳着，从这个鼻子到那个鼻子来回表演着各种不可思议的绝技。

到了最后，台上隆重向观众宣布作为压轴戏的节目——"叠罗汉"，马上就要演出了。五十多个长鼻子演员搭成罗汉塔。但是尊贵的巴图尔卡先生的演员们并不是用双肩来叠"罗汉塔"，而只是用他们的假鼻子来支撑这个巨大的人体建筑！由于替"罗汉塔"垫底的演员最近走了一个人，不过这项工作既要身体结实，又要头脑机灵，于是百事通就代替他担任这个角色了。

其实当百事通穿上这一套中古服装，又装上两只花花绿绿的翅膀，脸上又戴着一个六英尺长的鼻子的时候，这个小伙子就想起了年轻时代那些苦难岁月，心里顿生感慨！可是不管怎么说，眼前这个鼻子到底是他赚钱吃饭的家伙，于是他决定接受现实。

百事通走上舞台，和那些跟他一样要为"罗汉塔"垫底的伙伴们站在了一起。大家都躺在地上，长鼻子都竖到了半天空。接着，搭第二层的演员走了过来，在他们的鼻尖上躺下了；第三层演员跟着躺在第二层演员的鼻尖上，第四层演员也是一样。不一会儿，这一座只靠着鼻子尖支起来的活人塔已经要碰到台上的顶棚了。

这时台下响起了雷鸣般的掌声；台上也奏起了音乐。就在这一霎间，"罗汉塔"突然摇晃了一下，只见一个垫底的长鼻子离开了自己的位置，"人塔"立即失去了平衡，只听扑通扑通一阵响声，"罗汉塔"就像一座纸搭的古堡一样倒了下来……

这是百事通犯的错，是他突然离开自己的位置。他虽然没有扇动自己的翅膀，但却早已飞过了舞台上的低栅栏，爬上了舞台右面的看台，趴倒在一位观众的脚下，叫嚷着：

"啊，我的主人，我可找到您了！"

"是你？"

"是我！"

"很好，走，快上船吧！小伙子……"

百事通跟着福格先生和阿妩达夫人迅速地穿过回廊，跑出了马戏棚。这时，他们迎面碰上了愤怒的巴图尔卡先生，他为了"罗汉塔"的倒塌要求赔偿。福格先生丢给他一沓厚厚的钞票，平息了巴图尔卡先生的怒火。

　　六点半的时候，福格先生和阿妩达夫人坐上美国邮船出发了。身后跟着百事通，就到要动身的时候，他肩膀上那两只翅膀和脸上那个六英尺长的假鼻子还没有来得及弄掉。

第二十四章　横渡太平洋

对于福格先生他们在上海的事情，我们已经知道了。福格先生和阿妩达夫人乘坐唐卡德尔号到上海，在路上由于暴风雨耽误了时间，向已经离港前往横滨的船发出了信号并被发现，船长看到了他们降下的半旗，急忙命令向小船开来。过了几分钟后，福格先生把他的船费结清，将五百五十英镑付给了约翰·班斯比船长。接着，这位受人尊敬的绅士与阿妩达夫人还有费克斯一起登上了汽船，船即将开往长崎和横滨港。

在11月14日早上的时候，根据所定的时间，福格先生及时登上了卡尔纳蒂克号，而费克斯则留下来解决自己的事情，因此并没有登船。等到上船后，福格先生了解到，那个法国年轻小伙儿前一天到达了横滨港。这个消息使阿妩达夫人十分高兴，也许福格先生听后也是很高兴的，不过从他表面上一点也观察不出来。

菲利亚斯·福格先生要在当天晚上搭船去旧金山，所以他立即去找他的仆人百事通。他到处寻找，问过法国和英国领事馆，但是没有一点消息。他跑遍了横滨的大街，仍然一无所获，于是他对于把百事通再找回来这件事已经不抱希望了。但就是在这时，可能是由于偶然性，或者由于某一种预感，他竟走进了巴图尔卡先生的马戏棚。那个时候百事通穿着那样奇怪的古代服装，福格先生当然不会认出他来，可是在台上躺在那儿的百事通却看到了他的主人坐在观众席里。这时，小伙子再也不能使自己的鼻子一动也不动地支撑着上面的演员了，因此就使整个"罗汉塔"失去了平衡，倒塌了也就是我们之前讲过的事情。

百事通也从阿妩达夫人那里知道了过去几天他主人的事。阿妩达夫人告诉百事通他们是怎样从香港到了横滨，如何同费克斯先生一起乘坐唐卡德尔号等等这些事情。

听到费克斯这个名字，百事通并不觉得奇怪。他觉得现在对福格先生说明费克斯和自己之间发生的事情，还不是时候。至于百事通自己的经历，他只承认是在横滨的一个烟馆里吸大烟吸醉了。

福格先生冷静地听完了百事通叙述自己的经历，也没有说一句话，然后就给了他一笔钱使他能在船上，足够买到更合适的衣服。一小时不到，这个小伙子已经去掉了假鼻子，摘下了花翅膀，在他身上再也找不到一点"天狗神派"的装饰了。

由横滨开往旧金山的这条邮船是太平洋轮船公司的船，叫格兰特将军号。这是一条两千五百吨的大轮船，拥有极好的设备，速度也很快。甲板上立着一根很长的蒸汽机杠杆，两头一高一低地不停活动，这根杠杆的一端连接着活塞柄，另一头连着轮机上的曲轴，这样就把杠杆的直线推动力转变为直接推动轮机的动力，从而使轮轴不停地旋转起来。格兰特将军号装有三个大帆。帆面很宽，有力地协助发动机加快航行速度。按这样每小时十二海里的速度计算，这条邮船用不了二十一天就能横渡太平洋。因此，菲利亚斯·福格先生相信12月2号将能到达旧金山，11号就能到纽约，12月20号就可以回到伦敦，对此他很有信心。这样他还能在原定的那个最后期限——12月21日——之前几小时完成这次旅行的任务，到达目的地。

船上有非常多的旅客，有些是英国人，但更多的是美国人；还有许多到美洲去的苦力移民；也有一部分是在印度军队中服役的军官，他们借着假期时间进行世界旅行。

这回旅途中没有发生任何航海事故。格兰特将军号依靠巨大的轮机形成动力，借助于全面展开的大帆，很平稳地顺利前进。太平洋确实可以说是名副其实的"太平"。福格先生极少说话，依然如故。现在他那位年轻的旅伴阿妩达夫人，对他已经逐渐觉得亲切，而这种亲切已经不仅是感激之情了。他那样沉静的性格，在阿妩达夫人心中产生了一种连她自己都意想不到的影响，甚至可以说，阿妩达夫人已经不知不觉地陷入一种奇妙的感觉。而这位令人难以捉摸的福格先生对于阿妩达夫人这种心情却丝毫感知不到。

另外，阿妩达夫人此刻对于他的旅行计划也很关心。她总是担心有什么意外事故会破坏他们完成这个旅行计划。她经常和百事通闲聊，这个小伙子，从阿妩达夫人谈话的语气里已经猜透了对方的心事。他现在对于自己的主人简直像迷信人敬神一样地盲目崇拜着，他不停地夸赞福格先生怎样诚实，如何宽厚，对人如何热心；然后他又告诉阿妩达夫人，对她说这次旅行一定会取得最后的胜利。他反复在说，最困难的阶段已经过去了；已经离开了中国和日本的那些充满神奇色彩的地方，我们已经回到了美洲，最后只需要坐上火车，从旧金山到纽约，再坐上横渡大洋的轮船，从纽约到伦敦，那就确定无疑地能够按时完成这个人们认为难以置信的环球旅行了。

在离开横滨的第九天，菲利亚斯·福格先生正好绕了半个地球。

格兰特将军号就是在11月23日穿过了一百八十度子午线，位于南半球的这条子午线，恰好与北半球的伦敦隔着地球形成一条垂直线。的确，福格先生所预定的八十天环球期限现在已经用去了五十二天，如今他只剩下二十八天的时间了。不过我们也必须认识到，要说这位绅士按照地球经度子午线计算他才走完了一半路程，不过事实上他已经完成了三分之二以上的旅行计划。原因是他不得不绕这么大一个圈子，从伦敦到亚丁，从亚丁到孟买，从加尔各答到新加坡，再从新加坡到横滨！如果他顺着伦敦所在的纬度五十度线直线环绕地球的话，全程只不过一万二千英里上下；但是由于交通条件的限制，他必须绕道两万六千英里才能回到伦敦。到现在，就是11月23号这一天，他已经走完了大约一万七千五百英里，不过从此地到伦敦却都是直路了，而且眼前那个专门制造困难的费克斯也没有在旁边。

11月23号这一天，百事通也发现了一件使他非常高兴的事。我们总还记得这个很固执的小伙子曾一直让他那个传家之宝——大银表，始终保持着伦敦时间。他在沿途各地都一直认为别人的钟表所指示的时间是不正确的。可是到了今天，尽管他从没有拨快或者倒拨自己的表针，但是却发现它指示的时间和船上的大钟走得完全一样。

百事通之所以感到一种胜利的喜悦，还因为假如费克斯也在这里的话，他很想听听这家伙对他的表会说些什么。

"这个混球儿，他给我啰唆了一大堆什么子午线啦，什么太阳、月亮啦！"百事通说，"哼！这种人，要听了他们的话，就别想再有一个准钟点了。我早就知道，早晚会有一天，太阳会照着我的表走的！……"

但是百事通并不了解，如果他的表面像那种意大利钟一样分成二十四个小时的话，他就不管怎样也不可能像现在这样兴高采烈了。假如是那样，当船上的大钟指着早晨九点的时候，百事通表上的时针就会指着晚上九点，也就是二十四小时中的第二十一点，那么他的表和船上的大钟相差的时数就正好等于子午线一百八十度地区的时间和伦敦时间相差的时数。

即使费克斯能够把这个道理讲清楚，百事通大概也不会明白，即使他明白了，他也不会承认费克斯是对的。可是，如果说——当然这是不可能的事——这个侦探现在真的突然出现在这条船上的话，这个对他恨之入骨而又理直气壮的百事通，准会用另外一种态度对待他，绝不会跟他谈表的事情。

可是，费克斯现在到底到哪儿去了呢？……

其实费克斯不在别处，正是在格兰特将军号上。

事实上，这位密探一到了横滨就离开了福格先生，马上去找英国领事馆，不过他打算当天还能找着福格先生。他在领事馆终于拿到了那张从孟买开始一直跟在他后面转寄了四十天的拘票。原因是有关当局以为费克斯一定会乘卡尔纳蒂克号，所以就把这张拘票也交给这条船由香港寄来横滨。我们可以想到，这件事使我们这位侦探多么伤脑筋！拘票在这儿没用了，已经是废纸一张！福格先生已经离开了英国的势力范围了！现在要想逮捕他，就得跟当地政府办理引渡手续！

"算了！"费克斯在一阵怒气平息了之后自言自语道，"我的拘票在这儿是吃不开了。不过到了英国，它还是照样有用的。福格这流氓，看样子还真的是要回到英国去，他以为警察厅已经被他骗过去了。好吧！我就一直观察着。至于说赃款，谁知道还能剩下多少呢！旅费、奖金、诉讼费、保释金、买大象以及其他一路上的每一种支出，他已经挥霍了五千多英镑了。不过，无论如何，银行的钱反正多着呢！"

他拿定了主意之后，赶紧登上了格兰特将军号。当福格先生和阿妩达夫人上船的时候，费克斯已经在船上了。这时他万万想不到竟会看见穿着一身日本古装的百事通，他马上躲进了自己的房舱，以免引起争执，把事情弄糟了。有一天因为船上的旅客很多，费克斯认为自己绝不会被对手看到，他就走出来了，可是实在是太巧了，就在此刻，他在前甲板上碰上了百事通。

这个法国小伙子一言不发，上去就掐住了费克斯的脖子，这下子旁边围着看的一些美国佬可高兴了，他们立刻分成了两派，就拿百事通和费克斯的胜败赌起钱来了。小伙子左一拳，右一拳，把这个倒霉的密探结结实实地揍了一顿，从这可以看出，法国拳击术比英国把式高明得多。

百事通把费克斯揍了一顿之后，心里像是得到了一点安慰，火气也小了许多。这时费克斯的仪表已经很不像话了，他爬起来望着百事通，冷冷地说："打完了？"

"嗯，暂时打够了。"

"那好吧，走，咱们去谈谈。"

"我还跟你……"

"对你主人有好处的事。"

百事通好像是被这个沉静的敌手降伏了似的，就跟着他一起到船头甲板上坐下了。

"你揍了我一顿，"费克斯说，"这没什么，我早就等着你揍我呢。不过，现在你听我说，我过去一向是和福格先生作对，但是从今以后，我要帮助他了。"

"啊！"百事通叫着说，"你现在也相信他是正人君子了？"

"不相信，"费克斯冷冰冰地说，"我相信他是个流氓。嘿！你别动手，听我说完行不行！当福格先生在英国势力范围的时候，拖住他，对我有好处，因为我要等伦敦寄给我拘票。为了这个目的，我用尽了一切办法，我曾唆使孟买的僧侣赶到加尔各答起诉他，我曾经在香港把你弄醉使你们分开，叫他搭不上去横滨的船……"

百事通听着，两只大拳头握得紧紧的。

"可是现在，"费克斯接着说，"福格先生像是要回英国去了，是吗？那很好，我一直跟他到英国。不过，从现在起，我要帮助他扫除旅途上的阻碍，我一定拿过去尽力设法阻碍他旅行的那种迫切心情和积极性来帮助他回到英国。你现在明白了吧，我要起的作用变了，我的作用之所以改变，那是因为这样做，对我自己的工作有利。我再重复一句，现在你的利益也就是我的利益，因为只有到了英国，你才会明白你到底是替一个好人当差，还是在为一个罪犯服务。"

百事通非常仔细地听完了费克斯这一段话。他确信费克斯说的都是心里的话。

"我们可以说是朋友了吧？"费克斯问。

"朋友？我们不是。"百事通回答说，"我们只能算是同盟者，对了，我只是在保证福格先生利益的条件下和你是同盟者，那就是说，只要我发现你再耍一点花招，我就掐死你！"

"我同意。"费克斯不动声色地说。

过了十一天之后，正是12月3号，格兰特将军号开进金门港，到达了旧金山。

到现在，福格先生只是如期到达了旧金山，一天也没有延误，但也没有提前。

第二十五章　旧金山群众选举大会一瞥

旧金山港口里有许多随潮水升降的浮码头，这对于来往船只装卸货物非常方便。如果我们把这里的浮码头也算作美洲大陆的话，那我们就应该说福格先生、阿妩达夫人和百事通在上午七点钟已经到了美洲大陆。在这些浮码头边上，停泊着各种吨位的快帆船，来自不同国家的轮船以及那些专门在萨克拉门托河和它的支流航行的有几层甲板的汽艇。浮码头上还堆积着许多货物，这些货物将运往墨西哥、秘鲁、智利、巴西、欧洲、亚洲以及太平洋上的各个岛屿。

百事通感到很高兴，终于到了美洲大陆，他觉得现在必须用自己最漂亮的鹞子翻身的动作跳下船来，才能说明他内心的喜悦，但当他两脚落地踏在这个烂糟了的浮码头上的时候，差一点没栽倒在地上。他就是用这样狼狈的样子踏上了美洲大陆。这时他扯高嗓门发出一声兴奋的欢呼，把一大群经常停栖在码头上的鸬鹚、塘鹅吓得一哄而散。

福格先生一下来就打听好了下一班火车开往纽约的时间是下午六点钟。如此一来，他在这加利福尼亚州的最大的城市旧金山还有一整天的时间可以到处看看。他花了三美金为阿妩达夫人和自己叫了一辆马车。百事通立刻登上了马车前头的位子，这辆马车迅速向国际饭店驶去。

百事通俯瞰下方，十分好奇地欣赏着这个美国大城市：宽阔的大街，两旁整齐地排列着低矮的房屋，盎格鲁-撒克逊风格的哥特式大教堂和礼拜堂，巨大的船坞，宫殿般的仓库——这些仓库有的是用木板搭的，有的是用砖瓦盖的。大街上车水马龙，其中既有四轮马车和卡车，也有电车。人行道上挤满了人，其中不仅有美国人和欧洲人，也有中国人和印第安人，这里一共有二十万居民。

对于看到的这一切，百事通心里觉得很好奇。在1849年时，这里还是一个传奇式的城市。很多杀人放火的亡命之徒和江洋大盗都到这里来找寻金矿。很快，这里成了人类渣滓麇集之所，这些人一手拿枪一手握刀来赌金沙；但这样的"黄金时代"已经一去不复返了。如今的旧金山显然是一座巨大的商业城市。那座设有警卫的市府大厦的高塔俯瞰着全城的大街小巷。这些街道都直直的、整整齐齐，直角转弯。马路中间有点缀着到处翠绿的街心公园。再往前去就是华人区，它真像是装在玩具盒里运来的一块中国的土地。而现在，在旧金山再也看不见那些头戴宽边大毡帽的西班牙人了，再也看不见爱穿红衬衫的淘金者了，再也看不见戴着羽毛装饰的印第安人了。代替他们的是无数身穿黑礼服，头戴丝织帽，拼命追求名利的绅士。有几条街的两旁开着豪华的商店，在它们的货架上陈列着世界各地的产品；像蒙哥马利大街就是这样，能够和伦敦的瑞金大街、巴黎的意大利人街、纽约的百老汇大街相提并论。

百事通一来到国际饭店，就觉得自己似乎还没有离开英国。

饭店的楼下有一个宽大的酒吧间。这种酒吧间是一种对顾客"免费"供应的冷食店。在这里，肉干、牡蛎汤、饼干和干酪都是免费供应的。这里有各式各样的饮料：英国啤酒、葡萄牙红酒、西班牙葡萄酒，如果顾客高兴进来喝两杯，感觉到舒服，他只要给酒钱就行了。对于百事通来说，这真是非常美国化的商业模式。

国际饭店的餐厅非常舒适宜人。福格先生和阿妩达夫人在一张餐桌旁坐下，立刻就有几个面目清秀的黑人送来了一小盘一小盘的菜，他们饱饱地吃了一顿。

吃过晚饭，阿妩达夫人陪着福格先生一同离开了饭店，到英国领事馆去办理护照签证手续。走在人行道上，福格先生遇见了百事通。百事通问福格先生，在上火车之前，是否需要买几支安菲牌马枪，或是买几把寇尔特牌手枪以备不测。因为百事通听说在这段铁路线上会经常有西乌人和包尼斯人劫火车。他们劫起火车来就像普通的西班牙小偷一样。福格先生说这种顾虑是没必要的。不过他叫百事通自己看着办，愿意买就买。接着福格先生就往领事馆走去了。

福格先生走了还没有两百步的时候，做梦也想不到会迎面遇到费克斯。这位侦探显现出一副非常惊奇的神情。怎么！福格先生与他坐的是同一条船横渡太平洋，他们在船上就没见到过彼此。总的来说，费克斯能和这位给过自己很多好处的绅士在别的国度见面，真的是感到十分荣幸。目前费克斯的任务需要他回欧洲去，在这一段路上能有这么好的旅伴，那真叫他太兴奋了。福格先生告诉他说，自己也感到十分荣幸。现在费克斯是再也不愿意离开福格先生了。他要求福格先生能够允许陪他们一起参观这个缤纷的旧金山城市。福格先生当然同意了他的请求。

然后，阿妩达夫人、福格先生和费克斯就一起逛街了。不一会儿，他们就走到了蒙哥马利大街。在这条街上熙熙攘攘，人潮涌动，虽然轿式马车和四轮马车往来如梭，但是在人行道上、在马路当中、在电车轨上，到处都是人。连各家店铺门口和每一座房子的窗口，甚至在屋顶上，到处都是不可计数的人群。背着宣传广告牌的人在人丛中走来走去；各色旗帜和标语在人头上迎风招展；四面八方，人声鼎沸，到处都在喊：

"嘿！拥护卡梅尔菲尔德！"

"嘿！拥护曼迪拜！"

原来这是在开群众大会。至少费克斯是这么想，于是也把自己的想法告诉了福格先生并且说：

"先生，咱们千万别跟这些乱七八糟的人撞到一块儿，否则，只有挨揍的份儿。"

"说实在的，"福格先生说，"搞政治，动拳头，哪一点也不会比普通拳头轻多少。"

费克斯听了福格先生的评论觉得应该笑一下，于是他就笑了。为了防止卷入这场混战，阿妩达夫人、菲利亚斯·福格和费克斯走上了一个台阶的最上一层。这里可以通向一个高岗，在那个高岗上可以俯瞰蒙哥马利大街。在这个对面，横隔着一条马路，是一个煤炭公司的码头，还有一家石油商行的堆栈；在堆栈和码头中间的空地上，有座大讲台，只看见四面八方的人群都在向那块空地集聚。

这个群众大会是做什么的呢？为什么要开这个大会呢？菲利亚

斯·福格完全不清楚。莫非是要选一位高级文官或者武官？还是要和选一位政府首脑或者国会议员呢？这种使全城都陷于异常兴奋和激动的场面，看了可以使人做出各种不同的推测。

正在这个时候，人群中发生了一阵惊人的骚动。无数只手都举起来了。在一片叫器声中有些人紧握着拳头，高高举起，像是一下子就要打下去似的。而其实这种姿势大概只不过是代表坚决要投某人一票。

混乱激荡着人群，人群又激起了新的混乱。无数的旗帜，在人头上空飞舞，忽而在人群中隐没，然后又被举起，这时那些旗帜已经变成破烂的纸片了。瞬间汹涌的人海向四面扩张，都已经到达了福格他们站的台阶前面了，只见无数人头在四面八方攒动，就好像一阵暴风雨击打着辽阔无边的海面。

"这肯定是一个群众大会，"费克斯说，"他们定是在讨论一个令人感到无比兴奋的问题，大概还是为了亚拉巴马事件，我一点也不觉得奇怪，虽然这件事早已解决了。"

"也许是的。"福格先生简单地回答说。

"不过，看情况，"费克斯说，"显然是卡梅尔菲尔德先生和曼迪拜先生这两位竞选对手碰到一块儿了。"

阿妩达夫人挽着菲利亚斯·福格的手臂，惊慌地看着眼前动乱的人群。费克斯预备向他旁边站着的人打听一下为什么群众的情绪会这样激动。正在这个时候，忽然间有了一阵更强烈的骚动，不远处响起了震耳欲聋的欢呼声和咒骂声。各人手里的旗杆都变成了攻击对方的武器。刚才举着的手现在都变成了拳头，到处都是拳头。

街上车辆停止了，四轮马车也无法动弹，在这些车顶上人们在激烈地厮打着。不管看到什么都拿来当作武器了。靴子、鞋子像枪弹一样在空中来回投送着，同时在人群的叫骂声中好像还夹杂着枪声。

这时，骚动的人群来到了福格先生站的那个台阶旁，并且已经都拥上台阶的头几层了！尽管现在他们双方有一方已经被迫向后撤退，不过那些旁观的人们却看不出到底是曼迪拜占了上风，还是卡梅尔菲尔德取得了优势。

"我看咱们最好还是走吧。"费克斯说，他怕"他的"福格先生受到攻击或者出了事儿自己负不起这个责任，"要是这些打架的人真的是为了英国问题，万一他们又认出我们是英国人，那我们就肯定会被他给弄得狼狈不堪。"

"作为一个英国公民……"福格先生说。

但是还没等这位绅士把话说完，就听见从他后面那个台阶前边的高岗上发出了一阵可怕的喊叫声。只听见："哈拉！嘿！嘿！拥护曼迪拜！"原来这是一群选民起来支援他们的伙伴的。他们从侧面向卡梅尔菲尔德的拥护者发动了进攻。福格先生、阿妧达夫人和费克斯正好处在敌对双方的中间，要走也来不及了。这片像潮水一样的人群，一个个手里都拿着头上裹铁的棍子和大头棒，任何人也无法抵挡，菲利亚斯·福格和费克斯在保护阿妧达夫人的时候，被人群撞得东倒西歪。依然沉着如故的福格先生想使用自己天生的武器——双手，这是大自然赋予每一个英国人两只臂膀上的武器——进行自卫，但是都没什么用。这时候来了一个神气十足的大个子，下巴颏上长着红胡子，红脸宽肩，看样子好像是这群人的头儿。他举起他那吓人的拳头朝着福格就打。要不是费克斯忠心耿耿抢上前去代替他挨了这一拳，这位绅士准会给揍垮了。霎时在费克斯那顶被打扁了的丝织高帽底下，已经肿起了一个大疙瘩。

"洋乞！"福格先生以鄙视的目光望着他的敌人说。

"英国佬！"对方回答说。

"我们总有再见的时候！"

"随便你什么时候都行，您叫什么？"

"菲利亚斯·福格，您叫什么？"

"斯汤姆·普洛克托上校。"

这几句话说完，人群就拥到一边去了。被撞倒的费克斯赶紧从地上爬起来，他的衣裳全破了，但是幸亏没有受重伤。他的旅行大衣被撕成了大小不同的两块，他的裤子现在很像某些印第安人喜欢穿的那种预先把后裆剪下来的套裤。

不过阿妩达夫人总算是安然无恙。只有费克斯一个人代替福格吃了一拳。他们刚刚离开人群，福格先生就向这位侦探说：

"谢谢您。"

"没什么，"费克斯回答说，"走吧。"

"到哪里去？"

"找一家服装店去。"

其实现在也应该到服装店去了。菲利亚斯·福格和费克斯两个人的衣服都已经破得不像样了，仿佛他们是为了帮助卡梅尔菲尔德或曼迪拜竞选而挨了一顿揍似的。

过了一个钟头之后，他们已经恢复了整洁的外表。然后到领事馆办完签证手续，就回到了国际饭店。百事通已经等在了门口，在他的身上背着六七支带匕首的手枪。这种枪使用中心撞针发火，能连发六颗子弹。

百事通一抬头看见福格先生后面跟着个费克斯，马上露出一脸的不高兴。可是等阿妩达夫人简单地叙述了刚才发生的事，小伙子马上又眉开眼笑了。显然，费克斯是说话算话，他已经真的不再是敌人，而变成一个同盟者了。

吃过晚饭后，福格先生叫人找来了一辆轿式马车，准备装上行李，坐着去火车站。在上马车的时候，福格先生问费克斯：

"您没有再看见那个叫普洛克托的上校吗？"

"没看见。"费克斯说。

"我一定还要回到美洲来找他，"菲利亚斯·福格冷冰冰地说，"一个英国公民受到他们这样的欺侮，太不像话了。"

费克斯微笑了一下，没回答什么。但是他能看得出来，福格先生是这样一种英国人：如果他在英国不能容忍任何挑衅，那么在外国，他也会为保卫自己的荣誉而进行斗争。

六点差一刻的时候，他们来到了车站，火车马上就要准备出发了。

福格先生在上火车的时候问一个铁路职员：

"朋友，请问您今天旧金山是不是出了什么问题了？"

"那是在开群众大会，先生。"职员回答说。

"不过我觉得大街上好像闹得很厉害。"

"这只是一个群众选举大会，没别的什么事情。"

"看情况，那一定是要选举一个武装部队的总司令吧？"福格先生问。

"不是的，先生，他们是要选举一个治安法官。"

听完了这句话，菲利亚斯·福格上了火车。火车全速飞快地出了车站。

第二十六章
乘坐太平洋铁路公司的特快列车

"一线通两洋"，这是美国人对这一条从太平洋到大西洋横贯美洲腹地的铁路干线的总称。但是实际上，太平洋铁路分成两个不同的线路：从旧金山到奥格登属于中央太平洋铁路公司，奥格登到奥马哈属于合众太平洋铁路公司。从奥马哈到纽约由五条不同的路线组成，交通往来十分频繁。

因此现在从旧金山到纽约，是由一条至少有三千七百八十六英里长的完整的铁路线连接起来的。

从奥马哈到太平洋海岸，要穿过一片至今还经常有印第安人和野兽出没的地区，在1845年左右，当摩门教徒被赶出伊利诺伊州以后，他们就开始在这里建立殖民地。

过去如果一切都很顺利的话，从纽约到旧金山也要花六个月的时间，而现在只需要七天的时间。

1862年，尽管有南方的议员反对，但最终还是定在于北纬四十一度和四十二度之间的地区修了这条铁路，而南方议员则要求铁路建筑得更靠南部一些。当时，那位令人永远怀念的林肯总统亲自选定了内布拉斯加州的奥马哈城作为这个新铁路网的起点站。这项铁路工程立即以美国人那种高效实干的精神动工了，这种精神就是既没有文本主义，也没有官僚主义。工人们保持高速度的施工，这一点也没有影响铁路的质量。在草原地区，前进的速度每天竟达一英里半。机车就在头一天铺起的路轨上运来了第二天需要使用的钢轨，就这样沿着一节节陆续铺成的新轨一直前进。

在太平洋铁路沿途还铺设了很多支线，它们穿过艾奥瓦、堪萨斯、科罗拉多、俄勒冈等州。铁路从奥马哈向西伸展，并且沿着普拉特河北岸，直到普拉特河北部支流的入口处向西南延伸，然后继续顺着这条河的南部支流前进，它穿过拉拉岷地区和瓦萨乞山丛，绕着大盐湖到达摩尔蒙的首府盐湖城，从盐湖城进入颊拉山谷，沿着美洲大沙漠，经过赛达和亨堡尔特山区，随后跨过亨堡尔特河和西爱拉一内华达河，向南经萨克拉门托直到太平洋岸。这一条大铁路上下的坡度很小。就算是在穿过落基山脉的时候，每英里路的坡度也没有超过一百十二英尺。

这就是需要火车七日行程才能横穿美国的这条铁路大动脉路线，正是因为有了这条大铁路，菲利亚斯·福格先生才有可能，至少他才敢希望在12月11日从纽约搭船到英国利物浦。

菲利亚斯·福格坐的车厢是一种加长车厢。这一节客车的底盘是由两节各有四个车轮的车架联结成的。这样的装置使列车能够在转弯角度较小的路线上，平稳前进。车厢内部没有分隔起来的旅客房间，只不过是从正中间分隔成两个区域，整齐地排着两行靠背椅。中间划出一条过道，可以通向盥洗室和其他车厢。这些设备在每一节车厢都是一样。一节车厢与另一节车厢之间有车桥相互联通。整个列车前后贯通，旅客可以从第一节车走到最后一节车。列车上附设有客厅、眺望车、餐车、喝咖啡车，但只差一辆观剧车，但这在将来还是会有的。

车厢里的过道上有小贩来往出售书报、酒类、食品和雪茄烟，生意还很不错。

晚上六点钟的时候，火车载着旅客，从奥克兰出发行进。这时候夜幕降临，寒冷和黑暗笼罩着大地，天空乌云密布，照这样下去，有可能要下雪。火车前进的速度并不是很快，如果连站上停留的时间计算在内，每小时速度不超过二十英里。但是如果就按照这样的速度行进，足以能够保证列车在规定时间内横贯美国大陆。

在车厢里，旅客们交谈不多，大家不一会儿就都打起盹儿来了。百事通坐在侦探费克斯旁边，但是他没有和费克斯说话。自从那次交手和谈判之后。他们的关系已经大不如从前了。过去的友好亲善，今日已经不复存在。不过实际上费克斯一点也没有改变对百事通的态度；可是百事通却完全不一样了，他始终保持着高度的警惕，一旦这位老兄有一点可疑的行动，他就会马上掐死他。

火车出站之后的一小时，天上就飘起雪花来了。幸运的是这样的小雪并没有阻碍火车继续前进。车窗外面只是一片雪白，一望无际，机车喷出灰色烟雾在雪野里上下飘动。

八点钟的时候，一个列车员来到车厢里，通知旅客到了睡觉的时间。原来这个车厢也同时是一节卧车。不一会儿，车厢已经改装成了宿舍。人们把座椅的靠背放平，很巧妙地搭成了一个个非常舒适的卧铺，同时分隔成了一间间的小房间。每个旅客马上都有了自己舒适的床位。厚布的帷幔挡住了一切漫不经心的视线。雪白的被单铺好了，也放好了柔软的枕头，就只等躺下睡觉了。每一个旅客在这里都像是在邮船上舒服的舱房里。这个时候，火车正以全速在加利福尼亚州的土地上飞驰着。

现在火车正经过旧金山和萨克拉门托之间的地区。在这里，地势并不十分险峻。这一段叫中央太平洋铁路，火车以萨克拉门托为起点，向东方前进和奥马哈开出的火车在中途错车。从旧金山到加利福尼亚州的首府，火车沿着流入圣巴布洛湾的美洲河直奔东北，这一段联系着两座大城市的铁路约有一百二十英里，用六个小时的时间就可以走完。午夜十二点的时候，火车驰过萨克拉门托，车上旅客这时刚进入梦乡没多久。因此他们一点也没看见这座巨大的城市——加利福尼亚州的立法议会所在地，他们既没看见这个城市的美丽车站和码头，也没看见它那宽阔的大街和豪华的旅馆，更不会看见那些教堂和街心公园。

火车从萨克拉门托继续前进，经过江克欣、洛克林、奥本和科尔法克斯等站，进入了西埃拉—内华达山区。上午七点钟火车开过了西斯科。一小时之后，车上的卧铺又变成了普通的座椅。旅客们可以透过玻璃窗尽情阅览这山区的美景。这里的铁路线是顺着西埃拉山脉崎岖的山势铺设的。它忽而贴在山腰，忽而在悬崖上前进，有时为了避免急转弯，幅度无比的大，有时深入两山对峙的峡谷里，使人颇有"山穷无路"之感。那火车头看来黑里透光，就像是一个灵柩，顶上一盏照明灯射出雪亮刺眼的光芒，同时还附装着一个银色的警钟和一具像猪嘴似的伸在车头前的"驱牛"排障器。这时，在汽笛怒吼和瀑布奔流的共鸣声中，只见火车吐出的黑烟在漆黑的松林上空缭绕飞舞。

在这一段路上几乎可以说没有山洞，更没有桥梁。铁路盘着山腰前进，从这座山到那座山，铁路完全是顺着自然地势铺设的，丝毫不寻求捷径和直路。

快到九点钟的时候，火车从卡尔松山谷进入了内华达州，继续向东北方向奔驰着。火车在雷诺停了二十分钟的时间，旅客们在火车上吃了午饭，十二时整，又从雷诺出发。

铁路线沿着亨堡尔特河从这里北上，要走好几英里；接着又转向东进，一直到了亨堡尔特山脉，始终不离开这条河的河岸。位于内华达州东部边缘的亨堡尔特山脉，就是亨堡尔特河的发源地。

饭后，福格先生、阿妩达夫人和他们的两个旅伴又回到了车厢，姿态很舒服地分坐在两张双人椅上，他们正在欣赏着从眼前掠过的千变万化的景物：广阔无边的草原，浮现在天边的群山和滚滚流动的小河。偶尔也可以看到一大群野牛在远处排成大队，它们简直像是一座活动的堤防，这一支由无数反刍动物组成的大军，经常在铁路上给来往火车造成无法克服的障碍。人们之前就看见过成千上万的野牛一队紧接着一队穿过铁路，往往一过就得好几个钟头，这时火车只好停下来，等野牛过完了才能继续赶路。

今天恰好就碰到了这种事情。下午快三点钟的时候，有一万两三千头野牛拦住了前面的路轨，机车放慢了速度，想用车头前面的排障器冲入牛群强行通过，但是，没能过去，火车只好在这个攻不进的牛群前停了下来。

有一万两三千头野牛
拦住了前面的路轨

　　人们只好眼看着这些被美国人错当作"水牛"的反刍野兽不
慌不忙地穿过铁路。这些野兽一边走一边发出惊人的吼声。这些野
牛比欧洲的牡牛大，腿和尾巴都很短，前肩高耸形成一个肉峰，两
角分开向下弯曲，头颈和双肩都长满了鬃毛。这种牛群的移动是无
法阻拦的。当它们朝着某一个方向前进的时候，谁也不能叫它们停
止或者改变方向。它们就像是活肉形成的河流，任何堤防也挡不住
它们。

　　旅客们都跑到车桥上看这个怪异的场面去了。但是菲利亚斯·福
格先生，这位本来应该比别人更着急的绅士却依然稳坐不动，用哲学
家那种"以不变应万变"的精神等待野牛让路。而百事通却对这一大
群野兽拦住火车白白耽误时间，感到极其愤怒。他简直想把他所有的
几支手枪都拿出来向这群畜生狠狠地射击一顿才解恨。

"这种鬼地方!"百事通叫着说,"一群死牛就能把火车给拦住!成群结队地过铁路,一点也不着急,就像是它们一点不妨碍交通似的。谁知道啊!我现在倒很想知道这件意外的事福格先生是不是也预先定在他的计划里了。还有这个火车司机,他竟然不敢开车从这群拦路的野牛中冲过去!"

司机的确是丝毫没有打算冲破面前的障碍,他这种谨慎是正确的。如果冲过去的话,毋庸置疑,那几头在前面的野牛一定会被机车排障器轧碎。不过,无论机车多么有力,它也会很快地被迫停车,少不了还会出轨,那就要真的抛锚了。

所以最好的选择就是耐心地等待,结束之后再加快速度来补偿耽搁了的时间。野牛的队伍,整整过了三个小时,直到天黑,铁路才给让出来。在最后一批牛群跨过铁路的时候,它们的先头部队则已经在南方地平线上消失了。

就当火车驰过亨堡尔特山脉的狭窄山道时,已经是晚上八点钟了。九点半的时候,火车驶进了犹他州地区。这里是大盐湖区域,也是摩门教徒的世外桃源。

第二十七章
百事通在火车上听摩门教士说法

　　12月5号到6号的夜间，在一块方圆约五十英里的地区，火车正向东南奔驰，然后又转向东北，朝大盐湖行进。

　　在上午将近九点钟的时候，百事通走到车桥上去透透气。在这个时候，天气还很冷，天色阴暗，但是雪已经停了。太阳的轮廓在云雾里显得很大，活像一块巨大的金币。当百事通正在聚精会神地计算着这个金币能折合多少先令的时候，一个模样挺怪的人忽然出现了，分散了百事通对这项有益的脑力劳动的注意。

　　这个人是搭车到埃尔科车站去的，高个子，深褐色面孔，黑胡子、黑袜子、黑丝帽、黑上衣、黑裤子，系着一条白色领带，戴着一双狗皮手套，看起来像个神甫。这人从车头走到车尾，在每一节车厢的门口用糨糊贴上一张用笔写的告示。

　　百事通走过去看了看，告示上写着：摩门传教士维廉赫奇长老决定趁他在第四十八次客车上旅行的机会，举行一次有关摩门教教义的布道会，敦请有心绅士前来听讲"摩门圣教徒灵秘"，时间：十一时至十二时，地点：第117号车厢。

"没说的，我一定去。"百事通自言自语地说，其实他对于摩门教，除了那种构成这个教派基础的"一夫多妻制"的风俗之外，什么也不知道。

演讲传教的消息很快地在车上百十来个旅客中间传开了。其中对这个布道会有兴趣的至多不过三十个人，他们都被吸引到117号车厢里来了。十一点钟，听众都在椅子上坐下了，百事通坐在第一排。但是，他的主人和费克斯却都认为没有必要到那里去找麻烦。

到了十一点钟，维廉赫奇长老站起来开始演讲，他说话的声音相当激动，仿佛已经有人反驳了他似的。他叫着说：

"我告诉你们，你们听着，琼·史密斯是一位殉教者，他的兄弟希兰也是一位殉教者。美利坚合众国政府对于这些先知圣人进行了迫害，他们还要迫害另一个受难的圣徒小布里翰！你们在座的有谁敢提出反对的意见吗？"

听众没有一个人愿意冒险提出反对的意见，他那天生沉静的面貌和他现在这种激愤的情绪形成一种强烈的对比。显然，他的愤怒也是可以理解的。因为当时摩门教正在受着严重的摧残。实际上，美国政府费了九牛二虎之力才压服了这些热爱独立的摩门教信徒。政府先以暴乱和重婚罪对小布里翰提起公诉，等到把小布里翰关进监牢之后，政府就变成了犹他州的主人，把这个州放在合众国管辖之下了。从那时起，小布里翰先知的门徒们就加倍努力展开活动。他们在等待时机采取行动的同时，不停地用演讲、宣教等方式来反对国会的决定。

很明显，维廉赫奇长老时刻都在为自己的宗教做积极的宣传，就算是在火车上也不肯休息。

他从圣经纪事的年代开始，阐述摩门教的历史，他响亮的声音和有力的手势，使他的叙述更加生动。他叙述了当时在以色列的约瑟部落里，有一位摩门教先知，他如何把新教年史公布于世，他又如何把这新教年史传留给他儿子摩门；后来又经过了很多世纪，这本珍贵的年史又如何经小约瑟·史密斯之手从埃及文翻译出来。小约瑟·史密斯是佛蒙特州的一个司税官，1825年，人家才知道他是个神奇的先知，后来他又如何在一个金光四射的森林里遇见了天使，天使又如何把真主的年史交给了小约瑟·史密斯。

有些人对传教士这样追溯历史不太感兴趣，就离开这节车厢走了；但是维廉赫奇却仍在继续讲述着小史密斯如何跟他父亲和两个兄弟以及他的一些门徒创立摩门圣教，这个教派不仅在美洲有教徒，并且在英国、斯堪的纳维亚、德国也有。这些虔诚的教徒中有许多是手工业工人，也有许多是自由职业者，他又谈到如何在俄亥俄州建立了根据地；如何用二十万美元修建了一座教堂，如何在柯克兰建立了一座城市，后来史密斯又如何变成了一个出色的银行家，他又如何从一个木乃伊展览馆的看守者那里，得到一本亚伯拉罕和其他有名的埃及先人的手稿本圣书。

他的故事越讲越长，听的人也越来越少，现在全部只剩下不到二十个人了。

但是这位长老并没有因听众稀少而难受。他依然啰啰唆唆地详细介绍下去：史密斯在1837年如何破产，那些被他拖垮了的股东如何把他身上涂满了沥青然后强迫他在羽毛上打滚；过了几年之后史密斯又如何东山再起，变得比过去更有名望，更有势力。他在密苏里州组成了一个独立教团，他当了这个朝气蓬勃的集团的领袖。那时，他的门徒少说也有三千，但是那些异教徒恨他，迫害他，使他不得不逃往美洲西部地方。

现在只剩下十位听众了，百事通就是其中的一位。这个老实的小伙子倒是专心地听着长老说教。接着听下去，他知道了史密斯经受了无数次的迫害之后，又如何在伊利诺斯州出现，并且在1839年如何在密西西比河沿岸建立了一个新城努窝拉贝尔。那里的居民总数增加到两万五千人；后来史密斯又如何做了市长，做了这个城市的最高法官和军队统帅；在1843年，他自己又如何提出参加竞选美利坚合众国总统；后来又如何在迦太基受人陷害被关进监狱，最后来了一帮蒙面人就把史密斯杀害了。

这时，百事通成了这个车厢里独一无二的听众了。维廉赫奇长老目不转睛地注视着他，想要用言语开导他信教，于是继续对他说：史密斯被害之后，又过了两年，他的继承人，受真主感召的先知小布里翰就离开了努窝拉贝尔，到这盐湖沿岸一带定居下来，这里是一片美丽的土地，周围也全是良田，这里是许多移民穿过犹他州到加利福尼亚去的阳关大道。先知小布里翰就在这里建立了新的根据地；由于摩门教一夫多妻制的风俗影响，这个根据地就大大地发展起来了。

"喏，事实就是如此，"维廉赫奇接着说，"美国国会为什么会仇恨我们，迫害我们？为什么合众国的士兵会来踩蹋我们犹他的土地？为什么我们的先知小布里翰会被他们蛮不讲理地关进监狱？难道我们会在暴力面前屈服吗？决不会！他们把我们赶出了佛蒙特，赶出了伊利诺斯，赶出了俄亥俄，赶出了密苏里，赶出了犹他，但是我们还会找到一块不受约束的土地，我们还会在新的地方架起我们的帐篷……可是，你呢，我的虔诚的兄弟，"维廉赫奇长老虎视眈眈的目光一直盯着他这位唯一的听众说，"你愿意也在我们摩门教的旗帜下面搭起你的帐篷吗？"

"我不干！"百事通很干脆地回答说，现在他也跑出来了，留下那位像中了魔似的传教士只好对着空椅子去说教。

在举行布道会的这段时间中，火车一直在飞速前进。不到中午十二时半已经到达了大盐湖西北角。这里周围视野开阔，旅客可以尽情地观赏这个内陆海——大盐湖的全貌。大盐湖也叫"死海"，它和巴勒斯坦西南吸收着约旦河河水的死海（又名阿斯伐尔梯特）同名，这里也有一条美洲的约旦河，流入大盐湖。在这个美丽的大湖里有许多光怪陆离的礁石，礁石的底座宽大，上面厚厚地盖着一层雪白的海盐。一片辽阔无边的海面十分沉静。从前大盐湖的面积比现在大得多，随着岁月的增长，沿岸陆地日益扩大，湖面逐渐缩小，然而，湖底却越变越深。

大盐湖长七十多英里，宽三十五英里，海拔三千八百英尺，它和那个又名阿斯伐尔梯特的死海完全不同。那个亚洲西部的死海低于海面一千二百英尺。大盐湖的水含盐成分很大，固体的盐质占湖水的总重量四分之一。水和盐的合重是一千一百七十，其中水的重量是一千。所以在这样的湖水里鱼是无法生存的。凡是随着约旦河、威伯尔河以及其他河的流水流入大盐湖的鱼类，很快就会死去，但是，要说湖水含盐的密度大得连人也沉不下去，那是瞎扯。

大盐湖的四周，都是精耕细作过的土地。因为摩门教的人都是从事农业劳动的能手。如果六个月以后到这个地方来，就会看到：很多饲养家畜的厂棚和牲口圈，长着麦子、玉米和高粱的田野和水草茂盛的牧场，还有，到处都是野玫瑰树形成的篱笆和一丛丛的皂角树、大戟树。但是现在，只见薄薄的一层白雪，覆盖着整个大地。

下午两点钟，旅客们在奥格登下了火车。火车要到六点钟才继续前进。因此福格先生、阿妩达夫人和他们的同伴们就有时间顺着从车站分出去的一条铁路支线向城里走去，游览一下这座完全美国式的城市。这样一次游览只需要两小时就够了。这座城的建筑设计完全和其他的美国城市一样，整个城市像是一个方方正正的大棋盘，街道又直又长，街口的转角真是像维克多·雨果所形容的那样，都是"忧郁悲怆的街角"。

这座城市的建筑师摆脱不了盎格鲁—撒克逊人的建筑特点——追求"线条对称"。但是住在这个奇怪地方的人，在文化方面显然并没有达到像英国那样的高度。他们把一切建筑，不论城市、房屋和其他杂七杂八的东西统统都弄成了"四方块"。

下午三点钟，福格先生他们在城里大街上散步。这座城市建筑在约旦河岸和开始高低起伏的瓦萨奇山峦之间。这里教堂极少，有名的建筑物只有摩门先知祠、法院和兵工厂。此外，就是许多带着前檐和长廊的淡青色砖房，四周是花园，花园里长着皂角树、棕榈树和小红果树。城的四周围着一道1853年用黏土和碎石筑成的城墙。市场在城内一条主要的大街上，这条街上还有几家插着旗帜的旅馆。有名的盐湖饭店就是其中之一。

福格先生和他的同伴们发现这个城里的人口并不多。街上几乎没有行人。但只有当他们穿过很多用栅栏围起来的城区之后，到达了摩门教堂所在的城区时才发现很多人，其中大多数是妇女，这表明了摩门教徒家庭组织一夫多妻制的特点。但不要以为每一个摩门教男人都有几个妻子。人们可以自由决定娶一个或几个妻子。但应当说明：犹他州的女公民们特别愿意结婚，因为按照当地的宗教规矩，摩门教的神是绝对不赐福给独身女子的。看样子这些女人的生活既不舒服，也不幸福。她们中间有些人显然是最有钱人家的妇女，穿着黑色绸子的胸前敞开的短袖上衣，戴着很朴素的风兜或头巾，其他的妇女都只穿印第安人的服装。

作为一个甘心情愿抱独身主义的百事通，看到摩门教几个女人共同负起使一个男人幸福的责任，有点吃惊。按他的逻辑来说，做这样的丈夫一定会叫苦连天。他认为一个男人必须同时带着这么多妻子辛辛苦苦地过日子，将来还要领着这些妻子一块儿进摩门教徒的天堂，到了天堂之后还要跟她们永远地生活下去。在那幸福的天堂里，光荣的史密斯先知将和他们在一起，因为史密斯是那个极乐世界享有最高荣誉的人物。这些事对百事通说来，简直太可怕了。显然，百事通是一点也不打算接受摩门教先知的感召。他觉得盐湖城的妇女们投在他身上的目光多少都带点忧郁的神色，这一点也许是出于他自己的误会。

幸运得很，百事通在这座圣城待的时间并不长。四点差几分，他们已经又回到了车站，他走进车厢，坐到原来的座位上。

开车的汽笛响了。但是，当机车车轮开始在铁轨上滑动就要以更快速度前进的时候，听见有人在喊：

"停一停！停一停！"

正走着的火车当然没法停住。这位叫喊的人看样子一定是个误了上车钟点的摩门教徒，他上气不接下气地一路跑来。幸亏车站上既没有门，又没有栅栏，他跑到铁路上就往最后那一节车的踏板上冲，接着就连滚带爬地倒在车厢里一个椅子上喘起气来了。

百事通全神贯注地看完了这一场运动表演的插曲。这位犹他州居民是因为刚跟妻子吵架才这样逃出来的。百事通知道了这件事，感到很有兴趣，他走过来拜访这位迟到的旅客了。

当这位摩门教徒刚喘过气来，百事通就很有礼貌地过去问他一个人有几位妻子。看他刚才那种拼命逃走的狼狈样子，百事通估计他最少也有二十几个妻子。

"一个，先生！"这位摩门教徒抬起两只手说，"一个就已经够受的了！"

第二十八章
百事通无法让人了解他的道理

　　离开了大盐湖和奥格登车站，火车继续北上，一小时后到了威伯尔河。从旧金山出发到现在，已经走了差不多九百英里。火车从这里向东，就要在险峻的瓦萨奇群山中前进。美国的筑路工程师们曾在这个包括瓦萨奇群山和洛基山脉的地区遇到过很难解决的难题。所以美利坚合众国政府在这一段路的工程上花费的辅助金，每英里达到了四万八千美元，而在平原地区每英里只需要一万六千美元。不过那些工程师，我们已经提到过，他们并没有刻意改变自然的地势，在铺设路线时他们很巧妙地随着地形兜圈子，又绕过了难以逾越的大山，把铁路铺向广袤的平原。整段路上，他们只是钻了一个一万四千英尺长的山洞。

　　这条铁路铺到大盐湖时就达到了全线标高的顶点。从这里再往前去有一段很长的斜坡，降到比特尔河盆地，然后将再上行直到距离大西洋和太平洋同样远近的美洲大陆的中央地区。

　　这一带山区里河川很多，铁路要想通过，必须从污水河、清水河以及其他河流的小桥上穿过去。火车离目的地越近，百事通就越不耐烦。而对于费克斯，他恨不得现在就马上飞过这个使人感到很不舒服的地方。他害怕延误时间；他担心路上出问题，他比菲利亚斯·福格自己还要着急，他巴不得早些回到英国。

晚上十点钟的时候，火车开到了布里吉尔堡，几乎没停，就立即继续前进，跑了二十英里就进入了怀俄明州（原名达科他州），沿着整个比特尔河盆地前进。科罗拉多的水力发电系统就是利用比特尔河的一部分水力建设起来的。

第二天，到了12月7号的时候，火车在清水河车站停了一刻钟。前一天夜里雨雪交加，如今积雪化了一半，一点也不妨碍火车行驶。但是，不管怎样，这种坏天气总是让百事通发愁，因为积雪使车轮泡在泥水里，这对于他们的环球旅行总是不利的。

"我真不懂，"百事通在心里说，"我这位主人为什么要选择在冬天旅行！要是等到天气暖和点再出来，那不更有把握一些吗？"

不过，正当这个老实的小伙子只顾担心温度下降和天气变化的时候，阿妩达夫人却在为另一件事感到焦虑不安。

是这样的，有些旅客下了火车，在清水河车站的月台上散步，等待着开车。阿妩达夫人透过玻璃窗看见在这些旅客中有一个人，他正是那位在旧金山侮辱过菲利亚斯·福格的斯汤姆·普洛克托上校。阿妩达夫人不愿意被他看见，就转过身去背向车窗。当时的情况使阿妩达夫人感到非常担心，她非常关心福格先生。这位绅士虽然是那么冷静，但是他对阿妩达夫人的体贴却显得日益无微不至。阿妩达夫人也许不大清楚她这位救命恩人在自己心中激起的感情深厚到什么样的程度，而她自己对这种感情还只能称之为感激。但是她不知道这中间存在着比"感激"更进一步的情感。所以当她发现这个粗暴的上校时，她心里就感到异常紧张，她知道福格先生早晚是要找这个人算账的。毫无疑问，普洛克托上校乘这班火车，完全是意外。但是，其实他是已经在这个车子上了，那么就得想尽一切办法不叫菲利亚斯·福格发现他的仇人。

火车开动之后，阿妩达夫人趁着福格先生正在休息，就把刚才看见普洛克托上校的事告诉了费克斯和百事通。

"怎么？"费克斯叫着说，"普洛克托这家伙也在车上！不要紧，夫人，你放心好了，他要跟先生……要跟福格先生找麻烦，一定会先来跟我算账！在这件事情上我认为吃了大亏的主要是我！"

"再说我也能对付他，"百事通说，"不要看他是个上校。"

"费克斯先生，"阿妩达夫人说，"您要明白福格先生是不会让别人替他出头的。他以前说过，自己要再到美洲来找这个污辱他的人算账。现在他要是看到了普洛克托上校，我们就不能拦阻他们了，那样的话，事情就糟了。所以现在必须想办法不要让福格先生看见他。"

"夫人，您说得对，"费克斯说，"他们要是见面了，那一切都完了，不论福格先生结果如何，他都会耽搁下来，而且……"

"那样一来，"百事通说，"就便宜了改良俱乐部的那些老爷了。只要再过四天，我们就到纽约了！那么在这四天里如果福格先生不出这个车厢，我们就可以希望福格先生不会碰上这个该死的美国佬！我们完全可以不叫他们碰头。"

他们的谈话中断了。因为福格先生已经醒了，他在透过结冰的玻璃欣赏窗外的风光。过了一会儿，百事通为了不让他的主人和阿妩达夫人听到，低声地问费克斯：

"您真愿意替福格先生出头跟那家伙干吗？"

"我要尽一切力量让福格先生活着回到欧洲！"费克斯简单地回答说，从他的口气可以听出他是下了决心的。

百事通听了这话好像身上打了一个冷战，但是，他对福格先生的信心却毫不动摇。可是，现在有什么办法把福格先生留在车厢里不让他跟那个上校碰头呢？这也许不难，因为这位绅士生性就是个不爱活动不爱看热闹的人。

最后费克斯认为自己已经找到了一个好办法。不多久，他就对福格说：

"先生，咱们这样坐在火车上，时间过得真是又长又慢啊。"

"是啊，"福格先生说，"虽然慢，但还是在过啊！"

"在船上的时候，"费克斯接着说，"我看您常打惠司脱。"

"是啊，"菲利亚斯·福格回答说，"不过在这儿就难了，我现在既没有牌，又没有对手。"

"哦！牌嘛，我们在车上准能买到，美国火车上什么都卖。至于对手……夫人，也许碰巧您也会……"

"对了，先生，我会，"阿妩达夫人很高兴地说，"我会打惠司脱。这也是我在英国学校学的一门功课哩。"

"至于我呢，"费克斯接着说，"我很希望能有机会提高自己玩惠司脱的技巧。这就行了，咱们三个来，剩下一边空着……"

"既然你愿意来，那咱们就来吧。"福格先生说，他即使在火车上也很喜欢玩自己特别喜欢的惠司脱。

百事通急忙去找乘务员，很快地弄来了两副牌和一些计分用的筹码，另外还有一张铺着台布的小桌子。一切齐备，他们就开始玩牌。阿妩达夫人打得相当好，连一本正经的福格先生有时也称赞她的技巧高明。至于费克斯简直是玩惠司脱的头等好手，他跟这位绅士可称为棋逢对手。这时，百事通在旁边看了，心里说：

"现在我们算是把他给拖住了，他就不会离开牌桌子了。"

上午十一点钟，火车到了距离太平洋和大西洋一样远近的地点，也就是到了布里基尔关，这里的地势海拔高达七千五百二十四英尺。在穿越洛基山脉的这段铁路线上，是地势最高的几个山冈之一。大约再走两百英里，客车才会到达那一片一直延展到大西洋海岸的辽阔平原，在这样的平原上修筑铁路实在太方便了。在大西洋盆地的山坡地区里，分布着许多由北普拉特河分出来的支流小河。整个北方和东方的地平线都被那由洛基山脉北部群山构成的一个半侧形大帷幕遮盖着。群山中最高的山峰是拉拉米峰。在这座半圆形大山和铁路之间是一片河川纵横的大平原。铁路右边，是接近群山的斜坡。群山的余脉一直向南延伸到密苏里河的重要支流之一，阿肯色河的发源地。

十二点半的时候，车上旅客瞥见了一座城堡，那是俯瞰着整个地区的哈莱克堡。再过几个钟头，穿越洛基山脉的旅行就要胜利结束了。人们于是可以指望通过这个困难的山区而不发生任何意外了。雪停了。天气变得更冷。巨大的秃鹫被奔驰的机车吓得急忙往远处飞逃。平原上没有任何野兽，既没有熊，又没有狼，只有一片荒芜的旷野。

福格先生和他的同伴们在自己的车厢里吃了一顿丰盛的中饭，然后又立即接着打起了那永无休止的惠司脱。突然响起一阵哨子声。火车停下来了。

百事通将头伸出窗外看了一下，没有看到任何阻止火车前进的东西，也没看到车站。

阿妩达夫人和费克斯很担心福格先生要下车去看看，但是这位绅士只对自己的仆人说了一声：

"去看看，是怎么回事？"

百事通赶紧跑出车厢。这时已经有四十多个旅客出来了，他们当中就有斯汤姆·普洛克托上校。

火车停在一个禁止通行的红灯前面。火车司机和列车员已经下来了。他们正在和一个守路员激烈地争论着，这个守路员是前面梅迪西车站的站长特地派来等这一趟火车的。旅客们也都走过来参加这一场争论，其中自然少不了刚才提到的那位普洛克托上校。他扯开嗓门大嚷，指手画脚，神气活现。

百事通走近了这一群人，他听见守路员说："不可以，没办法过去！梅迪西河上的大桥已经在摇晃，经受不起火车的重压了。"

他们口中所说的这座大桥，是一座空悬在一条激流上的吊桥。离这里还有一英里。据守路员说，这座桥马上就要垮了，上面有很多铁索已经断了。冒险通过是没有可能的。守路员肯定地说不能过去，他确实没有夸大。况且，美国人一向是冒冒失失、满不在乎的；要是连他们也在乎了，那只能是疯子才敢去冒险。

百事通不敢把这事告诉他的主人，他像一座塑像，丝毫不动，咬着牙听人家争论。

"啊，是这样子！"普洛克托上校叫着说，"我们走不成了，我看咱们只好在这雪地上扎根儿了！"

"上校先生，"列车员说，"已经给奥马哈车站打电报了。要他们派一列车来。不过六点钟以前能不能到梅迪西，这还不敢确定。"

"要等到六点钟的时候！"百事通叫喊着说。

"那可不是吗，"列车员说，"再说，我们从这儿步行到前面车站，也得要这么长的时间。"

"可是，这儿离车站不是只有一英里路吗？"一位旅客问。

"事实上是一英里，但是得绕道过河啊。"

"这条河，我们不能坐船过去吗？"上校问。

"那可办不到，因为下雨河水涨了。水流很急，我们必须兜圈子绕十英里路，从北面一个浅滩上过去。"

上校接着就是破口大骂，一会儿抱怨着公司不好，一会儿又责备列车员错了。百事通也是怒气冲天，差一点就要帮着上校一块儿骂了。

眼前发生的阻碍是一种客观的力量，百事通的主人钞票就算再多，即便都拿出来，这一回也解决不了问题。

另外所有的旅客也都感到很丧气，耽搁时间暂且不说，旅客还得在这冰天雪地里步行十五六英里。所以，叫喊声和咒骂声乱成了一片，菲利亚斯·福格要不是一心在玩惠司脱的话，这些叫骂声准会引起他的关注。

百事通现在觉得必须把情况告诉自己的主人，于是他就低着头走向车厢。正在这个时候，那位火车司机——他名叫孚尔斯特，是一个标准的"洋乞"——大声叫着说：

"先生们，咱们也许有办法过去。"

"从桥上过去吗？"一个旅客问。

"从桥上过去。"

"开着火车过去？"上校问。

"开着火车过去。"

司机这句话的每一个字百事通都听清楚了，他停下了。

"可是这座桥就要塌了！"列车员说。

"没关系，"孚尔斯特说，"我们只要把火车开到最大速度，碰运气也许能过去。"

"见他的鬼！"百事通说。

但是，立刻就有些旅客对这个建议随声附和表示同意，尤其是普洛克托上校特别拥护这个办法，这个冒失鬼，他觉得完全可以这么干。他甚至还告诉大家说，有些工程师还想过用高速度直线奔驰的办法使火车从"没有桥"的河上飞过去，他还讲了另外一些类似的怪事。说到最后，所有关心这个问题的人都同意了司机的高见。

"我们这有百分之五十的机会能过去。"一个旅客说。

"百分之六十的机会。"另一个说。

"百分之八十……百分之九十的机会！"

这可给百事通吓昏了。虽然他也是准备要用一切办法过这条梅迪西河的，可是现在这个办法他觉得未免有点太"美利坚式"了。

"再说，"他心里想，"总应该让旅客们先下来，这是一件很简单的事，应当先做，可是这些人根本连想也不想！……"这时百事通就对一个旅客说："先生，这位司机出的这个主意，我看是有点冒险，可是……"

"有百分之八十的机会！"这位旅客回答说，他说完这句话就转身走了。百事通又走到另一位先生跟前接着说：

"我知道有百分之八十的机会，可是您只要想一下……"

"想有什么用，没什么好想的！"这个听他说话的美国人耸着肩膀说，"司机已经说了，准能过去！"

"是啊，"百事通说，"能过去，要是更谨慎一点，我们应该……"

"什么！谨慎！"普洛克托上校碰巧听见了百事通这句话，他跳了起来，嚷着说，"不是谨慎，我告诉你，是开快车，你懂吗？开快车。"

"我知道……我懂……"百事通说，这时谁也不肯听完他的话，但是他仍然继续说下去，"假如说，'更谨慎一点'这句话您听不惯那么我就说，为了更合情理一点，至少应该……"

"他是谁啊？他要干什么？他说什么？他讲什么合情理不合情理啊？……"周围的人都哄起来了。

这个可怜的小伙子，现在不知道该向谁讲话了。

"你是害怕了吧？"普洛克托上校问他。

"我！害怕！"百事通叫着说，"好吧，算了！我要让你们这些人看看，一个法国人也能跟他们一样的'美利坚'！"

"上车了！上车了！"列车员喊着说。

"对，上车，"百事通说，"上车！马上上车！不过你们不能不叫我有自己的想法，最合情理的办法，应该是让旅客们先步行过桥，然后再把车开过去！……"

不过他这个合理的想法没人同意，谁也不觉得他有什么道理。旅客们都回到自己的车厢里去了。百事通往自己的座位上一坐，对于刚才发生的一切连半个字也不提。三位玩惠司脱的牌迷现在都关注着手中的牌。火车头大声地吼了一声，司机打开了气门，把火车向后倒开了差不多一英里，就像是一个跳远的健将向后退着准备飞跃。

桥塌了

接下来响了第二声汽笛，火车又开始开动了。它不断加快速度，一会儿，速度已经大到了十分可怕的程度，车上只能听见机车发出的一阵隆隆声，活塞每秒钟进返二十次，车轴在机油盒里冒着浓烟，简直可以说整个火车就像以每小时一百英里的速度在前进，铁轨所负担的重量减少了，因为高速抵消了重量。

列车通过了！如同闪电一般，连个桥影也没来得及看到，可以说是从对岸飞过来的，火车一直冲过了车站五英里，司机才勉强把它停住。但列车一过了河，桥就轰隆一声塌落在梅迪西河的激流里了。

第二十九章　联合铁路上的事故多

　　当天晚上，火车一路前进非常顺利，过了索德尔斯堡，又过了夏延关，到了伊文思关。这个地区是整个铁路线标高的顶点，海拔达八千零九十一英尺。火车通过一望无际的天然大平原，往下一直奔向大西洋海岸。在这条平原干线上，有一条南路支线通向科罗拉多州的主要大城丹佛。那里有丰富的金矿和银矿，在当地定居的居民已有五万余人。

　　从旧金山出发到现在，三天三夜已经走完了一千三百八十二英里，再有四天四夜无论如何也能到达纽约了，菲利亚斯·福格显然是在按部就班地完成着自己的日程。这一夜，火车从瓦尔巴营右方驶过。洛基布尔河和铁道平行，顺着怀俄明和科罗拉多两州笔直的交界线向前奔流。十一时，火车进入内布拉斯加州，经过塞奇威克就到了位于普拉特河南支流的居尔斯甫。

　　1867年10月23日，联合太平洋铁路公司在此地举行了通车典礼。总工程师是J.M.道奇将军，当时就是在这里由两个大机车拖着九节客车，送来了以副总统M.汤姆斯.C.杜郎为首的许多观礼人士。就在这儿，当时曾经有群众欢呼；同时西乌人和包尼斯人表演了一场印第安人战斗演习，在这儿，曾经点放庆祝通车的焰火，最后，人们在这儿用手提印刷机出版了《铁路先锋报》的创刊号。这就是这条大铁路举行庆祝通车典礼的情况。这条铁路是一条进步和文明的道路。它穿过荒凉的原野，把很多当时还不存在的城市联结起来。火车头的汽笛比神话中昂斐勇的七弦琴还要强，它使许多城市很快地在美洲大陆上冒出来了。

早晨八点钟，火车越过麦克费尔逊堡，此地离奥马哈角仅三百五十七英里。火车沿着普拉特河左岸，顺着普拉特河南部支流千变万化的弯曲河岸前进。九点钟火车到达了位于南、北普拉特河支流中间的一座大城市——北普拉特。两条大河在这座城的附近形成一条巨流，然后和奥马哈北面不远的密苏里河汇合。

现在已经越过了经线一百零一度了。

福格先生和他的牌友重新开始玩起了惠司脱。包括那张空位子在内，这两对牌友谁也没有埋怨这漫长的旅途。起初费克斯本来赢了一点钱，现在却正往外输，但是他的赌兴可并不比福格差。福格先生今天早上运气特别好，王牌和大分都一个劲儿不停地往他手上跑。现在他把牌计算了一下准备来一回大胆的绝牌，他决定打黑桃，就在这时候他听见自己椅子后边有个人说话："要是我，我就打红方块……"

福格先生、阿妩达夫人和费克斯三个人抬头一看，站在他们旁边的不是别人，正是普洛克托上校。

斯汤姆·普洛克托和菲利亚斯·福格两个人一见面马上就认出对方来了。

"要是我，我就打红方块……"

"哦！原来是你，英国先生，"上校喊着说，"就是你要打黑桃！"

"是我打牌还是你打牌。"菲利亚斯·福格出了一张黑桃十，冷冰冰地回答说。

"那好啊，我可是愿意打红方块。"普洛克托上校带着气说。

同时伸手就要拿那张黑桃十，一面说：

"你根本就不懂得怎么打。"

"也许我能打得比另一个人更好，"菲利亚斯·福格说着，站了起来。

"那你就来打打看吧，你这个小约翰牛！"蛮横的上校说。

阿妩达夫人脸都吓白了，她全身的血液好像都要沸腾起来了。她拉住菲利亚斯·福格的手臂，福格轻轻地把她推开了，百事通准备马上向这个美国人扑过去，美国人用非常鄙视的眼光看着福格。这时，费克斯站起来了，他走近普洛克托上校，对他说。

"你忘了，先生，你该找我，你不仅骂了我，甚至还打了我！"

"费克斯先生！"福格先生说，"我请您原谅，但是这件事只和我一个人有关。这位上校借口说我打黑桃打错了，又一次来挑衅，我得跟他算算这笔账。"

"算就算吧，时间地点由你挑，"美国人说，"用什么家伙也随你的便！"

阿妩达夫人一心想拉住福格，但是一点效果也没有。费克斯企图把事情揽到自己身上也是白费力气。百事通本想把这个上校从窗口丢出去，但是他的主人扬了扬手，制止了他。这时，菲利亚斯·福格走出了车厢，美国人跟他一齐上了车桥。

"先生，"福格先生跟对方说，"我急于要回欧洲，任何一点耽搁都会对我造成很大损失。"

"你说这些与我有什么关系。"

"先生，"福格先生非常客气地接着说，"自从我们在旧金山碰面之后，我已经计划好了，现在我有事要回欧洲，等事情一办完我马上就要到美洲来找你。"

"真的吗？"

"你肯跟我约定六个月以后见面吗？"

"为什么你不说六年以后？"

"我说六个月，"福格先生说，"到时候我一定来。"

"你这话全是装蒜，找借口下台！"斯汤姆·普洛克托嚷着说，"要么你就说不敢，要么就马上干！"

"那好！马上干！"福格先生回答说，"你到纽约去吗？"

"我不去。"

"到芝加哥？"

"也不去。"

"到奥马哈？"

"你管我到哪儿去呢！你知道普鲁木河吗？"

"我不知道。"福格先生回答说。

"就在下一站。过一个钟头就到，火车在那儿要停十分钟。有十分钟的时间，咱们满可以交换几颗子弹。"

"算数，"福格先生说，"我在普鲁木河下车。"

"我甚至相信你，准会永远留在那儿。"美国人穷凶极恶地说。

"那就要到时候再看了，先生。"福格先生回答说，他说完这话就走进了车厢，依然和平时一样冷静。

他回到车厢，先安慰了阿妩达夫人几句，说这种纸老虎没什么可怕的。然后他就约费克斯一会儿决斗的时候做他的公证人，费克斯当然不能拒绝，于是菲利亚斯·福格若无其事地又拿起刚才的牌，继续安安静静地打他的黑桃。

十一点钟，机车的汽笛宣布普鲁木河车站到了。福格先生站起来，走向车桥，后面跟着费克斯。百事通背着两支手枪，陪着福格先生走了出去。这时，阿妩达夫人吓得面无人色，独自留在车厢里。

同时另一节车厢的门也开了。普洛克托上校也走上了车桥，后面跟着一个神气跟他相仿的"洋乞"，那是他的公证人。但是，当两个对手刚走下火车，列车员就喊着跑过来了：

"别下车，先生们。"

"为什么？"上校问。

"我们的车误点二十分钟，车子在这儿不停了。"

"可是我要在此地跟这位先生决斗。"

"这个，我很抱歉，"列车员说，"可是火车立刻就要开了。嗒，打点了。"

钟真的响了，火车又开了。

"我真觉得很对不起，先生们，"列车员说，"如果换个别的时候，我肯定帮忙。不过话又说回来了，虽然你们没有来得及在站上决斗，可是你们可以在车上干，谁也管不着。"

"在车上也许这位先生会觉得不太合适吧！"上校嬉皮笑脸地说。

"我觉得完全合适。"菲利亚斯·福格回答说。

"瞧这个痛快劲儿，就准会相信我们是在美国！"百事通心里说，"这个列车员可真是个了不起的好人！"

他心里一边这样想着一边就跟着自己的主人走了。

列车员领着两位决斗的对手和他们的公证人，从一节车厢走到另一节车厢，一直到最后一节车厢。这节车厢里只有十几个旅客。列车员就问旅客们是否可以暂时把车厢让给这两位先生用一下，他们要在这儿决斗。旅客们听了这话吓了一跳，但是他们很乐意帮这两位先生的忙，于是都走出车厢，站到车桥上去了。

这个车厢长约五十英尺，做一个决斗场倒挺合适。在这里决斗真是太方便了，两个对手在中间的过道上，可以向对方逼近，高兴怎么打就怎么打。福格先生和普洛克托上校每人各带两把六轮手枪，走进了车厢。他们的两个证人替他们关上了门，守在外面。只等机车上的汽笛一响，他们就开始射击……然后只要再过短短的两分钟，就可以进去把活着的一位先生接出来。

按说，没有比这再简单的事了。它是那么简单，以至于费克斯和百事通觉得自己的心跳动得简直要爆炸了。

人们在等待着第一声汽笛，正在这个时候，突然听见一阵凶猛的喊叫，还夹杂着噼噼啪啪的枪声，但是这枪声并不是从进行决斗的车厢里传出来的。相反地，继续响着的枪声是从整个列车甚至是从最前头的车厢里传来的。列车上到处是惊慌的喊叫。普洛克托上校和福格先生拿着手枪，立即走出了决斗场，赶到前面发出更加激烈的枪声和喊声的车厢去了。他们已经知道这是一帮西乌人在袭击火车。

这些亡命的印第安人拦劫火车已经不是头一回了，在这以前，他们也干过好几次。他们总是用这样的办法：不等火车停下来，上百的人一齐纵身跳上车门口的踏板，然后就像在奔跑中翻身上马的马戏团小丑似的爬上了车厢。

这些西乌人都带着步枪，刚才的枪声就是他们和旅客相互射击的声音，车上旅客差不多都随身带有武器。

这些印第安人一上车就先往机车上跑。火车司机和司炉早被他们用大头棒打昏过去了。一个西乌人首领上去想把火车停下来，但是他不知道怎么关气门。本来想把气门关上的，他却把它完全拉开了，于是机车就像脱缰的野马，飞跑起来。

在同一个时间里，其他的西乌人攻进了车厢。他们在车厢顶上飞跑，一个个都像野猴子似的，他们从车窗上跳进来和旅客进行肉搏战。他们抢了行李车，很多箱子、行李都从里边给扔出来了，枪声和叫喊声一直没停。

这时旅客们都在拼命地抵抗，有些被围攻的车厢已经变成了防御工事，简直就像一个个活动的堡垒；而这些堡垒却正被机车拖着，以每小时一百英里的速度向前飞驰。

阿妩达夫人从一开始就表现得非常勇敢，当西乌人向她冲过来时，她就拿着手枪毫不畏惧地从破玻璃门口向敌人射击。有二十多个西乌人被打得半死从车上滚下去了，有的从车桥掉到铁轨上，像虫子一样被火车轮子轧得粉碎。很多旅客中了枪弹或者挨了大头棒，伤势很重，躺在椅子上。

现在必须使这场战斗结束，它已经继续了十分钟了。倘若火车不停，那结果就一定会便宜了西乌人。因为离此地不到两英里就是克尔尼堡，那里有个美国兵营，如果再过去，从克尔尼堡一直到下一站，这些西乌人就可以在车上为所欲为了。

列车员本来正在和福格并肩作战，但是飞过来一颗子弹把他打倒了，这个人就在自己倒下去的时候叫着说：

"五分钟之内火车要是不停，我们就全要完蛋了！"

"一定会停下来的！"菲利亚斯·福格说着就准备冲出车厢。

"您留在这儿，先生，"百事通喊着说，"这事交给我好了。"

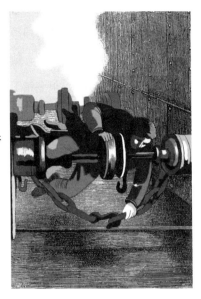

他一只手攀着车，整个身体悬空在行李车和煤车之间，另外一只手去松开挂钩链条……

菲利亚斯·福格还没来得及阻止，这个大胆的小伙子已经打开一个车窗溜到车厢下面去了，他没有被西乌人看见。这时战斗还在激烈地进行，子弹从他头上飕飕地飞过，他运用自己马戏团演员那一套轻巧灵活的技巧，在车厢下面隐蔽前进。他攀着联结列车的铁链，踩着刹车舵盘，沿着外面车架的边沿，巧妙地从一节车爬到另一节车，一直爬到最前面的一节车上。他居然没有被人发觉，这简直是不可思议的事。

现在，他一只手攀着车，整个身体悬空在行李车和煤车之间，另外一只手去松开挂钩链条，但是，由于机车的牵引力很大，如果单靠他的力量，挂钩中间的铁栓一辈子也拔不开，就在这时候，只见机车一阵摇晃，铁栓被震动得跳出来了。列车脱离了车头慢慢地落后了，而机车却更增加了飞驰的速度。列车由于惯性的推动力继续前进了几分钟，但是车厢里的旅客扭紧了刹车舵盘，列车终于在离开克尔尼堡车站不到一百步的地方停下来了。

兵营里的士兵听到了枪声，立即赶了过来。西乌人还没有等到他们来，趁着列车还没有完全停下来以前，他们早就四散逃窜了。

当旅客们在站台上检查人数时，却发现少了一些人，包括那个仗义拯救了这些旅客性命的勇敢的法国人。

第三十章
菲利亚斯·福格只是做了分内之事

有三个旅客失踪包括百事通。在战斗中他们是被打死了呢，还是被西乌人捉去了呢？现在还不知道。

旅客受伤的相当多，但是据说还没有人受什么致命的重伤。普洛克托上校受伤最重。他这次作战勇敢，在他的大腿根上中了一颗子弹，跌倒在地上。他和另一些需要马上治疗的旅客都被抬到车站里去了。

阿妩达夫人没受到什么伤害。菲利亚斯·福格虽然是全力作战，但是连一点皮也没有擦破。费克斯的膀子上受了一点轻伤。不过百事通却不见了，阿妩达夫人在为他伤心地流泪。

旅客都离开了车厢。只见车轮上血迹斑斑，车辐和车毂上沾着皮肉。在那盖满白雪的平原上，一道鲜红的血印一直伸延到看不见的尽头。最后面的那些印第安人的背影，现在已经消失在南方共和河岸边了。

福格先生双手交叉着站在那里一动也不动。他正在思考着一件很重要的事。阿妩达夫人在他旁边一声不响，望着他……福格先生懂得她的意思。如果他的仆人是被印第安人捉去了，难道不应该牺牲一切去把他救出来吗？……

"不管他是死是活，我都要把他找回来。"他简单地对阿妩达夫人说。

"啊，先生，福格先生！"她叫着说，紧紧抓住福格先生的双手，手上流满了她的眼泪。

"他不会死！"福格先生说，"只要我们一分钟也不耽搁！"

决定之后，菲利亚斯·福格便准备付出一切了。他等于是已经宣告了自己的破产，因为只要耽搁一天，他就赶不上去纽约的邮船。他的赌注是输定了。但是，他考虑到：这是我的义务！他对此毫不犹豫。

在克尔尼堡驻防的连长就在旁边，他的士兵——约有一百多人——已经准备完毕，西乌人要是直接来进攻，就立刻予以他们回击。

"先生，"福格先生对连长说，"有三个旅客失踪了。"

"他们是死了吗？"连长问。

"死了还是被俘了，"福格先生回答说，"现在还说不定，需要马上弄清楚。您是不是预备追击那些西乌人？"

"这可不是件小事，先生，"连长说，"这些印第安人能跑到阿肯色河那边去！我总不能丢下上级交给我的军堡啊。"

"先生，"菲利亚斯·福格说，"这件事关系着三个人的生命。"

"这我知道……但是叫五十个人冒生命的危险去救三个人，我可以这样吗？"

"我不知道您是不是可以，但您应该这样。"

"先生，"连长回答说，"在这里没有任何人有权指示我应该怎么办。"

"好吧！"菲利亚斯·福格冷冰冰地说，"那我就自己去！"

"自己吗，先生？"费克斯走过来叫着说，"您自己去追那些印第安人？"

"这里，所有活着的人，都是靠着这个不幸的小伙子救下来的，莫非您叫我看着他死在印第安人手里吗？我可一定要去。"

"好吧！您别一个人去！"连长叫着说，他已经被福格的行为感动了，"不错，您是条好汉！……"他回头对自己的士兵说，"来三十个人，自愿参加！"

士兵都一起拥上来了。连长只需在这些正直的小伙子中间挑选。他挑好三十个人，另外又派一个老军士长领着。

"谢谢您，连长！"福格先生说。

"我跟您一起去好吗？"费克斯问福格先生。

"如果您愿意的话就去吧，先生，"菲利亚斯·福格回答说，"不过，假如您愿意帮我的忙，我希望您在这里陪着阿妩达夫人，如果我遇到不幸……"

听了这话，警察厅密探的脸上突然变得苍白。他寸步不离地紧盯着的这个人现在要离开他了！让他这样到那荒无人烟的地方去冒险！费克斯注视着这位绅士，虽然他对福格怀有偏见，虽然他正在跟对方进行着斗争，但是在这个态度坦然而又镇静的绅士面前，他终于还是低下了头。

"好吧，我留在这儿。"他说。

不一会儿，福格先生跟那个年轻的夫人握手告别，并把他那个珍贵的旅行袋也交给她了，然后他就跟着军士长领着的一小队人一起出发了。

走之前，他对士兵们说：

"朋友们！如果能把人救回来，我就给你们一千英镑。"

这时已经到了十二点过几分了。

阿妩达夫人走进车站上的一间房子里，她自己一个人在那里等着福格先生。这时，她想着福格仗义救人的气概，想着他是多么的沉着勇敢。福格先生已经牺牲了他的财产，现在他又不顾自己的生命，为了尽好自己的责任，他毫不犹豫，甚至连一句话也不多说。在阿妩达夫人心里，菲利亚斯·福格就是一个英雄。

可是密探费克斯却不这么想。现在他心里难以平静，就像热锅上的蚂蚁。他在月台上走来走去。刚才他一时糊涂，现在回过神来了。让福格走了，这事做得真的太糊涂，自己是怎么搞的？紧紧跟他跑遍了整个地球，现在竟然让他走开！现在他密探的本性又恢复过来了，他一直在责怪自己，他对自己的指责就好像是伦敦警察厅长在训斥一个由于无知而放走囚犯的警察似的。

"我真是太蠢了！"他心里说，"别人会告诉他我的身份的。他这一走准不回来了！现在再到哪儿去抓他呢？唉！我怎么会被他给骗了呢？我费克斯口袋里有抓他的拘票！我真是个笨蛋！"

警察厅密探就这样在那儿胡乱思考着，他觉得时间过得又长又慢，真不知道该怎么办。不一会儿，他想把这一切都告诉阿妩达夫人，可是他自己知道这个年轻的女人将会怎么对付他。怎么办呢？他想穿过那漫长的雪野去追赶福格，他认为也许还能找到他，雪地上还留着那一队人走过的足迹！……但是过不一会儿，那些足迹就被一层新下的白雪盖上了。

这时费克斯失望极了。他现在心里真想放弃追踪福格。正在这个时候，眼前有了一个机会，他可以丢下福格马上离开克尔尼堡不再继续他这次多灾多难的旅行。

事情是这样的：下午快两点，天上大雪纷飞，忽然从东面传来几声汽笛的长鸣，接着一个长长的黑影，头上射出强烈的光芒，缓慢向这边走过来，它在浓雾里越发显得巨大，并且还带有一种奇异的气氛。

这时人们根本就没想到会从东面开来列车。通过电报要求增派的机车也不可能这么快就到。从奥马哈开往旧金山的火车，也要等到第二天才能经过此地。但是，不一会儿，大家就都清楚了。

原来是一辆机车，不住地鸣着汽笛，慢慢地开了过来。这正是原来的那辆机车。它自从甩掉了列车以后，就以惊人的速度带着半死不活的司机和司炉继续向前飞驰，一直跑了好多英里，一小时之后煤烧得差不多了，火也变小了，蒸汽也减少了，它才逐渐变慢，最后在离开克尔尼堡二十英里的路上停下。

司机和司炉实际上都没死，只是昏迷了过去，过了很久，他们又醒过来了。

机车已经停了。当时司机看到四周都是荒凉的雪地，只剩下一辆光杆机车，后面的列车也不见了。这个时候，他清楚了刚才发生的一切。可是机车怎么会把列车甩下去的呢，这一点他无论如何也猜不到。但是他毫不怀疑，列车一定是留在后边正处在进退两难的境地！

司机果断地采取了应有的措施。把机车继续向前开，开往奥马哈，这是一条妥当的办法；如果退回去找列车，可能那些印第安人还正在车上抢劫，这是一个危险的办法……谁管啊！锅炉里添满了煤和木柴，火烧旺了，压力又加大了，大约下午两点钟的时候，机车倒着开回了克尔尼堡。这正是刚才在浓雾里鸣放汽笛的那辆机车。

旅客们看到机车和列车又重新得以衔接，都感到很高兴。这样一来这个不幸中断的旅行又可以继续进行下去了。

机车一到克尔尼堡，阿妩达夫人就出了车站，走过去对列车员说：

"你们就要将火车开动了吗？"

"马上就开，夫人。"

"可是那些被捉去的人……我们那些倒霉的旅伴……"

"我总不能让火车停在半路上！"列车员说，"我们已经耽误快三个小时了。"

"从旧金山开来的下一班车什么时候到此地？"

"明天晚上，夫人。"

"明天晚上！那就太晚了。你们得等一下……"

"没法等，"列车员说，"如果您要走的话，就请上车吧。"

"我是不会走的，"年轻的夫人说。

他们在说这些话时，费克斯什么都听见了。刚刚什么交通工具都没有的时候，费克斯曾经发誓要离开克尔尼堡。不过现在列车就停在他面前，马上就要走，他只要回到车厢坐上自己的座位就成了，可是现在，他的两条腿仿佛被一种不可抵抗的力量钉在地上了。他的两只脚像站在热锅上一样，他恨不得马上离开车站，但又无法决定。他心里展开了剧烈的思想斗争，失败使他无比愤怒，他决定要进行到底。

这时旅客们和几个受伤的人，包括伤势很重的普洛克托上校在内，都上车了。机车锅炉早已烧热，正在不停地呼叫着，蒸汽从气门嘴上直在外喷。司机拉响了汽笛，火车开始行进了，转眼之间列车已经在白色的烟雾和飞舞的雪花混乱交错的原野里消失了。

密探费克斯留下来了。

已经过去了几个小时。天气很坏，冷得要命。费克斯静坐在车站里的一张靠背椅上，动也不动，看起来他好像是睡着了。阿妩达夫人不顾风雪交加，时时走出那间为她准备的房子，到站上张望。她一直走到月台尽头，她想透过这些飞舞的大雪看见点什么，她想隔着这完全阻碍着视线的浓雾听见些什么。可是什么都没有，这时她已被冻僵了。她又回到屋子里，准备停会儿再出来看看。但是一直是毫无音信。

到了晚上，福格他们一小队人还没有回来。福格先生现在在哪里？找到印第安人了吗，难道是在作战吗？这些士兵会不会在浓雾里迷失方向，正在瞎摸乱撞呢？驻克尔尼堡的连长，虽然显示不出什么忧虑的表情，但是他实在也很担心。

夜幕降临，雪也下得小点儿了；但是天气却更加寒冷了。即使是再勇敢的人在这漆黑无边的原野里也会全身发抖。这个时候，这里既无飞鸟掠过，也无走兽奔驰，万籁俱寂，死一样的沉寂笼罩着大地。

这一整夜，阿妩达夫人心里充满了不幸的预感，十分忧郁，她在那草原边沿上不停地徘徊着，她被自己的幻想带到了远处，那里使她看到数不尽的艰险。在这漫长的黑夜里，她所感受的痛苦是难以言喻的。

费克斯一直是待在那个老位子上，但是他也一样睡不着觉。不知道在什么时候，好像有个人走到他跟前，并且还对他说了几句什么话，但是密探听完了那个人的话之后，摇了摇头，然后就把那个人打发走了。

这一夜就这样过去了。清晨半明半暗的太阳轮廓，从弥漫着浓雾的天边升起，这时人们已能看到两英里以内的景物了。菲利亚斯·福格和那一小队人昨天是向南方前进的……而南方现在却空无所有。可现在已经是上午七点了。

连长现在很是焦虑，他不知道该如何是好了。要不要再派一队人去支援呢？该不该再派更多的人去为那些最初被俘的几个人去冒生命的危险呢？而这种援救又是那样希望渺茫。但是他的犹豫并没持续很久，他召来一个排长，命令他带人到南方去侦察一次，恰在此刻，人们听见了一阵枪声。是在发信号吗？战士们都冲出了堡垒，他们发现离此约半英里的地方有一小队人步伐整齐地走了过来。

福格先生走在了队伍的最前面，他旁边是从西乌人手里救出来的百事通和另外两个旅客。

他们在克尔尼堡南边十英里的地方打了一仗。在队伍赶到之前不久，百事通和另外两个难友已经和押送他们的西乌人干起来了。当福格先生和士兵赶去援救他们的时候，这个法国小伙子已经用拳头打倒了三个西乌人。

人们用欢呼来迎接这些救人的人和被救的人。菲利亚斯·福格把事前许下的奖金分给了士兵。这时百事通一再重复着说："说实在的，应当承认，我的主人在我身上花的钱真不少了！"这倒确实是一句大实话。

费克斯一句话没说，只是看着福格先生，要分析他这时的思想情况是很困难的。至于阿妩达夫人，她双手紧握着这位绅士的右手，激动得说不出话来。

百事通一到车站就东张西望地找火车。他还以为列车会在站上停着，等他上车就开往奥马哈，他还盼望能补救延误了的时间。

"火车，火车呢？"他叫着说。

"开了。"费克斯回答说。

"下一趟车什么时候经过这里？"菲利亚斯·福格问。

"得等到今天晚上。"

"哦！"这位不动声色的绅士只简单地说了一个字。

第三十一章
侦探为菲利亚斯·福格的利益认真着想

　　菲利亚斯·福格延误了二十小时。这都是百事通无意造成的，因此百事通感到后悔不已。他这一下子可真把他的主人害了。

　　这时，密探来到福格先生跟前，问道：

　　"说真话，先生，您是急着要走吗？"

　　"是的，很急。"菲利亚斯·福格回答说。

　　"我真的要知道一下，"费克斯说，"您是不是一定要在11号晚上九点钟之前，也就是说在开往利物浦的邮船出发之前到达纽约，有必要吗？"

　　"非常有必要。"

　　"如果没有遇到印第安人袭击火车的事，您在11号一早就可以到纽约了，是吗？"

　　"是啊，在邮船开出之前十二小时，就已经上船了。"

　　"对，现在您耽搁了二十小时，二十减十二余八。您是否打算把这八小时补上呢？"

　　"步行吗？"福格先生问。

"不用步行，坐雪橇，"费克斯回答说，"坐带帆的雪橇。有一个人曾经要我雇他的雪橇。"

这个人就是昨天夜里跟费克斯讲话的那个人，当时费克斯没有答应雇他的雪橇。

菲利亚斯·福格没有什么答复；费克斯指给他看那个驾雪橇的美国人，他正在车站前面溜达。福格先生走向那个人。过了一会儿菲利亚斯·福格跟这个名叫麦基的美国人一齐走进了克尔尼堡下边不远的一间小茅屋。福格先生看见屋里有一辆相当奇怪的车子。它是一具两根长木头上钉着一个木框做成的雪橇，头部翘起，似乎是那种无轮拖车的两条底板架子。在上面可以坐五六个人。雪橇靠前面三分之一处有一根高桅杆，上面挂着一张很大的方帆。这条桅杆下面由几条铁索结结实实地绑着，上面是条铁支柱，可以支撑这面巨大的布帆。后面装着一个单橹作为木舵，来掌握方向。

原来福格先生看见的正是一条单桅船式的雪橇。在冬季遍地冰雪的平原上，当火车被大雪阻碍不能前进的时候，这种交通工具可以拿来通行，可以从这一站很快地滑到另一站。这种雪橇可以挂上大帆，水上竞赛的快船要是挂上这样大的帆就一定会翻跟头。后面吹来的风推动雪橇在草原的冰地上疾驰，它的速度即便说没有特别快车那么快，至少也和普通快车的速度相等。

接着很快，福格先生便跟这个陆地小船的船主讲好了价钱。现在风向很利于他们，西风刮得正紧，地上的雪已经结冰，几个钟头内，麦基准能把福格送到奥马哈车站。那里有很多条火车线路，可以到芝加哥和纽约。这样就可能补上耽搁的时间。现在已不能再犹豫，那就只好这样去碰碰运气了。

福格先生很不愿意让阿妩达夫人在露天旷野里受苦。这么冷的天气再加上雪橇的快速奔驰，她怎能受得了。因此他建议阿妩达夫人，叫百事通陪着她在克尔尼堡等火车。然后由这个诚实的小伙子平平安安地把她护送到欧洲去。阿妩达夫人不愿和福格先生分离。她这样决定使百事通感到很高兴。实际上，百事通无论如何也不愿离开自己的主人，尤其是想到费克斯还在跟着福格先生。

至于警察厅密探内心的思想活动，现在很难说。菲利亚斯·福格的归来是否使他的信心动摇了呢？还是他依然肯定福格是一个极端狡猾的流氓，企图在环游了地球一周之后，就可以回到英国完全逍遥法外了呢？也许费克斯现在对菲利亚斯·福格的看法已经有些转变。但是，他绝不会放弃自己的职责，他比任何人都更急着想尽一切办法回到英国。到了八点钟的时候，雪橇准备好就要出发了；旅客们——暂且可以把他们称为乘客们——坐上了雪橇，都紧紧地裹在旅行毯里。两只大帆都张起来了，借着风力雪橇以每小时四十英里的速度在结冻的雪地上飞驰开了。

从克尔尼堡到奥马哈的直线距离——美国人把这叫作蜂飞距离——至多也不过两百英里。如果不改变风向，只需要五个小时就可以跑完这段路程。如果在路上不发生什么意外的话，下午一点钟的时候就能到达奥马哈。

这是怎样的一种旅行啊！旅客们紧紧地挤在一起，不能说一句话。因为雪橇跑得越快，人越觉得寒冷，冷得无法开口说话。雪橇轻快地在雪野上滑行着，正像一条滑行在水面上的小船，却比小船更稳，因为小船至少也会有些波动。当寒风过来时，雪橇被那两只像巨翼一样的白帆搭载着，就像是离开了地面腾空飞行，麦基紧握着舵把，保持着直线前进。雪橇有时要向一边倾斜；只要麦基转动一下尾舵，它就会马上恢复笔直的航线。前角帆也挂起来了——大角帆已经不再遮挡它的风路。大帆上又加上了顶桅，张起了兜风的顶尖帆，这样就更增加了整个雪橇的帆面，也加大了风的推动力。目前，虽然没有办法科学地计算出雪橇的速度，但是可以断定它前进的速度每小时至少也会有四十英里。

旅客们紧紧地挤在一起，不能说一句话。

"如果不出什么毛病，"麦基说，"我们准能按时到达！"

麦基很希望能按预定时间到达奥马哈，因为福格先生已经照样许了麦基一大笔奖金。

雪橇笔直穿过的这一片就像是风平浪静的大海一样的平原。

平原应该说像是一个辽阔无边的结冰池塘，在这个地区这一条铁路由西南向西北延伸，经过大岛和内布拉斯加州的重要城市哥仑布斯，再经过休列尔、弗列蒙，最后到达奥马哈。铁路始终沿着普拉特河的右岸前进。雪橇从弧线内直行穿过，已经缩短了这条铁路形成的弧形路线。从弗列蒙抄直路前进，麦基一点也不担心普拉特河会阻断他们的去路，正是因为河水早就已经结冰。一路都是平坦的冰雪，可以顺利通行。所以现在菲利亚斯·福格目前只担心两个问题：一是怕雪橇出毛病；二是怕风向改变或是风力突然变小。

不过现在风力一点也没有变小，而是，那条被钢索结结实实绑着的桅杆都被风刮弯了。这些钢索就好像是乐器上的弦，被一张无形的弓拉着发出飕飕振荡的响声。在这种如怨如诉的和谐乐声中，加上紧张的气氛，雪橇在疯狂奔驰。

"这些钢索发出的音响，是五度音程和八度音程。"福格先生说。

福格先生在这一段旅途上就说这一句话。阿妩达夫人紧紧地裹在皮衣和旅行毯子里，旅伴们尽一切可能不让她受到寒冷的袭击。至于百事通，他的整个脸膛又圆又红，如同傍晚沉浸在薄雾里的太阳一般；此刻他正在喝着那凛冽的寒风，他又有了先前那种固有的信心，重拾了成功的希望和勇气。他们本来该在早晨到达纽约，现在要晚上才能赶到那里。不过就算是晚上到了，也还是非常有可能赶上去往利物浦的邮船的。

百事通甚至很想跟他的对手费克斯握手表示感谢，这是因为他没忘记正是多亏这位侦探才发现有这一辆带帆雪橇的。其实，当时的情况下也只有乘雪橇才能按时赶到奥马哈。但是也不知是由于一种什么样的预感，百事通还是在保持着沉默，并没有跟费克斯去握手。

但是，百事通永远也不会忘记一件事的，那就是福格先生为了要从西乌人手里救他而表现的那种自我牺牲的精神。就是为了要救他，福格先生拿他全部财产和自己的生命去冒险……百事通是永远也不会将这件事忘记的！

当旅客们各自想着彼此绝不相同的心事的时候，雪橇仍旧在这一望无边的雪野里不停地飞驰着。雪橇有时滑过小兰河的支流和小河，不过那些乘客们却没有发现这些河流，因为田野和河水都已变成了清一色的雪白平原，大地上光秃秃的什么也没有。这一片包括联合太平洋铁路和克尔尼堡通往圣若瑟的支线的整个地区，形成一个荒无人烟的大雪岛。这里没有村庄，没有车站，甚至连军堡也没有。旅客们不时地可以瞥见几棵难看的野树，一闪而过，树枝上结满冰雪活像一副副雪白的死人骨架在冷风中摇曳。有时遇见成群的野鸟从雪橇经过的地方突然一齐飞向天空。有时遇见草原上饿得骨瘦如柴的狼群，它们在攫取食物的欲望驱使下，成群结队疯狂地追赶着雪橇狂跑。这时百事通握紧手枪，随时准备向那些最接近雪橇的饿狼射击。万一在这个时候雪橇出了毛病停下来，这些被野狼追逐的旅客们就会有送命的危险。但是，雪橇走得很好，它很快就跑到前头了，没多久，那群狂叫的饿狼已经被甩在后边了。

中午十二时，麦基从一些地方认出了他们正在通过结冰的普拉特河。他一言不发，但是已经确信，再继续走二十英里就会到达奥马哈车站。

其实还不到一点钟，这位技术娴熟的驾驶员已经放下舵把，赶紧收起白帆卷成一卷。此刻雪橇仍在迅速前进，在没有张帆的情况下，雪橇又走了半英里路，最后它停下来了。麦基指着一片被白雪覆盖着的房顶说："我们已经到了。"

到了，真的到了。到了这个每天都有无数火车开往美国东部的奥马哈了！

百事通和费克斯先跳下雪橇，活动一下快要冻僵的身体。他们又帮助福格先生和年轻的夫人下了雪橇。菲利亚斯·福格很慷慨地付给了麦基租费和奖金。百事通像对待一个老朋友一样跟麦基握手告别。然后大家就向奥马哈车站继续赶路。

奥马哈是内布拉斯加州的重要城市。太平洋铁路就到此地为止。这个城市是密西西比盆地和大西洋交通的枢纽。从奥马哈到芝加哥这一段铁路叫作芝加哥—石岛铁路，这条铁路是一条东行直线，沿途约有五十多个车站。

这时正有一班直达车要开出去。菲利亚斯·福格和他的旅伴们勉强来得及上了车。他们一点也没看到奥马哈的市容。但是百事通心里对这件事半点也不懊悔，他认为现在的问题并不在于是否参观奥马哈。

火车以极快的速度在艾奥瓦州奔驰。它经过了康斯尔布拉夫斯、得梅因和艾奥瓦。当天夜里，在达文波特越过了密西西比河。火车从石岛进入了伊利诺斯州。第二天，12月10号下午四点火车到达了芝加哥。这个城市已经从大火的废墟中重建起来了，它比过去更加雄伟地耸立在美丽的密歇根湖岸上。

从芝加哥到纽约只有九百英里。而且从这里去纽约的火车很多。福格先生下车之后立即跳上了另一列火车。这是一辆属于匹兹堡——韦恩堡——芝加哥铁路公司的轻快机车，它拖着列车离开了车站，全速前进，好像机车也知道这位尊贵的绅士再也不能耽误时间似的。它像闪电似的飞过了印第安纳州、俄亥俄州、宾夕法尼亚州、新泽西州；经过了一些名字古老的新城市，其中有些城市只有马路和电车，还没有建筑起房屋。最后旅客们看到了赫德森河，12月11日，晚上十一点一刻，火车到达了居纳尔轮船公司右边的车站，换句话说，也就是到达了英国和北美皇家邮船公司的码头。

可是不幸的是，开往利物浦去的中国号在四十五分钟之前已经出发了！

第三十二章
菲利亚斯·福格与厄运做斗争

中国号邮船出发离开了，似乎把菲利亚斯·福格最后的一点希望也给带跑了。

其实所有往来于欧美两洲的轮船，不论是法国横渡大西洋公司的客船、白星线的客船、伊曼公司的轮船，或者汉堡线轮船以及其他客货轮船，现在哪条船都不能帮助福格先生按照规定期限完成他的旅行计划。

就以法国横渡大西洋公司的珀勒尔号为例，虽说这个公司的船都很棒，论速度不低于任何其他公司的船，论舒适的话也比所有的船都强，但是这条船要到后天12月14号才起航。此外汉堡线的船只开往哈佛不能直达利物浦或伦敦。若加上从哈佛到南安普敦这一段的时间延误，福格先生的最后努力就会徒劳无功。

至于伊曼公司的船，根本就不用再去想了。它的一条巴黎号要第二天才开。并且这个公司的船只主要是运送移民。它的机器马力很小，航行一半靠机器，一半靠船帆，因此速度不快。乘这种船从纽约到英国所花的时间，比福格目前剩下的时间还要长得多。

这些情况福格先生都了若指掌，因为他手上有一本《布拉德修旅行手册》，上面印有每日往来大西洋船只的动态。

百事通已经无比绝望了，差四十五分钟没赶上开往利物浦的轮船，这简直让他难过极了。这都是因为他的缘故，他一个人的错，他本来是应该帮助主人的，但是他却沿途闯祸，带来种种麻烦问题！他回想起这一路上所遇到的意外事件，算算光为他一个人所花的钱数，再想到这笔巨额的赌金，再加上那数目惊人的旅费，马上都要化为乌有，福格先生因此就会完全破产。一想到这些，百事通就把自己狠狠骂了一顿。

但是，福格先生这时一点也没有责备他，在离开横渡大西洋公司码头的时候，他只说了这么一句话：

"走，等到明天再说吧。"

福格先生、阿妩达夫人、费克斯和百事通坐上泽西市轮渡过了赫德森河，然后乘一辆马车到百老汇大街的圣尼古拉旅馆。他们在旅馆里开了房间，就这样过了一夜。这一夜对菲利亚斯·福格来说很短暂，他睡得很好；但是阿妩达夫人和另外两位旅伴却都是心事重重，辗转反侧不能入睡，这一夜对他们来说特别漫长。

第二天到了12月12号。从12号上午七点钟到21号下午八点四十五分，一共只剩下九天零十三个小时四十五分钟的时间了。如果菲利亚斯·福格昨天晚上坐上了那一条居纳尔公司第一流邮船中国号，他就能赶到利物浦并且如期到达伦敦！

福格先生吩咐百事通在饭店等候，并且叫他通知阿妩达夫人准备随时动身，然后他就独自离开了旅馆。

他来到了赫德森河岸，他在那些停靠在码头上或停在河心的船群中，仔细地寻找马上就要离港的轮船。有很多条船都挂了将要出发的信号旗，就只等着上午潮涨时出海，因为在这个巨大而设备完善的纽约港口，每天总有百十条船开往世界各地，但是它们大部分都是帆船，不太符合菲利亚斯·福格当前的需要。

　　照这样看来的话，这位绅士最后的打算似乎就要落空了。可是正在这个时候，他发现离自己最多有十分之一海里的地方有一艘带有机轮装备的商船，停在炮台的前边。这条船样子很利落，烟筒里正冒着大团的黑烟，说明它就要出海了。

　　菲利亚斯·福格叫来了一条舢板，坐在了上面。由船夫划动双桨，很快就划到了亨利埃塔号的船梯前面了。这是一条铁壳船，船面上的结构都是木头的。

　　亨利埃塔号的船长此刻就在船上。菲利亚斯·福格走上甲板就叫人找船长，船长马上就走过来了。

　　这人年龄有五十岁，是个久经海上风波的老水手，说话口气很冲，看样子是个不大好交往的人。他圆睁着两只大眼睛，面如青铜，头发棕红色，身材魁梧高大，一点也不像是人们在社会上经常接触到的人。

　　"船长在吗？"福格先生问。

　　"我就是船长。"

　　"我是菲利亚斯·福格，英国伦敦人。"

　　"我叫安鸠·斯皮蒂，出生在英国加的夫。"

　　"您的船马上就要开动吗？"

"过一个钟头就走。"

"您的船要到哪里？"

"要到波尔多。"

"您船上装的是什么货？"

"船底装的是压舱石，没有货，放空船回去。"

"您船上有旅客吗？"

"没有，我从来也不带旅客，旅客是一种累赘又麻烦人的货物。"

"您的船走得好吗？"

"每小时跑十一到十二海里。亨利埃塔号谁不知道？"

"您愿意送我到利物浦吗？我们一共四个旅客。"

"去利物浦？你为什么不说要我送你到中国啊？"

"我只说到利物浦。"

"不去！"

"不去？"

"不去。现在要开往波尔多，是波尔多。"

"不论多少钱您都不去吗？"

"多少钱也不去。"

船长说话的口气是毫无商量的余地。

"但是，亨利埃塔号的船主……"菲利亚斯·福格说。

"船主，就是我，"船长回答说，"这条船是我的。"

"我租您的船到利物浦。"

"我不租。"

"我买您的船。"

"不卖。"

菲利亚斯·福格连眉头也没有皱一下，但是情况对他很不利。在纽约可全不像在香港，亨利埃塔号船主也完全不像唐卡德尔号船主。当遇见困难时这位绅士的英镑总是都能替他排除障碍，消除险境，可是这一回英镑也不太管用了。

不过现在必须想法子赶紧渡过大西洋，既然目前即使是肯冒险乘气球也没有把握能飞过大海，那就得想办法坐船过去。

可是，看样子，菲利亚斯·福格已经有了很好的打算。他对船长说：

"那好吧，就请您带我们去波尔多好不好？"

"不带人，你就是给我两百美元我也不带！"

"我给您两千美元（合一万金法郎）。"

"每人给我两千？"

"每人给您两千。"

"你们一共四个人？"

"四个人。"

船长斯皮蒂开始搔起头皮来了。他好像要把头皮搔烂似的。顺路带客，净赚八千美元。这很值得放弃他刚才说的那种厌恶一切旅客的成见。再说两千美元运一个旅客，这已经不能算是旅客了，这都可以称作是很贵重的货物了。

"我九点钟就要开船，"船长斯皮蒂看似很简单地说，"您和您的旅伴能够来得及吗？"

"九点钟我们一定准时到这儿！"福格先生同样是很简单地

回答说。

现在是八点半钟。福格先生离开了亨利埃塔号，乘车回到圣尼古拉旅馆，立即带着阿妩达夫人和百事通上船。连那个寸步不离的密探费克斯，福格先生也请他白坐这趟船。这一切安排，福格先生都是以非常沉静的心情完成的。他在任何情况之下都没有改变过这种安详沉着的作风。

当亨利埃塔号出海时，四位旅客都已上船。等百事通知道了最后这一段航程的旅费时。他不禁发出老长老长的一声"哦——"，他这一声拖长的"哦……"滑过所有的半音阶，由高而低直到完全变成哑音为止。

至于密探费克斯，他心里说，反正英国国家银行绝不可能毫无损失的了结这件案子。实际上，到了英国，这位福格先生也不过才挥霍了有限的一些钱，他那个钞票袋子里的钱也只少了七千多英镑（合十七万五千金法郎）。

第三十三章
菲利亚斯·福格战胜了困难

一个小时之后，亨利埃塔号经过赫德森河口的灯船，绕过了沙钩角，最后驶入了大海。这一整天里这条轮船都是沿着长岛和火岛上的警标保持着一定距离往前开，迅速向东方行驶。

第二天到了12月13号，中午的时候，只见一个人走上了舰桥测定方位。人们猜想那准是船长斯皮蒂。可是一点也没有猜对。那是菲利亚斯·福格。

至于船长斯皮蒂，他现在已经被牢牢关在船长室里了，门外还上了锁。他在里头大喊大叫，几乎都气得发疯了。

事情的经过很简单。菲利亚斯·福格要去利物浦，船长就是不同意，于是菲利亚斯·福格就答应去波尔多。上船之后，福格在这三十个小时当中，很成功地发动了他的英镑攻势。船上的船员从水手到司炉，都难免有点营私舞弊，何况他们本来跟船长就不大对付，现在自然都站到福格一边了。这就说明了为什么菲利亚斯·福格会站在船长斯皮蒂的位子上发号施令，为什么斯皮蒂会被关在船长室里，以及为什么亨利埃塔号会开往利物浦。不过看福格先生在船上操作时的样子，显然可以发现他过去一定当过水手。

这事最后的结果到底怎么样，等到以后再说。这时，阿妩达夫人虽然一句话没说，但心里少不了要替福格先生担忧；费克斯呢，他早就给搞得莫名其妙了，至于百事通，他倒觉得这件事办得太漂亮了。

船长斯皮蒂说过，亨利埃塔号的时速是十一至十二海里，实际上也确实保持了这样的平均速度。

如果——天知道！现在还有这么多的"如果"！——如果气候不是太差的话，如果不起东风，如果船不出毛病，机器不发生障碍，亨利埃塔号从12月12号到21号这九天以内准能走完从纽约到利物浦的这三千海里的路程。不过，说老实话，到了英国，要是把福格强夺亨利埃塔号这案件和英国银行失窃的案件加到一块儿，那肯定会让这位绅士狼狈不堪的。

刚开始的几天，亨利埃塔号航行得十分顺利。海上的风浪不是太大，始终是刮着西南风，亨利埃塔号扬帆起航，有了前后樯两张大帆推动，它走得简直跟一艘横渡大西洋的客船一个样。

百事通高兴无比。他主人的这条妙计简直使他太兴奋了。对于后果如何，他什么都没想过。船员们从来也没见过一个像百事通这样兴高采烈、活蹦乱跳的小伙子。他对水手们很是殷勤，他那翻跟头的绝技更使他们吃惊。他一个劲儿跟他们说好话，请他们喝好酒。为了不辜负百事通的好意，水手们干起活来都像绅士一样非常认真。司炉们烧起火来像英雄一样不顾疲劳。百事通的这种乐观情绪使大家都受到感染。他这时已经把过去那些烦恼和危险都忘了，一心只想到那个即将到达的目的地。有时他也会无比的不耐烦，好像是亨利埃塔号的锅炉就在他心里燃烧似的。这个人偶尔也会在费克斯身旁走动，看着费克斯，好像他有满肚子的话想要跟对方谈！但是他什么也没说，因为现在在这两个老朋友之间已经毫无交情可言了。

而费克斯呢，说真的他现在简直是给弄得莫名其妙了！亨利埃塔号被强夺了，船上的船员被收买了，这个福格在船上干起活来完全像是个老水手。这一连串的怪事弄得他如堕五里雾中。他真不知道该如何是好。但是，无论如何，这位绅士既然过去能盗窃五万五千英镑，今天他当然也能抢夺一条船。因此费克斯很自然地会认为福格掌握了这条亨利埃塔号也绝不会去利物浦，而只会去一个什么地方，到了那里，这个贼摇身一变就成了海盗，永远逍遥法外了！应当承认的是，他这样想确实是很合情理的，侦探现在感到很是悔恨，当初就不该上了福格的贼船。而对于船长斯皮蒂来说，他还在他的船长室里闹情绪发脾气；百事通负责照料船长的饮食，虽然这小伙子性格很是倔强，但是他对于这件差事还是做得小心翼翼的。再来看看福格先生吧，他好像没想过在这条船上还有一个船长。

12月13号的时候，轮船来到了新地岛附近，这一段很难走。特别是到了冬季，这里经常是浓雾弥漫，风势凶猛。从昨天夜里开始，晴雨表上的水银柱就迅速下降，预示着气候即将发生变化。到了13号夜晚，天气果然变得更冷了，西北风也转为东南风了。

这真是"急行船偏遇顶头风"。福格先生为了使船不离开原来的航线，只好卷起船帆，加大马力前进。由于海上气候的变化，无论如何，航行的速度总是减慢了。滚滚的巨浪不停地冲击着船头，船身随着风浪前后颠簸，大大影响了前进的速度。海风越刮越凶，就要变成一阵飓风，眼看亨利埃塔号就会被海浪打得站不住了。可是，如果必须开船逃避飓风，那一切可能发生的不幸都会无法预测。

百事通的脸色随着天气的阴暗也变得非常忧郁了。两天以来，这个诚实的小伙子一直是在提心吊胆。但是，菲利亚斯·福格真不愧是一位勇敢的海员，他善于跟大海搏斗，他一直指挥着船前进，甚至连速度也不肯降低。每当大浪卷来，亨利埃塔号无力冲上浪峰时，就从巨浪下穿行，整个甲板都受到了海水的冲洗，但是船却照样过去了。有时，巨浪像大山一样将船尾高高抬起，这时，螺旋推进器就露出了水面，立刻发生剧烈的空转，但是船却照样一直不停地前进。

其实，大风并没有像人们预料的那样凶猛。这次刮的并不是那种时速高达九十英里的飓风。它只是一种强风。但是很糟糕的是风向不变，一直是从东南往西北刮，船帆一点也使不上。从眼前和今后的情况看来，都说明船上的机器极需要船帆的帮助！

12月16号，这是福格先生离开伦敦的第七十五天。总的说来，亨利埃塔号还没有发生令人忧虑的耽搁。一半的航程已经差不多走完了，那些最难航行的地方也已经过去了。现在如果是夏天，那就可以说成功在望了，但现在是冬天，那还得听凭这个坏季节摆布。百事通一句话不说，但他心里却觉得很有希望。他认为即使没有顺风，还可以依靠机器。可是，就在这一天，船上的机务员到甲板上来找福格先生，他很激动地跟福格先生谈了半天。百事通不知道为什么，很可能是由于一种预感，使他觉得有点莫名其妙的担心。他真恨不得把两只耳朵的听力都集中到一个耳朵上，好听听他们在谈些什么。他到底还是听见了几句，其中有这么一句，那是他主人说的：

"你刚才说的这些，你都拿得准吗？"

"当然拿得准了，先生。"机务员回答说，"您别忘了，我们从开船到现在所有的锅炉都是烧满火。如果说我们的煤烧小火足够从纽约开到波尔多，那么我们就没有足够的煤烧大火从纽约开到利物浦！"

"好吧，我考虑一下。"福格先生回答说。

现在百事通已经懂了，他感到无比担心，因为煤快没有了！

"嘿！要是我的主人能解决了这个问题，"他心里说，"那他可就真是个了不起的人！"

百事通碰见了费克斯，他忍不住把这情况告诉他了。

"那么，"费克斯咬着牙回答说，"您真以为我们要上利物浦去吗？"

"当然了！"

"傻瓜！"侦探说罢，耸耸肩膀，走开了。

百事通当时就要认真地质问费克斯"傻瓜"是什么意思，他确实不知道费克斯这句话是指什么说的，但是，他心里想，这个倒霉蛋费克斯现在一定是很懊丧，他愚笨地盯着一个自己假想的小偷在地球上兜了一圈，临了还得自己认错，这一定使他的自尊心受到了很大的打击。

现在菲利亚斯·福格打算怎么办呢？这真是很难猜测的。不过，看样子这位冷静的绅士是想出一个办法了，因为，就在这天晚上，他把司机找来，对他说：

"烧大火，开足马力前进，等煤烧完了再说。"

过了一会儿，亨利埃塔号的烟筒又冒出了滚滚的黑烟。

轮船又继续以最高的速度前进了。但是，正如机务员说过的那样，两天之后，12月18号，他通知福格先生说，煤已经不够今天烧的了。

"别压小炉火，"福格先生回答说，"相反地，现在要继续烧大火，煤烧光以前不能让机器停下来。"

这一天，快到中午的时候，菲利亚斯·福格测量了水深和计算了船的方位之后，就把百事通叫来，叫他去把船长斯皮蒂请来。这个小伙子现在就好像是奉命去打开一个老虎笼子似的。他走进了后舱，心里说：

"不用说，这家伙准会大发雷霆！"

的确是这样，几分钟后，只见一个人连叫带骂，活像一颗炸弹似的跳到后舱甲板上来了。这颗炸弹就是船长斯皮蒂。显然他是马上就要爆炸了。

"我们到哪儿了？"他气急败坏地嚷着说。这是他的第一句话。说真话，现在这个老实人万一带着这股气劲中风晕过去了，那他准不会再活过来了。

"我们到哪儿了？"他重复着问，脸都气紫了。

"距离利物浦七百七十海里（合三百法里）。"福格先生非常沉着地回答说。

"海盗！"安鸠·斯皮蒂喊着说。

"先生，我把您请来……"

"你是海盗！"

"我把您请来，"菲利亚斯·福格说，"是要请您答应把船卖给我。"

"海盗！"安鸠·斯皮蒂喊着说。

"不卖，见你的鬼去吧，我不卖！"

"因为我要烧掉它。"

"什么？要烧我的船？！"

"是的，至少把船面上的装备烧掉，因为现在没有煤了。"

"啊！烧掉我的船？"船长斯皮蒂叫着说，他简直气得话也说不上来了，"我这条船足足要值五万美元（合二十五万法郎）！"

"喏，这是六万美元（合三十万法郎）！"菲利亚斯·福格回答说，同时递给船长一沓钞票。

福格先生这一手在安鸠·斯皮蒂身上产生了一种奇妙无比的效果。没有一个美国人看见这六万美元会毫不动心。转眼之间，船长已经忘掉了他的愤怒，忘掉了那好几天的禁闭，也忘掉了对福格先生的怨恨。他的船已经用了二十年了，这样的买卖简直太好了！……这个炸弹是再也不会爆炸了，因为福格先生把雷管给拔了。

"那您可把铁船壳给我留下来啊。"船长用非常温和的语气说。

"铁船壳和机器都留给您，先生。咱们算讲好了？"

"讲好了。"

安鸠·斯皮蒂抓起那一沓钞票数了一下，装进了口袋。

百事通看了这个场面脸都给吓白了。费克斯只差一点没晕过去。福格到现在差不多已花了两万英镑。可是这个福格他还把铁船壳和机器白送给船长，那就是说差不多白送了他一条船的全部价钱！说实话，他是不在乎的，因为他从银行偷来的钱总数达五万五千英镑！

等安鸠·斯皮蒂把钞票装进衣袋之后，福格先生说：

"先生，您别为这事感到奇怪，您要知道我如果在12月21号晚上八点四十五分不能回到伦敦，那我就会损失两万英镑。因为我在纽约没赶上船，而您又不肯送我到利物浦……"

"我这笔生意也做得挺满意，"安鸠·斯皮蒂大声说，"这五万块美钞，我至少能赚四万。"

接着他又加重语气地说：

"告诉您啊，我现在觉得……哦，我忘了，您贵姓，船长？"

"福格。"

"对了，福格船长，我觉得您真有点'洋乞'的作风。"

斯皮蒂就这样对福格说了几句自以为是恭维的话之后，就走开了。但是菲利亚斯·福格这时又问他一句：

"现在这条船就算归我了？"

"当然了，当然了，一言为定，从上到下，所有'木柴'，都归您！"

"好吧，请您叫人先把船舱里所有的家具门窗劈碎，烧锅炉。"

于是船员们就根据机器马力的需要烧起这些干柴来了。就在当天，尾楼、工作室、客舱、船员宿舍、下甲板统统给烧光了。

第二天是12月19号，又烧完了桅杆、桅架和所有备用的木料。帆架也都放倒了，被斧头劈碎。船员们干起活来一个个都积极得无以复加。百事通用刀劈，使斧砍，拿锯拉，一个人干了十个人的活儿。这简直是一场疯狂的破坏。

第三天，12月20号，舷木和其他在吃水部位以上木头装备和一大部分甲板，统统烧光了。亨利埃塔号现在成了光秃秃的趸船了。就在这一天，爱尔兰海岸和法斯乃特的灯塔已经遥遥在望了。但是一直到晚上十点钟，亨利埃塔号才经过昆斯敦。现在距离菲利亚斯·福格预定到达伦敦的时间，只有二十四小时了。目前正是需要亨利埃塔号以最快的速度赶到利物浦的时候。但是，锅炉里蒸汽不足，无法满足这位大胆绅士的愿望。

"先生，"船长斯皮蒂终于也为福格操起心来了，这时他对福格先生说，"我真替您着急啊，一切情况都对您不利！我们现在才到昆斯敦外海。"

"哦!"福格先生说,"前面的灯光就是昆斯敦吗?"

"是啊。"

"我们能进港吗?"

"至少得等三个钟头,只有满潮的时候才能开进去。"

"那就等吧!"菲利亚斯·福格安静地回答说。这时有一种异乎寻常的灵感促使他去再一次战胜当前的困难!但是他脸上没有露出任何不平常的表情。

昆斯敦是爱尔兰海岸的一个港口。从美国越过大西洋到欧洲来的船,经过此地时就卸下邮件,这些邮件从此地随时都可以搭快车运往都柏林,再从都柏林装快船运到利物浦,这样就比海运公司最快的船还要快十二小时。从美洲来的邮件就是这样节省了十二小时。菲利亚斯·福格今天也想照样干一下。本来坐亨利埃塔号要明天晚上才能到利物浦,现在他明天中午就能赶到,因此就来得及在明天晚上八点四十五分以前到达伦敦。

半夜一点钟亨利埃塔号乘着满潮开进了昆斯敦的港口。船长斯皮蒂热情地跟菲利亚斯·福格握手告别。福格先生让船长留在他那条光秃秃的铁船壳上。实际上这条秃船依旧足值三万美元。

四位旅客立即离船登陆了。这时费克斯真的很想逮捕福格,可是他没有动手!为什么呢?他脑子里在进行着什么样的思想斗争呢?难道他现在跟福格先生站在一边了吗?他现在知道是自己弄错了吗?不管怎样,费克斯反正是不会放弃福格先生的。他跟着他,跟着阿妩达夫人,跟着忙得连喘气的工夫也没有的那个百事通。费克斯跟着他们在一点半钟上了昆斯敦的火车。天刚亮的时候就到了都柏林，马上又搭上了轮渡汽船。这里的渡船往来像钢梭一样快，这些船上面满是机械设备，它们若无其事地在浪头上飞驰，以轻盈平稳的姿态跨过爱尔兰海峡。

12月21号，十一点四十分，菲利亚斯·福格终于到达了利物浦的码头。此去只需要六个小时就能到达伦敦。

但是，正在这个时候，费克斯走过来了，他一手抓住福格的肩膀，一手拿出了拘票：

"您确实是菲利亚斯·福格先生吗？"他问菲利亚斯·福格。

"是的，先生。"

"我以女王政府的名义通知您：您已经被捕了！"

第三十四章
百事通有机会说了一句俏皮话

　　菲利亚斯·福格被关起来了。他被关在利物浦海关大楼的一间屋子里。他得在那儿过一夜，等到明天的时候再被押往伦敦。

　　福格先生被捕的时候，百事通要上去跟侦探拼命。但是来了几个警察又把他拉开了。这件突如其来的暴行吓住了阿妩达夫人，她感到很是莫名其妙，一点也不明白到底是发生了什么。百事通告诉了她具体的情形。福格先生这样一位正直、勇敢的绅士，也是她的救命恩人，现在竟然被人当小偷抓起来了。年轻的夫人坚决地抗议这种对福格先生的污蔑。她现在感到非常气愤。可是当她觉得自己又无能为力的时候，她的眼泪还是止不住地从脸上流了下来。

　　对于费克斯来说，他逮捕了福格，那也完全是因为自己的责任所在，不得不这样做，可是，福格到底有没有犯罪，那还是将由法院来决定和判决。

　　现在这个时候，百事通恍然间想起了一件事，这件事情肯定是当前这个时候一切不幸的根源所在！到底我为什么要一直对福格先生隐瞒住费克斯的身份呢？当费克斯对我说明了他是警察厅密探和他的任务的时候，为什么我一点也不告诉我主人呢？如果当时他事先知道了他一定会提出证据说明自己的身份，指出对方的误会；那样一来的话，福格先生就决不会再为这个一心等待踏上英国领土就赶紧动手抓人的坏蛋侦探出旅费了。而费克斯也就不会死跟在他后边了。可怜的小伙子一想到自己的这些错误和疏忽时，就后悔万分。接着，他哭了。他此刻恨不得一头撞死！他和阿妩达夫人忘却了严寒的天气，还继续留在海关外面的走廊里，只是希望能再见福格先生一面。

对于这位绅士，他当然是完全垮了。他是在马上就要成功的时候垮了。这次可真把他弄得一败涂地，无法挽回了。12月21号十一点四十分到达了利物浦，离八点四十五分他预定要回到改良俱乐部的时候还足有九个小时零四十五分，而坐火车到伦敦只需要六个小时。

这时，谁要走进海关办事处的这个房间，就会看见福格先生一动不动地坐在一张长凳上，无比平静，显出一点也不着急的神态。尽管还不能说他是"听天由命"，但是，至少在外表上，这个意外的打击确实没有使他惊慌失措。难道他现在还有必然胜利的把握吗？这一点谁也不敢保证，妄下断论。但福格确实是很安详地在那儿等待着什么东西……他在等什么呢？他现在还没死心吗？在他进了这间拘留室，就被锁在里面的时候，难道他还认为自己的旅行计划最终能胜利完成吗？

不管怎样，福格先生依然是把他的表小心地放到一张桌子上，看着表针在走动。他什么也不说，他的目光非常集中，一动也不动。

总之，现在的情况是很令人感到可怕的。要是看不出福格内心深处的想法，这种情况就会使你得出这样的结论：

福格先生如果真是个正人君子，那他现在算是给毁了。

如果他真是小偷，那他现在已经是被逮住了。

那么他现在是不是打算逃跑？他是不是想在这屋里找条可逃的路？他想逃吗？人们当然就可以这样怀疑他，因为他曾在屋子里兜了一个小时。但是门锁得很紧，窗子上都装着铁栏杆。最后他又坐下来了。他从皮夹里取出了他的旅行计划表，上面最后一行写着："12月21日，星期六到达利物浦。"他在"星期六"底下又接着写了下面几个字："上午十一点四十分，第八十天。"

海关大楼的大钟敲了一点。福格先生对了一下自己的表，他的表快了两分钟。

打两点了！要是他现在能搭上快车，他还能在晚上八点四十五分之前到达伦敦，赶到改良俱乐部！他轻轻皱了皱眉头……

在两点三十三分的时候，只听外面一阵喧哗，接着传来开门的响声。菲利亚斯·福格听见百事通的声音，又听见了费克斯的声音，他的眼睛兴奋地闪动了一下。

屋门被人打开了，他看见了阿妩达夫人、百事通和费克斯朝他跑了过来。费克斯已经是上气不接下气了，头发乱得像一团麻线……连话也说不上来了！

"先生，"他结结巴巴地说，"先生……请、请您原谅……因为有个小偷太像您了……这家伙在三天之前已经被捕了……您……您现在没事儿了！……"

菲利亚斯·福格重获自由了！他走近了这个侦探，死盯着侦探的脸，他用很快的动作，这动作是他从来没有过的，也许在他一生中也是第一次，说时迟，那时快，他先把两臂向后一晃，非常准确地对着这个倒霉的侦探狠狠地打了两拳。

"揍得好！"百事通叫着说，接着他又说了一句尖刻的俏皮话，他不愧是个法国人，他说，"喂，看见了吗？这才真是那种有名的英国拳术表演呢！"

费克斯被打倒了，他一句话也没说，这是他自作自受自遭殃。福格先生、阿妩达夫人和百事通赶紧离开海关，跳上了一辆马车，几分钟之后，就到了利物浦的车站。

菲利亚斯·福格打听有没有马上开往伦敦去的快车……这时已是两点四十了……快车在三十五分钟之前已经开出去了。

菲利亚斯·福格现在就要租专车。

原本站上还有几辆高速机车，但是按照铁路规定，在三点钟以前不能开专车。

三点钟，菲利亚斯·福格跟司机说了几句话，许给了他一笔奖金，福格先生带着阿妩达夫人和他的忠实的仆人，坐着火车飞快地开往伦敦去了。火车必须在五个半小时之内跑完这一段从利物浦到伦敦的铁路，如果沿途不错车，能一直不停地开，赶到伦敦还是很可能的，但是路上偏偏又有些耽搁，当这位绅士到达终点车站时，伦敦市所有的大钟都指着九点差十分。

菲利亚斯·福格完成了他的环绕地球的旅行，但是最终迟到了五分钟！……

他输了。

第三十五章　无须主人再次吩咐，百事通立即执行主人的命令

　　第二天，如果告诉塞维尔街的居民说福格先生已经回家了，那他们一定会感到非常奇怪。因为门和窗户都照样关着，外面看来没有一点变化。实际上，菲利亚斯·福格离开车站之后就叫百事通去买些吃的东西，自己就跟阿妩达夫人直接回家了。

　　这位绅士受了这次打击仍然和往常一样不动声色。他垮台了！都是那笨蛋侦探的罪过！他在这次漫长的旅途中稳步前进，他扫除了无数障碍，经历了无数危险，路上还抽出时间做些好事，然而，就在大功告成的时候，却碰上了这一场突如其来的祸事，使他一败涂地，不可收拾，这样的结局太可怕了！他离开伦敦时带了那么多钱，如今只剩下一点点儿了。他的全部财产就只是存在巴林兄弟那儿的两万英镑了。而这两万英镑还要付给改良俱乐部的那些会友。按照旅途中他花的这么多钱来说，即使是赌赢了，他也赚不到钱。显然福格先生绝不是为赢钱才打赌的，他打赌是为了荣誉；但是这一回要是输了，他就会彻底破产，再说，这位绅士的命运现在已经决定了。他很清楚自己该如何处理善后问题。

阿妩达夫人住在塞维尔街福格先生特为她准备的一间房子里。她现在感到很难过，因为从福格先生说的一些话中，她已经了解到他正在考虑着一个令人伤心的计划。

他在信箱里拿到一份煤气公司缴费通知单。

其实，我们都知道，像他这样性情孤僻的英国人，有的时候思想钻牛角尖，就会选择一条极端悲惨的出路。因此百事通表面上看似若无其事，其实暗地里却时刻注意着他的主人。可这个忠实的小伙子还是先回到自己的房里，把那个开了八十天的煤气龙头关上，他在信箱里拿到一份煤气公司缴费通知单。他觉得这一笔应该归他付账的煤气费就停到此刻吧。

这一夜过去了。福格先生也照旧睡了。但是，他是否睡着了，这还是一个问题。而阿妩达夫人是一刻也不能安睡，而对百事通来说，他像一条看门狗似的守在主人的房门口，怕发生什么意外之事。

第二天早晨到来的时候，福格先生把百事通叫来了，十分简单地吩咐他去给阿妩达夫人准备下午饭，而他自己只要一杯茶和一片烤面包。阿妩达夫人一点也不怪他不能陪自己吃午饭和晚饭，因为他要用全部时间处理一些事情。他今天一天都不下楼，但是他希望晚上阿妩达夫人能跟他谈一会儿。

百事通接受了主人吩咐，这一天的工作日程已经算是安排妥当了，只要照办就可以了。他按着这位永远没有一丝表情的主人，他还是没想离开主人的房间。这次无可挽回的祸事使他的心情很是不好；他的良心深感不安，他不住地在怨恨自己。当然啊！假如他把侦探费克斯的阴谋早就告诉给福格先生，假如他把这事预先向自己主人说清楚的话，福格先生就决不会把侦探带到利物浦去了，那么也就不会发生……

百事通难过得不得了。

"我的主人！福格先生！"他叫着说，"您就骂我吧！所有错都在我……"

"我谁也不怪，"菲利亚斯·福格用非常平静的语气说，"你去吧。"

百事通离开了主人的房间，又去见了阿妩达夫人，向她传达了福格先生的话，然后他又接着对夫人说：

"夫人，我自己是没有任何办法了！我对他的情绪不能产生一点影响，也许您能……"

"我对他又能产生什么影响呢？"阿妩达夫人说，"福格先生是一点也不会受我的影响的！我对他这种万分感激的心情，他知道吗？他了解我的心吗？……我的朋友，您快回去吧！一刻也别离开他。您说他今天晚上想跟我谈谈吗？"

"是的，夫人，我想一定是跟您商量今后您在英国待下去的问题。"

"好吧。"阿妩达夫人说，她显然是在沉思着。

今天这个星期日，塞维尔街的这所房子一整天都是这样沉寂，就好像里面没有住人似的。当国会大厦钟楼上的大钟打十一点半的时候，菲利亚斯·福格并没到俱乐部去，自从他住进这所房子以来这还是头一次。

这位绅士再到改良俱乐部去干什么呢？他的会友们已经不在那里等他了。因为昨天晚上是星期六，在这个决定命运的12月21日八点四十五分菲利亚斯·福格没有回到改良俱乐部大厅，他的赌注已经输了。他也不必再到巴林兄弟银行去取他那两万英镑了。那些跟他打赌的对手手里有一张他签的支票，只要很简单地在巴林兄弟银行办一下过户手续，那两万英镑就转到他们的账上了。

现在，福格先生既然没有必要出门，所以他就不出去。他待在自己房间里，安排自己的事。百事通在塞维尔街住宅里，不停地楼上楼下地忙着。这个小伙子觉得时间过得太慢了。他过一会儿就到他主人房门口听听。他提醒自己千万不能有一点疏忽大意！他从钥匙孔向屋子里偷看，他认为这是自己的责任！百事通时时刻刻都在担心着怕会发生什么不幸。有时他又想起了费克斯。但是，他心里对费克斯的看法现在也发生了变化，他不再责怪怨恨这个警察厅密探。因为费克斯是出于误会，这和其他的人对菲利亚斯·福格产生误会一样。他跟踪福格先生，并且把他逮捕，这不过是履行他自己的职务；可是我百事通干的是什么呢？……这个思想使他痛苦死了，他觉得自己是最大的罪人。最后，百事通感到一个人实在太痛苦了，他就去敲阿妩达夫人的门，他进了她的房间，坐在角落里一句话也不说，望着心事重重的阿妩达夫人。快到了七点半钟的时候，福格先生叫百事通去问一下阿妩达夫人现在是否可以接见他，不一会儿，房间里只剩下阿妩达夫人和福格先生了。

菲利亚斯·福格面对着阿妩达夫人坐在壁炉旁边一把椅子上。脸上一点激动兴奋的表情都没有。旅行归来的福格和从伦敦出发时的福格是一样的，依然那样安详，那样平静。

他坐在那里足有五分钟都没讲一句话。到了最后，他终于抬起头来望着阿妩达夫人说：

"夫人，您能原谅我把您带到英国来吗？"

"我，福格先生！……"阿妩达夫人压制着自己那颗正在剧烈跳动的心，回答道。

"请您听我说完，"福格先生说，"当我决定把您从那个对您说来是非常危险的地方带出来的时候，我还算是个富人。当时我打算把自己的一部分财产分给您。那么您的生活就会很自在，很幸福。可是现在，我已经破产了。"

"这我知道，福格先生，"年轻的夫人说，"请您让我问您一句：天知道，也许正是因为我在路上拖累了您，耽搁了您的时间才让您破了产，您能原谅我吗？"

"夫人，您不能留在印度，您只有离开那些狂热的宗教徒，他们才不会再抓到您，您的安全才能得到保障。"

"可是，福格先生，您已经把我从可怕的死亡里救出来了，可是您还不满意，您还一定要使我在外国有一个安定的生活。"

"是的，夫人，"福格先生说，"可是，事情的发展却完全跟我主观的愿望相反。目前我只剩下很少的一点财产，我请求您答应接受这一点财产，作为您今后的生活费用。"

"可是，您呢？福格先生，您以后怎么办呢？"阿妩达夫人说。

"我，夫人，"这位绅士冷静地说，"我什么也不需要。"

"可是，先生，您怎么去面对当前的情况呢？"

"该怎么办就怎么办吧。"福格先生回答说。

"不过，"阿妩达夫人说，"像您这样的人是不会走投无路的。您的朋友们应该会……"

"我一个朋友也没有，夫人。"

"您没有别的亲属吗？"

"我已经没有任何亲人了。"

"那我真替您伤心难过，福格先生，因为孤独是很痛苦的。难道您就没有一个亲人能分担您的痛苦吗？可是人们常说，痛苦似重担，两人来分摊，强似一人担。"

"是的，夫人，有这句话。"

"福格先生，"阿妩达夫人这时站起来把手伸给福格先生，接着说，"您愿不愿我做您的朋友，同时又做您的亲人？您愿不愿意我做您的妻子？"

听了这句话，福格先生跟着也站了起来。他的眼睛闪耀着一种不同寻常的光彩，他的嘴唇在颤抖着。阿妩达夫人望着他，从这位尊贵的夫人那双妩媚动人的眼睛里，流露出诚恳、直率、坚定和温柔的感情。阿妩达夫人为援救这位曾经为她赴汤蹈火的绅士，她什么都敢做。她那脉脉含情的目光最初使福格先生感到突然，接着他整个心都被这目光浸透了。福格的眼睛闭上了，仿佛要避开她那美丽动人的目光，使它们不再继续深入……当他过一会儿睁开眼睛时，他说：

"我爱您！"他简单地说，"是的，说实在话，我愿在世界上最神圣的真主上帝的面前对您说：我是爱您的，我整个人完全是您的！"

"哦！……"阿妩达夫人把手压在自己心上，无比激动地说。

百事通听到屋子里打铃叫他，他马上进来了。福格先生还在握着阿妩达夫人的手。百事通心里早就知道了，他那张脸，现在高兴得就像热带地平线上的落日，真是又圆又红又亮的。

福格先生问百事通现在到马利勒坡纳教堂去请萨缪尔·威尔逊神甫是不是太晚了。

百事通高兴得合不拢嘴了。

"何时也不会太晚！"他说。

"那我们就定在明天，星期一，好吗？"福格先生望着阿妩达夫人说。

"那就在明天星期一吧！"阿妩达夫人回答说。

百事通赶紧跑出去了

第三十六章
"福格股票"又成了市场上的热门货

    12月17日，在爱丁堡捕获了一个名叫杰姆·斯特朗的人。他才是那个真正盗窃英国国家银行五万五千英镑的小偷。现在我们应该来谈一谈这件事在英国社会上所引起的思想变化。

    三天前的时候，菲利亚斯·福格曾是一个被警察当局拼命追捕的盗犯；现在，他却被肯定为一位正直的人了，他认认真真地做了一次世界罕见的环绕地球一周的旅行。

    而对于窃贼被捕这件事情，报纸上众说纷纭！过去以福格旅行是否能成功来打赌的人，原本早就把这事丢到一边了，可是现在就像着了魔似的又重新干起来了。所有的赌契又有效了。应当明白：这种赌博比开始的时候更加疯狂了。现在呢，菲利亚斯·福格的名字在股票市场上又变成热门货了。

    改良俱乐部里那五位福格先生的老伙伴，这三天以来日子过得相当苦闷。这位已经被他们忘记了的福格先生，现在又在他们脑子里出现了！现在，他在哪里呢？到了12月17号——杰姆·斯特朗被捕的那天——为止，菲利亚斯·福格离开伦敦已经七十六天了。

但是杳无音信！他已经死了吗？他是已经认输了呢，还是正按着他的路线在继续旅行呢？他会不会在12月21日星期六晚上八点四十五分，像一尊"准确之神"出现在改良俱乐部大厅的门口呢？

要想描写所有这些英国人在这三天里的忧虑心情，那简直是不可能的。为了打听菲利亚斯·福格的下落，许多电报被发到美洲和亚洲；从早到晚，都有人守望着塞维尔街福格先生的住宅……但是一点消息也没有。警察厅也不知道那位白白盯着一个假小偷的费克斯到了哪儿了。但是，福格虽然杳无音信，这并不妨碍人们重新拿他的成败来打赌。而打赌的范围却正在日益扩大，菲利亚斯·福格就像是一匹跑马场上的快马，他已经接近了终点。"福格股票"的牌价已经不再是一百比一，它上涨到了二十比一，十比一，五比一了。半身不遂的阿尔拜马尔老爵士甚至以一比一的高价收买这种股票。

在21号，那是个星期六的晚上，宝马尔大街和附近的几条大街上都挤满了人。看来，那密密麻麻的一大群股票经纪人就好像在改良俱乐部附近生了根似的。交通被阻塞了。到处在交流争论着，并且喊叫着"菲利亚斯·福格股票"的牌价，这和买卖其他英国股票没有什么区别。警察当局根本无法维持住公众秩序。越是接近菲利亚斯·福格预定回到俱乐部的时间，人们就越感到兴奋和激动。

这一天晚上，福格先生的五位会友从早晨九点钟就在改良俱乐部大厅里聚齐了。两位银行家约翰·叙利旺和萨米埃尔·法郎丹，工程师安德鲁·斯图尔特，英国国家银行董事会董事高杰·拉尔夫、啤酒商托马斯·弗拉纳甘，一个个都是满心焦虑地坐在那儿等着。

大厅里的钟指到了八点二十五分的时候，安德鲁·斯图尔特突然站了起来，说道：

"先生们，再过二十分钟，我们与福格先生约定的期限就到了。"

"从利物浦开来的最后一班车是几点的？"托马斯·弗拉纳甘问。

"七点二十三分，"高杰·拉尔夫回答说，"还有下一班车要到半夜十二点零十分才能到。"

"好啦，先生们，"安德鲁·斯图尔特说，"如果菲利亚斯·福格是搭七点二十三分那班车到的，那他早该来到俱乐部了。我们现在可以说他是输定了。"

"慢慢来，别这么早就下结论啊。"萨米埃尔·法郎丹说，"要明白，咱们这位会友是个极其不同寻常的人。他做什么都是又稳又准，这是尽人皆知的。他不论到哪里总是既不太早，也不太晚。他今天即使在最后一分钟走进这个大厅，我也不会觉得奇怪。"

"可是，对于我啊，"一向是神经过敏的安德鲁·斯图尔特说，"我不信，不过我倒要看个究竟。"

"其实，"托马斯·弗拉纳甘说，"菲利亚斯·福格的计划也显得他太不自量了。就算他再怎么精明，他也没法防止那些不可避免的耽搁。只要是耽误个两三天，他这趟旅行就必定垮了。"

"此外，我还提醒你们注意一个问题，"约翰·叙利旺接着说，"虽然在我们这位会友旅行的这条路上，到处都有电报局，可是我们没有得到一点关于他的消息。"

"他输了，先生们，"安德鲁·斯图尔特说，"他是百分之百地输定了！再说，你们都知道，菲利亚斯·福格要想从纽约按时赶到利物浦，他只有搭中国号这条邮船。可是这条船昨天就到了。喏，这是《航运报》上公布的旅客名单，上面就是没有菲利亚斯·福格的名字。就算我们这位会友运气非常好，他现在顶多也不过是刚到美洲！照我估计，他至少要比预定的时间迟到二十天，那个阿尔拜马尔老爵士也少不了要赔上他那五千英镑！"

"那还用说，"高杰·拉尔夫回答说，"我们就等着明天拿着福格先生的支票到巴林兄弟银行去取款吧！"

这时，大厅里的钟已经指着八点四十分了。

"还有五分钟。"安德鲁·斯图尔特说。

这五位先生你看看我，我看看你，可以想象他们的心脏跳动的次数一定会有些增加；不管怎样，哪怕是赌场老手，也会如此，因为这场输赢毕竟是非同小可！但是这些绅士们并没有形现于色，大家在萨米埃尔·法郎丹的建议下，在一张牌桌上坐了下来。

安德鲁·斯图尔特一边坐下来一边说：

"即使出三千九百九十九，我也不愿出让我那一份四千英镑的赌份！"这时大钟指着八点四十二分。绅士们一起拿起了牌，可是他们的眼睛却老是盯在钟上。虽然他们认为十之八九是赢了，但是他们却觉得几分钟从来就没有显得这么长！

"八点四十三分了。"托马斯·弗拉纳甘说着，一面倒了一下高杰·拉尔夫洗过的牌。

接着就是一片沉寂。俱乐部的大厅里静悄悄的，一点声音也没有。然而，外面却是人声鼎沸，有时还夹杂着刺耳的喊声。时钟照常不快不慢地一秒一秒地嘀嗒嘀嗒地响着。他们每一个人都能数得出震动着他们耳鼓的每一秒的嘀嗒声。

"八点四十四分了！"约翰·叙利旺说，在他的声音里使人感觉到带着一种难以抑制的激动。再过一分钟就要赢了。安德鲁·斯图尔特和他的伙伴们牌也不打了。他们都把牌甩到桌上，他们一秒一秒地数着钟声！

　　第四十秒平安无事地过去了。到了第五十秒钟依然是平安无事！到了第五十五秒钟的时候，只听见外面人声鼎沸，掌声、欢呼声，还夹杂着咒骂声，这片乱哄哄的声音越来越大，此起彼伏，接连不断。五位绅士都站起来了。

"先生们，我回来了。"

　　到了第五十七秒的时候，大厅的门开了，钟摆还没有来得及响第六十下，一群狂热的群众簇拥着菲利亚斯·福格冲进了大厅。菲利亚斯·福格用他那种沉静的声音说：

　　"先生们，我回来了。"

第三十七章　菲利亚斯·福格这次旅行
　　　　　　除了幸福，什么也没有得到

这一点儿都不假！正是菲利亚斯·福格本人。

人们可能还会记得，那天下午八点零五分的时候，在他们回到伦敦后大约二十五小时，百事通受了他主人的吩咐去通知萨缪尔·威尔逊神甫，请他来主持第二天要举行的婚礼。

百事通很高兴地去了，他连走带跑地到了神甫那里，可是神甫还没回来。百事通就在那儿等，至少等了二十多分钟。

当他从神甫那儿出来的时候，已经是八点三十五分了。可是，他怎么出来的呢？头发乱得像一堆稻草，帽子也不见了，跑啊，跑啊，简直谁也没见过一个人会跑得这么快，他在人行道上像一阵风似的疾驰而过，撞倒了多少来往的行人。

他花了三分钟，就回到了塞维尔街的住宅，他到福格先生房子里，上气不接下气，累得说不出话来。

"怎么回事？"福格先生问。

"我的主人……"百事通结结巴巴地说，"结婚……是不可能了。"

"不可能？"

"明天……不可能了。"

"为什么？"

"因为明天……是星期日。"

"明天星期一。"福格先生说。

"不对……今天……是星期六。"

"星期六？这不可能！"

"是星期六，是星期六，一点儿不错！"百事通喊着说，"您算错了一天，我们早到了二十四小时……现在只剩下十分钟的时间了！……"

百事通这样说着，抓住他主人的衣领，像发疯似的拖着福格先生就跑。

菲利亚斯·福格连考虑一下的工夫也没有，就被拖出了房间，走出大门，跳上了一辆马车，许给马车夫一百英镑的奖金，一路上轧死了两条狗，撞坏了五辆马车，才到了改良俱乐部。

当他在俱乐部大厅里露面的时候，大钟正指着八点四十五分……

菲利亚斯·福格在八十天内环游了地球一周！

菲利亚斯·福格赢到了这笔两万英镑的赌注！

现在人们要问，一个像他这样精细的人，怎么会把日子记错呢？他到达伦敦的时候本来是12月20号，星期五，离开他出发的时间总共七十九天，可是他怎么会以为已经是12月21号星期六晚上了呢？

问题很简单，弄错的原因是这样的：

菲利亚斯·福格在他的旅程中"不自觉地"占了二十四小时的便宜。这只不过是因为他这次旅行的方向是一直往东走，假如他相反地倒着往西走，那他就会吃二十四小时的亏。

菲利亚斯·福格在向东走的路上，就始终是迎着太阳升起的方向前进，每当他这样走过一条经度线，就会提前四分钟看见日出。整个地球一共分作三百六十度，用四分钟乘三百六十，结果正好等于二十四小时。这就是他不知不觉赚来的那一天的时间。换句话说，当一直向东走的菲利亚斯·福格在旅途中看到第八十次日出的时候，他那些住在伦敦的会友们才能看到第七十九次。正因为这样，所以这一天是星期六，不是福格先生所想象的星期日；因为是星期六，所以他的那些会友们才会在改良俱乐部等着他。

如果说百事通的那只一直保持着伦敦时间的大银表，能像它指出几点几分那样准确地指出日期的话，那他们就不会搞错了！

菲利亚斯·福格的确是赢了两万英镑，可是他在这次旅行中已经花了差不多一万九千英镑，从金钱的角度来看，剩下的也有限了。不过前面已经说过，这位怪绅士这次打赌只是为了争面子，不是想发财。连剩下的这一千英镑他也交给诚实的百事通和倒霉的费克斯去分了。福格先生对于这位侦探当然是不会怀恨在心的。不过福格先生还是扣除了他仆人由于过失而一直烧了一千九百零二十小时的这一笔煤气费。福格先生这样做也完全是应该的。

就在这一天晚上，福格先生依然是那样不动声色，依然是那样沉静地对阿妩达夫人说：

"夫人，现在您对我们的结婚有别的意见吗？"

"福格先生，"阿妩达夫人说，"应该是我向您提这样的问题，昨天您是破产了，可是现在您又……"

"夫人，请您别这么说，这笔财产都是属于您的了。如果您不跟我提出结婚的问题，我的仆人也不会去找萨缪尔·威尔逊神甫，那也就不会有人告诉我弄错了日期，所以……"

"亲爱的福格……"年轻的夫人说。

"亲爱的阿妩达……"福格先生说。

下面就不用多说了，过了四十八小时之后，开始举行婚礼。百事通神气十足，满面红光，兴高采烈地做了阿妩达夫人的证婚人。难道他不应当得到这种荣誉吗？因为他曾经牺牲一切救过阿妩达夫人的性命。

不过第二天还没天亮的时候，他就去砰砰地去敲他主人的房门。

门开了，走出那位不动声色的绅士。

"出了什么事了，百事通？"

"是这样，先生，我刚刚想起来了……"

"想起了什么？"

"我们环游地球一周，只需要七十八天就足够了。"

"的确是如此，"福格先生回答说，"不过，那样我们就不能经过印度了；要不经过印度，我就不能救阿妩达夫人；不能救她，她现在也不会做我的妻子了……"

福格先生轻轻地关上门。

菲利亚斯·福格就是这样赢了这一场打赌。他用八十天的时间做了环游地球一周的旅行！他一路上利用了很多种交通工具：轮船、火车、马车、游艇、商船、雪橇和大象。这位古怪的绅士，在这次旅行中表现出了他那种惊人的沉着和准确的性格。但是最后呢？这番长途跋涉他得到了什么呢？这次旅行中，他又得到了什么呢？

那么，难道我们能说他一点收获都没有吗？也许，如果不算那位如花似玉的阿妩达夫人，尽管故事看似不太真实，可是她已经让福格先生成了最幸福的人了。

其实说实话，难道人们真的不可能用更短的时间来环游地球一周吗？